YOU&I FOREVER.

the MAKE IT COUNT experience

The Oceanside Love Stories

Pseudonym von Anne Freytag
Titel: Make it count - Liebesfunken
Autorin: Ally Taylor
1. Auflage
www.freytag-literatur.de
kontakt@annefreytag.de
1. Korrektorat: Konni Friedenauer
2. Korrektorat: Susanne Schillhuber
Umschlaggestaltung und Satz: ad.
www.annadavis.de
Coverbild: © Andriy Bezuglov

Die Deutsche Nationalbibliothek verzeichnet diese Publikation in der Deutschen Nationalbibliothek; detaillierte bibliographische Daten sind im Internet über http://dnb.d-nb.de abrufbar.

ISBN-10: 1517208521
ISBN-13: 978-1517208523

Ally Taylor

MAKE IT COUNT

Liebesfunken.

Andrew & Amy

Für alle, die auf Andrew
gewartet haben.

Aber vor allem für Inga

Andrew

Ich hasse mein Leben. Und ich weiß, dass ich kein Recht dazu habe. Ich bin ein verwöhnter Wichser und ich weiß das. Ich weiß, dass ich alles habe. Aber wenn das stimmt, warum fühle ich mich dann so verdammt beschissen?

Der Regen peitscht gegen die Autoscheiben und der Wind lässt die Blätter fliegen. Ich sehe sie im gelblichen Lichtkegel der Straßenlaternen, dann sind sie weg. Die schwarze Nacht verschluckt sie, so wie mich meine Gedanken. Es ist fast ein Uhr morgens und ich stehe schon seit einer ganzen Weile vor Wills Wohnung. Ich weiß, dass er zu Hause ist. Ich weiß, dass er feiert. Er hat mir vor zwei Stunden geschrieben und mich gefragt, wann ich endlich komme. Aber ich bringe es nicht über mich zu klingeln. In seiner alten Wohnung wäre das alles kein Thema gewesen, aber mit *der* Laune in seine neue WG reinzuschneien, ist irgendwie daneben.

Ich mache ein abschätziges Geräusch, das von der Musik im Radio verschluckt wird. Es ist schon komisch. Da habe ich so viele Freunde und trotzdem weiß ich nicht, wo ich hin soll. Bei Jeremy warten nur eine Couch und das Gefühl, irgendwie zu stören, auch wenn er sagen würde, dass es nicht so ist. Auf Daves Sofa war das nicht so, aber sein Sofa und er sind jetzt in San Francisco bei seiner Freundin Debbie. Vielleicht hätte ich Wills Angebot einfach annehmen sollen. Dann hätte ich jetzt eine Bleibe und einen Kumpel, mit dem ich reden könnte.

Ich schaue hoch zu den beschlagenen Fenstern im ersten Stock. Es ist beinahe so, als würden sie mir sagen wollen, dass ich keinen Zutritt habe. Als wäre ich nicht willkommen. Ich sitze im Auto und starre hoch zu dieser Welt, in der ich keinen Platz habe, und dann, ganz plötzlich, schießt mir die Frage durch den Kopf, was genau ich hier noch mache. Und damit meine ich nicht nur hier unten vor Wills Wohnung, sondern generell. Ich senke den Blick und spüre, wie sich die Falten in meine Stirn eingraben. Ist das mein Leben? War das schon alles? Was hält mich denn noch hier in Boston? Oder in Oceanside? In diesem ekelhaft perfekten Postkarten-Paradies mit seinen protzigen Villen und den Sportwagen und den Luxushotels. Oceanside ist Fake. Alles Fassade. Das fängt bei den faltenlosen Gesichtern der Frauen an und hört bei den importierten Palmen auf. Wir wollen unser Klischee um jeden Preis. Und weil Geld keine Rolle spielt, werden eben ein paar Palmen eingeflogen und in riesigen Töpfen an den Strand gestellt. *Für die Touristen.* Blödsinn. Es geht nicht um die Touristen. Es geht ums Prinzip. Wir *wollen* unser Paradies und zu einem verdammten Paradies gehören nun mal Palmen. So einfach ist das.

Wenn ich an diese ganzen Heuchler nur denke, könnte ich auf der Stelle loskotzen. Sie kaufen teure Pelze und exotische Ledertaschen, rennen aber dann auf irgendwelche beschissenen Spendengalas, um sich für die Rettung bedrohter Tierarten einzusetzen, die nur deswegen bedroht sind, weil sie die Pelze und die Handtaschen und den ganzen anderen Dreck kaufen. Sie haben drei, vier, manche sogar fünf riesige Schlitten in der Garage stehen, engagieren sich dann aber eifrig für Umweltprojekte, weil man den Klimawandel unbedingt aufhalten muss. Sie denken, ihre riesigen Yachten und ihre Heerscharen an Angestellten und ihre Luxusanwesen mit sieben Masterschlafzimmern machen sie zu einem Teil der Elite. Aber das stimmt nicht. Sie und ihre hirnlosen Söhne, die denken, Daddy könnte alles richten, und ihre höheren Töchter, die keine Moral, dafür aber enorme Titten haben, sind doch keine Elite. Sie sind lächerlich. Vor ein paar Jahren war ich noch einer von ihnen. Ich habe mit ihnen gefeiert und ihre Töchter gefickt. Das passiert, wenn man zu viel trinkt und zu wenig denkt. Und wenn niemand etwas von einem erwartet. Wenn ich ehrlich bin, war ich nicht nur *ein Teil* von ihnen, ich *war* Oceanside. Aber im Gegensatz zu diesen ganzen Hohlköpfen bin ich wenigstens aufgewacht. Einen Moment denke ich an Katie und höre mich lächeln, dann verliert sich mein Blick wieder in der Leere und in den vielen kleinen Rinnsalen, die die leicht beschlagene Frontscheibe hinunterlaufen und die nervös flackernde Bierreklame verschwimmen lassen. *Du bist so eine Enttäuschung für mich,* hallt mir die Stimme meines Vaters durch den Kopf. Ich versuche krampfhaft an etwas anderes zu denken, egal an was, aber meine Gedanken laufen in Endlosschleife. Sie fühlen sich an wie Knoten in meinem Gehirn. Wann wurde aus meinem Vater dieses Arschloch? Wann wurde aus dem Mann, den ich so sehr bewundert habe, dieses skrupellose Wesen? Oder war er das schon immer? Und wenn es so ist, warum habe ich es nicht kapiert? Als ich klein war, dachte ich, mein Dad hätte alle Antworten. Vielleicht hatte er die sogar. Ich habe trotzdem noch Fragen. Unendlich viele. Aber wenn ich ehrlich bin, will ich nicht mehr wissen, was er dazu sagen würde. Ich möchte nicht, dass mein Bild von ihm noch schlechter wird, als es ohnehin schon ist.

Das Display meines Handys leuchtet auf.

Will: Mensch, Alter, wo bleibst du denn? Hier gibt es gute Musik, Alkohol ...

Ich lese seine Nachricht, dann fällt mein Blick auf die braune Papiertüte neben mir und ich frage mich, ob das Bier inzwischen bereits warm ist.

Will: Und ein paar echt heiße Mädels.

Ich atme tief ein und schließe einen Moment die Augen. *Jetzt reiß dich zusammen und geh einfach rein.* Ich ziehe seufzend den Schlüssel ab. Und das hat nichts mit Will oder den heißen Mädchen zu tun. *Ich* bin das Problem. Ich und die Frage, was ich mit meinem Leben machen soll. Eine Frage, die so groß ist, dass allein der Gedanke daran mich einschüchtert. Ich habe den Spaß verloren und früher war wenigstens auf den immer Verlass. Wir waren eins, der Spaß und ich. Vielleicht hatte ich meinen Anteil. *Hey, hör endlich auf nachzudenken und trink ein paar Bier. Quatsch ein bisschen mit Will und dann überleg dir in Ruhe, wo du heute Nacht schlafen willst.* Eine Sekunde denke ich an Michelle, aber das kann ich nicht bringen. Das wäre sicher eine tolle Nacht, aber es wäre leider auch der alte Andrew. Der, der sich so entsetzlich einsam fühlt, dass ihm jeder warme Körper recht wäre, der schöne Brüste hat und der ihn wenigstens für ein paar Stunden von seinem kleinen traurigen Dasein ablenkt. Dieser Andrew klingt zwar gerade ziemlich verlockend, aber Michelle ist zu gut für einen Mitleidsfick. Für sie ginge es um mich, und für mich wäre es nicht mehr als eine willkommene Ablenkung. Ich würde mir einreden, dass da mehr ist, als da wirklich ist, weil ich so gerne hätte, dass es so ist. Aber da ist nicht mehr.

Will: Susan zieht sich gerade aus ... Ich sage nur so viel: Sie hat sehenswerte Titten.

Ich dehne mein Genick und genieße das Knacken der Wirbel, die sich wieder einrenken. Wäre es mit dem Leben doch genauso einfach. Das Einzige, was ich heute noch will, ist vergessen. Ich werde jede Erinnerung an meinen Dad und das, was er gesagt hat, ertränken. Und Susans Titten können da sicher nicht schaden. Sie werden nicht mein Leben retten, aber vielleicht ja den Abend. Und das wäre ein Anfang. Mein Blick findet meine Reflektion im Rückspiegel. Ich nicke mir zu, dann greife ich nach der Papiertüte und steige endlich aus. Das Zufallen der Fahrertür wird von einem grollenden Donner verschluckt. Ich schließe ab und renne durch den strömenden Regen in Richtung Eingang. Es sind nur ein paar Meter bis zum Vordach, aber das reicht, um klatschnass zu werden. Regentropfen sammeln sich in meinen Bartstoppeln und laufen über mein Gesicht. Ich schüttle mir die Nässe aus den Haaren, dann klingle ich. Als wenig später der Summer ertönt, schiebe ich die Tür auf und laufe nach oben.

„Na endlich, Alter!", ruft Will mir entgegen, zieht kopfschüttelnd eine Augenbraue hoch und tippt auf eine imaginäre Uhr an seinem Handgelenk. „Was war denn los? Wieso hat das bitte so lange gedauert?!" Ich suche nach einer guten Notlüge, mit der ich mein Verhalten die vergangenen Tage erklären könnte, als Wills Handydisplay aufleuchtet und mich vor meiner Lüge rettet.

„Trav?" Er hält sich ein Ohr zu und schreit etwas in sein Telefon. Für einen kurzen Moment wünschte ich, ich wäre im Auto geblieben. Oder einfach doch zu Michelle gefahren. Ich wusste von der Party, aber alles, was ich wollte, waren ein paar gemütliche Joints mit meinem Kumpel Will. Und reden. Oder auch nicht. Hauptsache eine Pause von meinem Leben.

Will würgt Trav ab, so wie er es eigentlich immer tut, dann steckt er das Handy ein, legt mir den Arm um die Schulter und schiebt mich vor sich her. Plötzlich bleibt er stehen und schaut mich irritiert an. „Alter, du bist ja ganz nass?!“, lallt er über den Lärm hinweg.

Ich muss grinsen. „Will, es schüttet seit Stunden.“

„Tatsächlich?“ Er schüttelt den Kopf. „Das hab ich gar nicht mitbekommen. Wie auch immer ...“ Will deutet auf eine Tür am Ende des Flurs. „Ich glaube, ich hab noch ein sauberes T-Shirt.“ In seinen Augen funkelt das ein oder andere Bier. „Nicht, dass du krank wirst.“ Bei diesem Satz muss ich lachen, weil das so typisch für Will ist. Wenn er angetrunken ist, wird er immer total fürsorglich. Dann kümmert er sich um alle und kocht und räumt auf. Gut, meistens haut das dann nicht mehr so wirklich hin, aber er tut es mit so viel Hingabe, dass man es ihm nicht wirklich übelnehmen kann, wenn er alles, was er im Kühlschrank findet, zu einem schwarzen Klumpen verkohlen lässt.

Ich gehe noch immer grinsend hinter ihm her. Die Wohnung platzt aus allen Nähten. Egal, wo man hinsieht, stehen super gut gelaunte und überwiegend gutaussehende Leute herum. Sie lachen, trinken und kiffen. Ein paar von ihnen sind verkleidet, eine ist oben ohne. Das muss Susan sein. Ich folge Will in sein Zimmer, während er irgendetwas vor sich hin murmelt, das sich so anhört wie *und dann erzählst du mir erst mal in Ruhe, was mit dir los ist.*

Er schwankt zu seinem Kleiderschrank, reißt ein einsames weißes T-Shirt heraus, hält es mir hin und ich nehme es. Danach bücke ich mich nach den beiden Pullovern, die gerade wie in Zeitlupe auf den Boden gefallen sind, und lege sie zurück.

„Ist das letzte!“, ruft er triumphierend. „Ich gebe dir mein letztes Hemd! So gern hab’ ich dich!“ Sein Lachen steckt mich an.

„Danke, das weiß ich wirklich zu schätzen." Das Shirt ist nur *fast* sauber, aber es ist von Will und deswegen ist das absolut in Ordnung. Ich grinse ihn an. „Kann ich meins zum Trocknen bei euch im Bad aufhängen?"

„Sicher, komm mit."

Amy

Mein Kopf droht zu platzen und das Dröhnen wird im Sekundentakt schlimmer. Lilian und Jess kichern und reden wirr durcheinander und am liebsten würde ich ihnen sagen, dass sie endlich ihre blöden Klappen halten sollen, weil ich bei diesem hysterischen Lärm nicht denken kann. Aber das tue ich nicht. Ich lächle lieber, weil diese Scheißparty schließlich meine Idee war. Weil ich irgendwie dachte, es wäre nett, Will unseren Freunden vorzustellen. Okay, das ist nur die halbe Wahrheit. Wenn ich ehrlich bin, wollte ich in erster Linie die gefühlt achttausendste College-Absage vergessen. Und mit ihr das Gefühl des Versagens. Ich wollte einfach nur feiern und mir vormachen, dass es okay ist, nicht zu wissen, wo es hingeht. Ich wollte für ein paar Stunden ausblenden, dass ich ohne den guten Namen und das Vermögen meines Vaters ein Niemand bin. Vergessen, dass meine Träume vermutlich immer Träume bleiben werden. Ich habe mich echt auf diesen Abend gefreut. Da wusste ich auch noch nicht, dass Will *Andrew MacDougall* eingeladen hat. Hätte ich es gewusst, wäre ich ganz sicher nicht hier. Und dass die beiden befreundet sind, gibt mir gerade den Rest.

Das Problem mit Andrew ist, dass ihn fast jeder kennt – und auch noch mag. Na ja, mal abgesehen von den zehntausend Frauen, die er flachgelegt und dann wie Scheiße behandelt hat. Die meisten von ihnen wären vermutlich trotzdem blöd genug, es wieder zu tun. Ganz einfach, weil Andrew etwas an sich hat, das uns Frauen aus dem Takt bringt. Es sind seine Augen.

Und die Art, wie er sie einsetzt. Wie eine Waffe, mit der er sein Opfer niederstreckt. Ich habe das Blutbad gesehen. Ich weiß, was sein Blick anrichten kann. Und ich weiß, wie wenig ihn das kümmert.

Ihm in Boston aus dem Weg zu gehen, ist fast unmöglich, aber bis heute war wenigstens meine Wohnung eine MacDougall-freie Zone. Und jetzt ist sie verseucht. Sein Parfum liegt in der Luft und ja, ich erkenne es sofort. Trotz dem Zigarettengestank, dem leichten Schweißgeruch, dem Bier und dem Gras. Es schwebt über allem und trommelt von innen mit den Fäusten gegen meine Schläfen. Dieser Duft treibt mich in den Wahnsinn. Wenn ich ihn rieche, setzt mein Gehirn aus. Es ist ein gefährlicher Duft. Vor allem auf Andrews Haut. Diese zitronigen Noten erinnern mich an eine Zeit, an die ich nicht denken will. An eine Zeit, die unendlich lang her ist. Damals habe ich die Illusion noch für echt gehalten. Und meine Familie für glücklich. Als ich klein war, dachte ich, wir hätten alles. Und das hatten wir auch. Zumindest dann, wenn man in Immobilien, Angestellten, Booten rechnet. Ich hasse es, wenn ich wie das arme reiche Mädchen klinge. Wie diese verzogene Göre, die nie echte Probleme hatte. Keine, die Daddys Geld nicht hätte lösen können. Manchmal fühlt es sich so an, als würde das an mir haften. So, als wäre es egal, was ich tue – ich bleibe immer die kleine naive Amy Hastings. Die, die sich nie Sorgen machen musste. Die, deren Eltern schon alles wieder in Ordnung bringen würden, was ihre missratene Tochter nicht hinbekommen hat. Ich hatte alles, aber ich war nichts. Doch das war nicht immer so.

Ich wende mich der noch immer verschlossenen Badezimmertür zu. Was macht der bitte so lange da drin? Kommt hier rein und führt sich auf, als würde er hier wohnen. Mein Blick sucht nach Will, aber der ist schwer damit beschäftigt, Susan auf die Brüste zu starren. Sie lächelt ihn verführerisch an, was er nicht bemerkt, weil ihre Nippel ihn wie zwei große Augen ansehen. Ich schaue wieder über meine Schulter. Das darf doch nicht wahr sein! Vermutlich kann Andrew sich nicht von seinem beschissenen Spiegelbild losreißen. Ich sehe ihn förmlich vor mir, wie er sein widerspenstiges dunkelblondes Haar in Position bringt, sich selbstverliebt über den Dreitagebart streicht und sich dann checkermäßig zuzwinkert. *Arschloch.*

Okay, ja, er sieht gut aus. Mehr als gut. Aber das tun Arschlöcher doch eigentlich immer. Ihr Aussehen öffnet ihnen erst die Türen und dann die Schenkel. Ohne ihr Aussehen wären sie nichts. Und bei Andrew ist das nicht anders.

Man möchte meinen, dass diese Stadt als Jagdrevier groß genug ist, aber nein, jetzt muss es auch noch meine Wohnung sein! Das hier ist *meine* verdammte WG! Und *mein* Bad! Und ich brauche Kopfschmerztabletten. Jetzt. Und die sind da drin. Okay, ich habe auch noch eine Packung in meinem Zimmer, aber darum geht es nicht. Der springende Punkt ist, dass ich ihn aus dem Bad raus haben will. Badezimmer sind intim und Andrew ist der letzte Mensch auf diesem Planeten, den ich in der Nähe meiner Sachen haben will. Oder auch in meiner, wenn wir schon dabei sind. Ich schaue wieder zu Will hinüber, aber an Blickkontakt ist nicht mehr zu denken. Seine Hände massieren bereits Susans große Brüste und sein Körper stemmt sich gegen ihren. Und auch wenn ich es nur sehr ungern zugebe, aber die Art, wie er sie küsst, macht mich an. Noch schlimmer als diese Erkenntnis ist aber, dass der Will in meinem Kopf verdächtig wie Andrew aussieht und Susans Brüste mich auf einmal ziemlich an meine erinnern. *Okay, stopp. Das reicht.* Ich schüttle kurz den Kopf, was das Dröhnen nur noch schlimmer macht und mein Kopfkino leider völlig kalt lässt. Einen Moment muss ich über mich selbst lachen. Darüber, wie ich auf ihn reagiere. Auf ihn und diesen Blick. Und seinen Duft. Auf den Klang seiner Stimme und sein Lachen. Ich gehe seufzend den Flur hinunter. Ich wünschte, Andrew wäre nicht hier. Ich wünschte, er wäre weit, weit weg. So weit weg, dass ich ihn nie wieder sehen muss. Ihn und seinen Projektil-Blick. Andrew hat sich sein ganzes Leben lang genommen, was er will. Weil er denkt, dass er das darf. Sonst mag das ja stimmen, aber ganz sicher nicht in *meinem* Bad!

Andrew

Ich ziehe mir das Oberteil über den Kopf. Meine Haut ist inzwischen ziemlich abgekühlt und es ist ein wirklich gutes Gefühl, das klatschnasse Teil endlich loszuwerden. Ich wringe es aus und hänge es über die Duschvorhangstange, dann schaue ich mich um. Das ist ein ziemlich ordentliches Bad. Vor allem, wenn man bedenkt, dass es von vier Leuten benutzt wird. Okay, ja, der Boden der Badewanne ist voller Haare und der kleine Mülleimer neben der Toilette könnte vielleicht mal wieder geleert werden, aber sonst ist es wirklich okay.

Wenn man wissen will, mit was für Menschen man es zu tun hat, muss man sich nur ihre Bäder ansehen. Sie verraten so viel über ihre Besitzer.

Ob jemand selbstverliebt ist, erkennt man zum Beispiel an pflegenden Gesichtsmasken. Wer mehr als drei von den Dingern hat, ist mir echt suspekt. Genauso wie auffällig viele Handspiegel – wer braucht bitte mehr als einen? Und auch Hautcremes mit diesen seltsam-exotischen Inhaltsstoffen, die angeblich Falten über Nacht glätten. Hey, wir sind Mitte zwanzig. Da sollten einen Falten noch nicht interessieren. Das letzte und vielleicht wichtigste Indiz: Unmengen an Make-up. Eine schöne Frau versteckt sich nicht.

Fast jeder Mensch hat irgendeinen Fetisch, aber manche gehen damit vielleicht ein bisschen zu offen um. Es gibt verschiedene Arten von Ticks. Zum einen wären da die Sammler. Die Mitbewohnerin eines Kumpels von mir gehört in diese Kategorie. Sie sammelt Seifen in Tierform. Das ist kein Witz. Sie hat an die achtzig davon. Ganz ehrlich, ich will echt nicht urteilen und meiner Meinung nach soll jeder das tun, was ihn glücklich macht, aber wie soll man bitte eine Frau ernst nehmen, die Ferkel, Delphine und Schildkröten in einem Setzkasten ins Bad hängt? Im Ernst. Will ich einer Frau die Kleider vom Leib reißen und sie unter der Dusche vögeln, wenn mir ihre ganzen Waschstücke dabei zusehen? Nein, das will ich nicht. Aber wer weiß, vielleicht geht das ja nur mir so und andere fahren total drauf ab?

Eine andere Tick-Variante hat mit der Pflege von bestimmten Körperregionen zu tun. Da hätten wir beispielsweise Hände, Füße oder Intimfrisuren. Eine Freundin von mir hat zum Beispiel eine ziemlich bedenkliche Menge an Fußpflegeprodukten. Sie hat wirklich *alles* für Füße. Dinge, von denen ich niemals wissen wollte, dass sie existieren. Ich mag schöne Füße, ehrlich, aber ich brauche nicht zu wissen, was da erst alles abgeschabt werden musste, damit sie so aussehen. Männer leben gern in der Illusion, dass Frauen einfach von Natur aus so schön sind, wie sie sind. Wie Geschenke, die wir auspacken dürfen. Haarlose, glatte, herrlich duftende Wesen, mit glänzenden Haaren und hornhautlosen Füßen. Natürlich wissen wir, dass das nicht stimmt. Aber so *wollen* wir es sehen.

Meine Augen wandern durch Wills neues Bad. Es ist wie der Backstage-Bereich bei einem Konzert. Die Wohnzimmer und Küchen sind die Bühne, aber der wirklich spannende Teil passiert hinter den Kulissen: in den Schlafzimmern und Bädern. Denn dort lassen wir die Hüllen fallen. Dort zeigen wir, wer wir sind. Hier sind schon mal keine Seifen in Tierform. Das ist ein gutes Zeichen. Und einen Fetisch erkenne ich auf den ersten Blick auch nicht. Alles scheint normal.

Ich betrachte die vier Zahnpastatuben, die auf der schmalen Ablage unter dem Spiegel liegen. Eine von ihnen ist offen. Der Deckel ist auf den Boden gefallen und liegt neben dem vollen Mülleimer. Ich hebe ihn auf und schraube die Tube zu.

Das Interessanteste in diesem Badezimmer sind aber das Duschgel, das Shampoo und die Spülung, die penibel nebeneinander auf dem Wannenrand stehen. Ihre Etiketten zeigen genau nach vorne und der Abstand zwischen den Flaschen ist wie abgemessen. So, als hätte jemand ein Lineal benutzt. Ich liebe Badezimmer. Sie sind wie eine Feldstudie. Wem auch immer dieses Zeug hier gehört, er oder sie hat vermutlich echt ein Problem mit den vielen Haaren auf dem Badewannenboden. Und auch mit dem überquellenden Mülleimer.

Ich bücke mich und mustere die Flaschen. Das Duschgel sticht mir besonders ins Auge. „Orange & Lindenblüten". Da ich mir nicht wirklich vorstellen kann, dass diese Kombination zusammenpasst, greife ich danach, öffne den Klappverschluss und rieche daran. *Wahnsinn.* Ich schließe instinktiv die Augen und atme ganz tief ein. So tief, bis mir schwindlig wird. Dann stoße ich seufzend die Luft aus und inhaliere ein zweites Mal. Dieser Duft haut mich um. Ein bisschen fruchtig, ein bisschen blumig und so wunderbar *sauber,* dass ich gar nicht genug davon bekomme. Es riecht wie frisch geduscht. Nur draußen im Freien.

Ich bin so berauscht von den Lindenblüten, dass ich nicht bemerke, wie neben mir die Tür aufgeht. Erst das ruppige „Was zum Teufel machst du da?", holt mich in die Realität zurück.

Amy

Ich starre ihn an. *Hör auf damit! Los, schau woanders hin!* Aber ich kann nicht. Seine nackte Haut schimmert feucht und seine Jeans sitzen so tief, dass ich die definierten Linien seiner Leisten sehen kann. Ich presse die Lippen fest aufeinander und schlucke. In einem anderen Leben würde ich mich ihm *genau jetzt* an den Hals werfen. Ich würde ihn küssen und für einen Moment vergessen, dass ich das nicht darf. Vergessen, dass er ein Arschloch ist. Meine Augen wandern von seinem muskulösen Bauch über seinen Oberkörper und weiter zu seinem markanten Kinn. Ich will mich von diesem Anblick losreißen, aber so nackt habe ich Andrew noch nie gesehen. Und vermutlich werde ich das auch nie wieder. Zumindest nicht außerhalb meiner Fantasien.

„Kann ich dir helfen?", fragt er mit seiner rauen Stimme und einem Ausdruck in den Augen, der mich langsam auszieht. *Halt. Amy, hör auf zu träumen.*

Ich weiche einen Schritt zurück und mustere ihn so abschätzig, wie es geht. „Wenn hier jemand Hilfe braucht, dann ja wohl eher du", sage ich schroff.

„Tatsächlich?", fragt er und grinst süffisant. „Wie kommst du darauf?" Er wendet sich mir zu. *Zu viel Haut. Viel zu viel Haut. Verdammt.*

„Lass mich nachdenken", antworte ich und zwinge mich, seinem Projektil-Blick standzuhalten. „Vielleicht, weil du schon seit einer halben Ewigkeit hier drin bist ... und mein Duschgel in der Hand hältst?"

Er befeuchtet seine Lippen und mustert mich eindringlich. „Beobachtest du mich etwa?“

„Erwischt“, sage ich gespielt ertappt und lege mir theatralisch die Hand auf die Lippen. „Du hast völlig recht, ich suche schon, seit du vor einer halben Stunde hier angekommen bist, verzweifelt nach einer Chance, *irgendwie* mit dir ins Gespräch zu kommen.“ Ich verschränke die Arme vor der Brust.

„Dann hast du mich also nicht beobachtet.“

„Das hättest du wohl gern.“

„Hm“, brummt er und grinst mich breit an.

„Ich werde dir jetzt ein Geheimnis verraten“, sage ich und schaue ihm direkt in die Augen. „Aber ich warne dich – du musst tapfer sein.“

Sein Blick ist so tief, dass ich Angst habe, in ihm zu ertrinken.

„Okay“, flüstert er verschwörerisch und sieht mich an. „Klär mich auf.“

„Du willst es wirklich wissen?“

„Unbedingt.“

Ich beuge mich ein Stück in seine Richtung, dann sage ich: „Nicht jede Frau ist an dir interessiert.“

Das Lächeln funkelt in den Tiefen seiner Augen und läuft mir kalt über den Rücken. „Ach nein?“

„Nein.“

„Und woran, denkst du, liegt das?“

„Verstand?“, schlage ich vor. Er muss plötzlich lachen und die Muskeln in seinem Bauch ziehen sich abrupt zusammen. *Nicht hinsehen. Einfach nicht hinsehen.* Er hat ein fantastisches Lachen. Es ist kehlig und ansteckend. Und ich hasse die Tatsache, dass ich es so gerne höre.

„Dann stehen auf mich also nur *dumme* Frauen?“, fragt er und legt den Kopf leicht schräg. „Muss es nicht immer auch diese eine Ausnahme geben, die die Regel bestätigt?“

„Andrew, für dich sind Frauen doch auch nur ein weiterer Zeitvertreib ... so wie Autos oder Boote.“

„Du denkst, du kennst mich?“

„Natürlich kenne ich dich.“ Sein zitroniger Duft ist warm und nah.

„Ist das so?“, fragt er heiser.

„Zumindest weiß ich, wie du mit Frauen umgehst.“ Er sieht mich fragend an. „Wir waren auf derselben Schule“, erkläre ich kopfschüttelnd.

„Wenn das stimmt, warum kann ich mich dann nicht an dich erinnern?“

„Keine Ahnung, ich war wohl nicht dein Typ.“

„Du kannst mich nicht kennen“, entgegnet er und kommt langsam auf mich zu, „sonst wüsstest du, dass ich keinen Typ habe.“

„Mein Fehler“, antworte ich lächelnd. „Dann hängt der Gedächtnisschwund wohl eher mit deiner Vorliebe fürs Kiffen zusammen.“

Sein blödes Grinsen passt kaum auf sein Gesicht, dann sagt er: „Okay, ich hab’s verstanden – du hast mich nicht beobachtet.“

„So ist es.“

„Ganz sicher?“ Dieses Lächeln ist unverschämt und absolut hinreißend.

Ich atme tief ein und seufze resigniert. „Hat dir schon mal jemand gesagt, dass du ganz schön von dir eingenommen bist?“

„Andauernd“, flüstert er, während er immer näher kommt. Mein Herz schlägt viel zu schnell und meine

Handflächen schwitzen. *Bleib, wo du bist,* denke ich und schlucke. „Dafür, dass du mich nicht beobachtet hast", sagt er leise und sein Duft steigt mir immer mehr zu Kopf, „weißt du aber ziemlich genau, wann ich hier angekommen bin." Bevor ich etwas dazu sagen kann, stellt er mein Duschgel zurück auf den Wannenrand, zieht sich ein Shirt über den Kopf und grinst mich dreckig an. Als er sich ein paar Sekunden später an mir vorbeidrängt, berührt seine Haut für den Bruchteil einer Sekunde meine. Ich kann nicht atmen. Da ist nichts mehr außer dieser Wärme und den Funken, die zwischen uns sprühen. Ich spüre sie wie zischende Feuerwerkskörper, die jeden Moment explodieren könnten. Unsere Lippen trennen nur ein paar Zentimeter und meine Fingerkuppen kribbeln, als würden sie einschlafen. Sein Atem riecht nach Minze und das Blau seiner Augen ist so unendlich tief, dass es sich fast so anfühlt, als würde ich darin versinken. „Es war schön, mit dir zu reden", flüstert er heiser, dann verlässt er das Bad.

Ich schließe die Tür hinter ihm und setze mich auf den Wannenrand, weil meine Knie mich nicht länger halten können. Mein Herz schlägt so schnell, dass ich es bis in die Fingerspitzen spüre, und meine Hände zittern. Ich habe mich erst ein Mal so gefühlt, und das war, als ich einen Fahrradfahrer angefahren habe. Es war seine Schuld und ihm ist nichts passiert, aber seit diesem Tag traue ich mich nicht mehr Auto zu fahren. Ich erinnere mich noch genau, wie ich mich damals auf den Randstein gesetzt habe. Ich erinnere mich an die vielen Tränen, die einfach nicht aufhören wollten, aus meinen Augen zu laufen. Und an meine zitternden Gelenke. Andrew ist wie dieser Unfall. Wie ein plötzlicher Schwächeanfall. Oder ein Kreislaufzusammenbruch. Ich spüre ihn überall. In jeder einzelnen Zelle.

Ich atme tief ein und schüttle den Kopf. Wie kann es sein, dass sich gar nichts geändert hat? Okay, ja, ich habe lange für Andrew geschwärmt. Die gesamte Schulzeit. Damals war ich uninteressant. Er hat mich nicht einmal bemerkt. Und dann, als ich endlich alt genug gewesen wäre, um ihm aufzufallen, hat diese Geschichte zwischen meiner Schwester und ihm angefangen. Wenn ich ehrlich bin, dachte ich, dass sich seitdem etwas geändert hat. Ich dachte, ich wäre nicht mehr dasselbe dumme Mädchen. Aber wie es scheint, bin ich es doch. Ich weiß, wie Andrew ist. Ich kenne ihn. Irgendwann habe ich damit aufgehört, die Herzen zu zählen, die er aus purer Langeweile gebrochen hat. Ich weiß, dass er ein blöder Arsch ist und ich weiß, dass er mir wehtun würde. Und ich weiß, dass er oberflächlich ist. Aber all das ändert nichts daran, wie ich mich in seiner Gegenwart fühle ... Ich bin wie die Brause, die sehnlichst auf das Wasser wartet, sich dann aber leider komplett darin auflöst. Andrew ist mein Wasser. Wenn er in meiner Nähe ist, kribbelt und sprudelt alles in mir. Alles in mir will ihn. Ich möchte die Augen schließen und die Tatsachen ausblenden. Ich möchte nur eine Woche mit ihm. Eine Woche, in der ich vergessen kann, was er Jane angetan hat. Nur eine Woche, in der ich in ihn verliebt sein darf, ohne mich deswegen dreckig zu fühlen. Aber die wird es nie geben. Diese Auszeit vom Leben gibt es nur im Film, und selbst da endet sie meistens schlecht. Warum kann ich nicht einfach Derek wollen? Das würde alles so viel einfacher machen. Er ist für mich da und unterstützt mich. Er ist gut. Und das nicht nur für mich. Er ist einfach gut. Durch und durch. Aber bei ihm bin ich einfach nur Amy. In seinen Händen werde ich nicht zu Wachs. Mit Derek zu schlafen ist schön. Er weiß, was er tut. Doch in meiner Fantasie schlafe ich schon seit

Jahren mit Andrew. Wenn man es genau nimmt, habe ich mit ihm die längste Beziehung meines Lebens – nur dass er nichts davon weiß. Und das wird er auch nie, weil er getan hat, was er getan hat. Weil ich ihn kenne. Ein naiver Teil in mir will glauben, dass Andrew anders ist. Anders als die Fassade. Anders als alles, was ich von ihm weiß. Dieser Teil will daran glauben, dass hinter seiner ganzen Oberflächlichkeit etwas versteckt ist, das er bisher niemandem gezeigt hat. Etwas, das ihn in meinen Augen zu einem Menschen machen würde. Doch manche Dinge kann man einfach nicht verzeihen. Sie sind zu groß, um sie zu vergessen. Das ändert aber nichts daran, dass ich in seiner Nähe zu Brause werde. Und auch nicht daran, dass er das Wasser ist, das alles in mir sprudeln lässt.

Andrew

Ich hatte vergessen, wie sich das anfühlt. Wie es ist, wenn sich die Welt plötzlich schneller dreht. Ich lehne mich an die Spüle und stecke meine zitternden Hände in die Hosentaschen. Mein Herz rast und ich atme so flach, dass mir schwindlig wird.

Während ich noch neben mir stehe, suchen meine Augen bereits nach Will, weil ich unbedingt wissen muss, wer *sie* ist. Aber er ist zu beschäftigt mit Susans Titten, um mich zu bemerken. Eine Weile bleibe ich einfach stehen und starre in Richtung Badezimmer. Die Tür ist noch immer verschlossen. Ich weiß nicht, was an ihr mich so dermaßen umhaut. Ja, sie sieht gut aus, aber das tun viele Frauen. Okay, zugegeben, sie sieht verdammt gut aus. Sie hat diese Wahnsinnsaugen und einen Mund, bei dessen Anblick ich sofort hart werde. Ich höre mich laut schlucken. *Los, denk an etwas anderes.* Aber es sind nicht nur ihre Augen und ihre Lippen. Es ist alles. Gerade als ich mich frage, ob es ihr gut geht und ob es vielleicht besser wäre, nach ihr zu sehen, weil sie schon so lange im Bad ist, geht die Tür auf und sie verschwindet in Richtung Wohnzimmer. Seit wann interessiere ich mich bitte dafür, wie es jemand anderem geht? Seit Katie weg ist, gibt es nur mich und dieses seltsam leere Gefühl, das kein Joint der Welt vertreiben kann. Ich habe mich so sehr daran gewöhnt, dass ich es gar nicht mehr wirklich bemerkt habe. So, als wäre die Leere ein Teil von mir. Und plötzlich fühle ich mich anders an. Leichter. Fast ein bisschen glücklich. Ich spüre mich lächeln. Es ist seltsam. Vor nicht einmal einer Stunde saß ich noch im

Auto und alles, woran ich denken konnte, waren mein Dad und die Dinge, die er mir mal wieder an den Kopf geworfen hat. Und jetzt stehe ich hier auf dieser Party, die völlig an mir vorbeigeht, und das nicht, weil ich zu viel getrunken habe oder total bekifft bin, sondern weil meine Gedanken zum ersten Mal seit langem nicht mehr so unendlich schwer sind.

Ich gehe grinsend zum Kühlschrank. Gerade als ich die Hand ausstrecken will, um mir ein Bier zu nehmen, hält mich etwas in mir zurück, weil ich es ziemlich unhöflich finde, mich einfach so bei Leuten zu bedienen, die ich im Grunde gar nicht kenne. Ich schaue mich suchend um, aber ich habe keine Ahnung, wer hier eigentlich wohnt.

„Kann ich dir irgendwie helfen?", fragt plötzlich jemand neben mir.

Mein Blick folgt der Stimme. Sie gehört zu einem Asiaten mit breitem Grinsen. „Du kennst nicht zufällig jemanden, der hier wohnt?"

„Klar", sagt er. „Du etwa nicht?"

„Na ja ... ihn." Ich zeige auf Will und Susan und ihren Trockensex. „Aber da will ich gerade lieber nicht dazwischen geraten."

„Verstehe", sagt er lachend. „Ich bin Nate." Er sieht aus, als wäre er direkt aus einem Karatefilm in Wills Küche gesprungen. Extrem durchtrainiert und ziemlich gutaussehend. „Ich wohne hier."

„O, hi", antworte ich. „Andrew, freut mich."

„Ich weiß schon, wer du bist ..."

„Wir kennen uns?" Ich mustere ihn. „Tut mir leid, ich bin echt schlecht mit Namen."

„Ich glaube kaum, dass du mich kennst, aber ich kenne dich ..."

„Ach was ...“

„Alter, jeder kennt dich“, sagt er und legt mir die Hand auf die Schulter. „Ob du schlecht mit Namen bist, kann ich nicht beurteilen – meinen kanntest du bis gerade eben nicht.“

„Puh ...“, entgegne ich erleichtert, „dann habe ich mich ausnahmsweise mal nicht blamiert.“

„Hast du nicht, keine Sorge.“ Nate klopft mir freundschaftlich auf den Rücken. „Fühl dich wie zu Hause, Andrew.“ Er zeigt auf den Kühlschrank. „Bedien dich einfach. Das geht schon in Ordnung.“

„Sicher?“

Nate öffnet den Kühlschrank, nimmt zwei Bier heraus und reicht mir eines. „Hier.“

„Danke.“

„Doch nicht dafür“, sagt er grinsend und hebt die Bierflasche. „Man sieht sich.“

Ich weiß nicht genau, was ich vorhabe, aber etwas zieht mich nach nebenan. Zu ihr. Als wäre sie mein Gegenpol. Es muss nicht einmal etwas laufen. Es reicht mir schon, sie einfach nur anzusehen. Ich nehme noch ein zweites Bier aus dem Kühlschrank und gehe ins Wohnzimmer.

Meine Augen suchen den Raum nach ihr ab. Und da steht sie. Ich lehne im Türrahmen und starre sie an, beobachte, wie sie sich unterhält, wie sie lacht. Sehe ihr dabei zu, wie sie sich eine Zigarette anzündet und das Bier aus der Flasche trinkt. Wie ihre Lippen sich um die Öffnung legen. Sie macht mich fertig. Sie und ihr Mund und dieser trotzige Ausdruck in ihren Augen. Sie ist anders. *Gut* anders. Sie ist keins von den typischen Oceanside-Mädchen mit gemachten Titten, aber ohne Verstand. Sie hat Charakter. Und eine Meinung. Okay, das, was sie über mich denkt, finde ich jetzt nicht so gut, aber ich muss zugeben, dass ich sogar das an ihr sympathisch finde. Sie mag mich nicht – da geht es ihr wie mir. Sie zieht an der Zigarette und pustet den Rauch in Richtung Zimmerdecke. Ich sehe ihr dabei zu, wie sie sich unterhält, wie sie wild mit den Händen gestikuliert. Ich glaube, ich kenne keine Frau, die es schafft, in einem stinknormalen weißen Shirt und einer ausgewaschenen Skinny-Jeans so verdammt heiß auszusehen. Kein riesiges Dekolleté, kein kurzer Rock. Es geht nicht um das, was sie anhat. Es geht um die Frau, die in diesem Outfit steckt. Als sie plötzlich schallend anfängt zu lachen, kann ich nicht anders, als ebenfalls zu lächeln. Ich höre diesen unverkennbar heiseren Klang ihrer Stimme über die Musik und die vielen Gespräche hinweg. *Komm schon, schau zu mir rüber. Bitte.* Aber sie tut es nicht.

Mein Bier ist fast leer. Und während der ganzen Zeit, die ich hier stehe und sie ansehe, hat sie meinen Blick nicht *ein einziges Mal* erwidert. So, als wäre ich gar nicht da. Vielleicht stimmt es ja. Vielleicht ist sie wirklich nicht interessiert. Aber warum dann diese komische Aktion vorhin im Bad? Habe ich mir nur eingebildet, dass da etwas zwischen uns ist? Dieses Knistern? Nein. Es *war* da. Es war so heftig, dass ich kaum noch *atmen konnte.* Der bloße Gedanke daran, wie sich ihre Haut auf meiner angefühlt hat, zieht alles in mir zusammen.

Ich weiß nicht, wie ich darauf komme, aber ich dachte irgendwie, sie wäre nicht der Typ Frau, der Spielchen spielt. Ich dachte, das wäre nicht ihr Stil. Aber vielleicht lag ich da falsch, denn das hier fühlt sich gerade verdammt danach an. Sie will so tun, als wäre ich nicht da. Okay. Sie will mir die kalte Schulter zeigen? Bitte. Wie heißt es so schön? Wenn jemand dich ignoriert, stör ihn nicht dabei.

„Sie ist heiß, was?"

Ich schaue neben mich und sehe einen Typen mit kurzen rotblonden Haaren, Vollbart und einer von diesen buntverspiegelten Sonnenbrillen, die gerade jeder trägt.

„Wer?", frage ich und schaue zu ihm runter.

„Na, Amy." Er nickt in ihre Richtung.

„Ich weiß nicht, wer das ist", sage ich gelangweilt. „Da stehen drei ziemlich heiße Frauen."

„Ich meine die, die du die ganze Zeit anstarrst."

Was für ein Penner.

„Tatsächlich? Und welche wäre das?"

„Die mit den langen Haaren, dem weißen Shirt und dem Hammerarsch."

Amy also.

„Und du bist?", frage ich, obwohl mir eigentlich danach wäre, ihm zu sagen, wie verdammt peinlich es ist, nachts mit einer Sonnenbrille rumzurennen.

„Derek, hi." Er hält mir seine Bierflasche hin. Einen Augenblick zögere ich, aber dann stoße ich mit ihm an.

„Ich bin ..."

„Andrew", fällt er mir ins Wort. „Ich weiß ..." Er grinst mich breit an und nickt mir anerkennend zu. „Dein Ruf eilt dir voraus."

Was für ein blöder Vollidiot. Ich weiß nicht, was mich mehr an ihm nervt, sein Holzfäller-Look oder der aufgestellte Hemdkragen seines blauen Poloshirts, der leider so gar nicht zu seinem Hipster-Image passen will. Solche Kerle finde ich ja aus Prinzip zum Kotzen.

„Ach was“, antworte ich und schaue wieder zu Amy hinüber, die gerade ihre leere Bierflasche auf das Fensterbrett neben sich stellt. Ich stoße mich von der Wand ab. *Okay. Geh zu ihr rüber. Rede mit ihr.* Ich will mich gerade höflich von Holzfäller-Derek verabschieden, da hebt er nur kurz die Hand, grinst und sagt: „Mach's gut, Andrew.“ Mit diesem Satz geht er zu Amy, schließt sie von hinten in die Arme und küsst sie sanft auf den Nacken. Und bei diesem Anblick könnte ich ausrasten. Ich beiße die Zähne so fest zusammen, dass sie kurz knirschen, und atme tief ein, während die Flasche in meiner Hand in meiner Fantasie zu Dereks Hals wird.

Dieser Augenblick ist wie ein verdammtes Déjà-vu. Wie ein beschissener Kurztrip in die vielleicht schmerzhafteste Erinnerung der letzten Jahre. Amy dreht sich in seiner Umarmung um und für den Bruchteil einer Sekunde treffen sich unsere Blicke. Dann küsst sie ihn. Sie küsst ihn so, wie sie mich küssen sollte. Sie küsst ihn mit jeder Faser. Er zieht sie an sich und packt sie am Arsch. Ich muss hier weg. Schnell. Sonst bringe ich sie um. Alle beide.

Amy

Dereks Hände wandern zu meinem Hintern. Er zieht mich noch näher an sich heran und ich spüre seine Erektion am Bauch. Aber in meiner Vorstellung ist dieses harte Pulsieren nicht Derek. Es ist Andrew. *Ich bin echt das Letzte.* Derek liebt mich. Er *liebt* mich. Er küsst den Boden, auf dem ich gehe. Aber ich liebe ihn nicht. Ich mag ihn leider nur. Und das wusste ich auch schon, als wir zusammengekommen sind.

Derek schmeckt so, wie er immer schmeckt: nach Bier und Gras. Seine Zunge umkreist meine, er saugt an meiner Unterlippe, beißt sanft hinein. Und alles, woran ich denken kann, ist Andrew. Ich frage mich, wie er schmeckt. Meine Gedanken driften zurück zu unserem Augenblick im Türrahmen. Zu diesem Blick und dem Moment, als sein Mund meinen beinahe berührt. Ich rieche seinen Atem. Die frische Minze vermischt sich mit seinem zitronig-herben Parfum. Ich spüre die Wärme seiner Haut. Ich atme flach und meine Handflächen werden feucht. *Hör auf, Amy. Das gerade ist nicht Andrew. Es ist Derek. Der Derek, der immer bei euren Gigs dabei ist. Der Derek, der ohne zu murren auf jedes Konzert mit dir geht, wenn du ihn darum bittest. Derselbe Derek, der dir Tee kocht, wenn du krank bist und der anstandslos Tampons besorgt, wenn du dich mal wieder mit Unterleibsschmerzen im Bett windest und vor dich hin leidest.* Das stimmt alles. Er ist für mich da. Ich kann mich auf ihn verlassen. Und er sieht wirklich gut aus. Ich mag sein rötliches Haar und den Bart. Okay, der Bart könnte etwas kürzer sein und sein Kleidungsstil ist gefährlich nah dran am Möchtegern-Hipster, aber das kümmert mich nicht weiter. Derek hat einen echt guten Musikgeschmack. Er hat viele Interessen und er braucht nicht viel um glücklich zu sein. Ganz im Gegensatz zu Andrew mit seinen Autos, den vielen Privat-Unis und dem ganzen anderen Dreck. Derek hat sich alles selbst erarbeitet. Die Ausbildung und die Kochschule. Er kann gut zuhören, ist aufmerksam und liebevoll. Er ist der Typ Mann, der sich um einen kümmert. Einer, der losrennt und seiner Freundin *eine Wärmflasche* kauft. Ich meine, im Ernst jetzt, von denen laufen wirklich nicht viele rum. Ich habe so einen. Einen, dem es um mich geht. Der mich verwöhnt und bekocht. Mein Leben besteht beinahe ausschließlich aus Haute-Cuisine, nur dass ich dafür nicht einmal das Haus verlassen muss. Ich bekomme alles im Bett. Und das in jeder Hinsicht. Erst das Essen und dann den Nachtisch. Derek weiß, wie sehr ich darauf stehe, wenn man es mir mit der Zunge macht. Und er weiß, was er tut. *Mein Gott, es ist so armselig, wie verzweifelt ich versuche, mir meinen Freund zu verkaufen.* Die grausame Wahrheit ist, dass ich trotz alledem einen anderen will. Derek ist toll und mit ihm zu schlafen ist echt gut, aber wenn ich währenddessen an Andrew denke, ist es absolut *unbeschreiblich.* Ich frage mich, wie es wäre, wirklich mit ihm zu schlafen. Mit Andrew, meine ich. Bei diesem Gedanken seufze ich gegen Dereks Lippen.

„Ich will dich, Babe", flüstert er außer Atem. Kurz frage ich mich, ob Andrew noch immer im Türrahmen steht und uns zusieht. Und obwohl ich weiß, wie falsch es ist, macht mich die Vorstellung irgendwie an. *Mir ist echt nicht zu helfen.* „Komm schon, lass uns nach nebenan gehen ..."

„Das geht nicht", sage ich und schlucke. „Lucy schläft in meinem Zimmer."

„Dann eben im Bad.“ Derek zieht mich noch näher an sich heran und drängt sein Becken an meines. Und diese Berührung ist wie ein dumpfer Stromstoß zwischen meinen Beinen. Ich sehe Andrews dunklen Blick und sofort richtet sich jedes noch so kleine Härchen an meinem Nacken auf. *Denk an Derek.* Aber ich denke nicht an Derek. Ich denke an Andrew. Da sind nur noch er und ich und das, was er gleich mit mir machen wird. „Bitte, Babe“, fleht Derek. Ich weiß, ich sollte Nein sagen, aber ich kann nicht. Der Film in meinem Kopf ist einfach zu gut. Derek presst sein Becken gegen meines und ich höre mich leise stöhnen. „Ich weiß, dass du auch Lust hast ...“ Die habe ich. Und wie. Nur leider nicht auf ihn.

„Derek, warte ...“, flüstere ich atemlos, öffne die Augen und schaue zum Türrahmen. Aber Andrew ist weg. Die Enttäuschung legt sich eng um meinen Brustkorb. Genau deswegen gehe ich Andrew aus dem Weg. Weil es wehtut, wenn er da war und es dann nicht mehr ist. Weil er eine Leere hinterlässt, die Derek nicht füllen kann. Ich hatte einige Typen, aber in meinem Kopf war es immer nur der eine. Der, den ich nicht haben kann.

„Babe?“, fragt Derek heiser und streicht mir sanft eine Haarsträhne aus dem Gesicht. „Ist alles okay?“

„Ich ... doch, doch“, antworte ich ausweichend und schlucke angestrengt. „Alles bestens.“ *Das mit Andrew ist eine Fantasie. Eine Fantasie, die niemals wahr wird. Das hier ist die reale Welt. Dein Leben. Und in der Realität will ein ziemlich heißer Typ mit dir schlafen. Es könnte wirklich schlimmer sein.* Ich betrachte Dereks Gesicht und zwinge mich zu einem Lächeln, dann nicke ich in Richtung Flur. „Komm schon, lass uns ins Bad gehen ...“ Und bei diesem Satz legt sich ein breites Grinsen auf sein Gesicht.

Andrew

Ich fahre viel zu schnell. Die Sicht ist beschissen und die Scheiben beschlagen, aber ich kann mich nicht bremsen. Meine Muskeln zittern. Ich spüre Tränen über mein Gesicht laufen, aber ich weiß nicht, woher sie kommen. Mein Brustkorb ist zu eng und mein Herz schlägt zu schnell. Die Wut lenkt mich und es fühlt sich an, als würde ich gerade neben mir stehen. Als wäre ich nicht wirklich ich. Die Ampel schaltet auf Rot, aber ich fahre noch drüber. Ich will bloß weg. Vor allem weg von mir und meinen Gedanken. Weg von den Bildern in meinem Kopf. Ich will einfach wieder ich sein – unbeschwert und frei. So, wie ich einmal war. Und plötzlich weiß ich, wo ich hin muss. Ich bin gleich da.

Ich renne durch den strömenden Regen, über die große Wiese, am Haupthaus vorbei und weiter zu den Unterkünften. Dann betrete ich den langen Flur. Hoffentlich ist Katie nicht da. Ich will sie nicht sehen. Das wäre echt zu viel für einen Abend. Ich wische mir die Haare aus der Stirn und schaue hoch. Das Wohnheim ist wie ausgestorben. Die einen schlafen schon, die anderen sind noch irgendwo am Feiern. Ich laufe den Korridor hinunter, dann nehme ich die Stufen in den zweiten Stock. Als ich vor ihrer Tür ankomme, bin ich außer Atem. Ich bin verwirrt und wütend. Und ein Teil von mir weiß, dass es falsch ist, was ich gleich tue. Aber der Teil, dem das egal ist, ist leider größer. Ich will vergessen. Ich will mich gut fühlen. Und ich will nicht mehr an Amy denken.

Ich klopfe leise an die Tür. Stille. Ich warte einen Moment, dann klopfe ich noch einmal, dieses Mal etwas lauter. Gerade, als ich die Hand hebe, um gegen die Tür zu hämmern, geht sie auf.

Michelle steht im Schlafanzug vor mir. Sie trägt eine lange Pyjamahose mit dunkelblauen Elefanten und ein eng anliegendes Top, durch das man ihre Brustwarzen sehen kann.

„Andrew!“, flüstert sie erstaunt und legt die Stirn in Falten. „Ist etwas passiert?“

„Nein, ich ...“ Ich sollte nicht hier sein. Ich sollte verschwinden.

„Andrew?“, fragt sie sanft und legt ihre Hand auf meinen Arm.

„Ich musste dich sehen“, lüge ich, weil es sich so viel besser anhört, als: *alles, was ich will, ist, dass du mich in die Arme nimmst.* „Lässt du mich rein?“

„Sicher“, antwortet sie kopfschüttelnd und tritt zur Seite. „Komm rein.“

Mein Blick fällt auf Katies Bett. Es ist leer und das Bettzeug aufgeschüttelt. Die zwei Schreibtische sind aufgeräumt, alles ist ordentlich. So wie immer.

„Andrew, hör zu, ich ...“, sagt Michelle angespannt, während sie die Tür schließt. Ich weiß, was sie sagen will. Aber ich will es nicht hören. Nicht heute Nacht. Ich packe sie am Arm und ziehe sie fest an mich, bevor sie weiterreden kann. Sie atmet scharf ein. Mein T-Shirt durchnässt ihr Top. „Andrew“, flüstert sie und schluckt.

„Was?“, flüstere ich zurück.

Ich erkenne Angst in ihren Augen. Angst davor, dass sie ein weiteres Mal nur meine Notlösung ist. Davor, dass ich wieder weg bin, wenn sie morgen aufwacht. Ich warte darauf, dass sie mir sagt, dass sie das nicht noch einmal aushält, dass ich gehen soll, aber sie schaut mich nur an. Ihr Herz schlägt gegen meines und unser Atem vermischt sich. Wir stehen nur da in dieser nassen Umarmung. Die Luft knistert angespannt, dann schließlich fragt sie: „Ist es Sex? Bist du deswegen hier?“

„Du weißt, dass das nicht alles ist.“

„Was ist es dann?“

„Soll ich lieber gehen?“, flüstere ich heiser, und in der Sekunde, als ich es laut ausspreche, verfluche ich mich, weil ich genau weiß, dass sie nicht will, dass ich gehe. Sie will, dass ich bleibe. Am liebsten für immer. Ich sehe, wie sie mit sich hadert. Ich sehe ihr an, dass sie weiß, dass ich ihr wehtun werde. Dass sie morgen bereuen wird, dass sie mir die Tür aufgemacht hat. So wie jedes Mal. „Wenn du willst, kann ich gehen.“ *Fuck, ich bin so ein Arschloch.*

„Ich will nicht, dass du gehst.“ Sie schluckt. „Ich will nur wissen, warum du hier bist.“ Ich rieche ihre warme Haut und spüre ihre harten Nippel durch mein Shirt. Ich will ihr antworten, aber ich weiß nicht, was ich sagen soll. „Dann frage ich anders“, sagt sie leise und befeuchtet sich die Lippen. „Wirst du einfach wieder abhauen, wenn du mit mir fertig bist?“

„Wenn ich mit dir fertig bin?“ Ich weiche einen Schritt zurück.

„Na ja“, antwortet sie schüchtern, „wenn du mit mir geschlafen hast ...“ Ihr Blick bohrt sich in mein Gewissen.

„Vielleicht war es ein Fehler herzukommen“, sage ich, lasse sie los und gehe in Richtung Tür.

„Andrew, warte ...“ Sie hält mich am Arm fest.

„Worauf?“, fahre ich sie an und der Ausdruck in ihrem Gesicht bringt mich fast um. „Darauf, dass du mir unterstellt, dass ich nur hierherkomme um dich zu ficken?“ Tränen laufen über ihre Wangen. *Ich bin so ein verdammter Idiot.* „Michelle, es ... es tut mir leid.“

„Was genau ist das bitte zwischen uns?“, fragt sie. Ihr Kinn zittert.

„Es ist viel mehr als Sex“, antworte ich gereizt.

„Aber so fühlt es sich nicht an.“

„Wenn du das so siehst, warum machst du es dann? Warum lässt du mich immer wieder rein?“

„Das weißt du ganz genau“, flüstert sie.

Das stimmt. Ich weiß es.

„Ich werde echt nicht schlau aus dir, Andrew ...“

„Ich auch nicht“, antworte ich. „Mit dir geht es nicht nur um Sex ...“ Michelle will gerade Luft holen und mir widersprechen, aber ich schüttle nur den Kopf. „Ich war eben auf einer Party“, sage ich und versuche, nicht an Amy zu denken. „Und auf dieser Party waren ein paar verdammt heiße Frauen.“

„Was soll das? Warum erzählst du mir das?“, fragt Michelle wütend.

Ich halte sie wieder fest und sehe ihr tief in die Augen. „Ich war noch nicht fertig ...“ Michelle atmet flach. Ich spüre, wie wütend sie ist, und irgendwie macht mich das an. „Wenn es mir wirklich nur um Sex ginge, denkst du nicht, dass ich dann einfach dort geblieben wäre? Dass ich mit einer von *ihnen* geschlafen hätte?“ Ich ziehe sie noch näher an mich. „Ich hätte dort bleiben können, aber das bin ich nicht“, flüstere ich und wische ihr die Tränen von den Wangen. „Ich bin zu dir gefahren.“

Amy

Dereks Hände halten mich an der Hüfte. Ich stehe nach vorne gebeugt vor ihm. Mein Stöhnen hallt durchs Badezimmer und es ist mir völlig egal, ob mich jemand hören kann. Er nimmt mich. Und es ist so gut, dass ich alles um mich vergesse. Ich spüre ihn tief in mir. Spüre, wie er mich ausfüllt. Wie er mit jedem Stoß diese Stelle trifft, die mein Gehirn zu einem nutzlosen Klumpen macht. Ich höre Derek schwer atmen. Er prallt gegen meinen Hintern, seine Finger massieren mich zwischen den Beinen. Andrews Parfum schwebt noch immer durch die Luft. Ich inhaliere es mit geschlossenen Augen und stelle mir vor, dass *er* gerade hinter mir steht. Dass es seine Hände sind, die mich halten. Dass ich *ihn* in mir spüre. Und dass das dumpfe Raunen hinter mir zu ihm gehört. Ich sehe seinen nackten Oberkörper und die Anspannung in seinem Gesicht. Ich betrachte seine Leisten und beobachte, wie sich seine Muskeln bei jedem Stoß anspannen. Meine Knie zittern und meine Stimme vibriert. *Jeden Moment.* Ich klammere mich am glatten Wannenrand fest. Mein Stöhnen klingt fast flehend, und bei diesem Klang bewegt sich Andrew schneller. Ich bin nicht mehr wirklich da. Ich weiß nicht, ob ich laut bin oder die Luft anhalte. Ich spüre nur noch diese Welle, die jeden Augenblick brechen wird. Spüre, wie sie mich erfasst und mit sich reißt. Alles in mir zieht sich zusammen und für den Bruchteil einer Sekunde ist alles still – dann explodiert mein Kopf. Ich lasse los, verliere mich, taumle in einen Strudel, der mir den Atem raubt, und lasse mich von diesem gigantischen Gefühl in eine andere Welt katapultieren.

„Das war der Wahnsinn", flüstert Derek atemlos und küsst mich in den Nacken. Ich antworte nicht. Ich kann noch nicht sprechen. Und auch nicht denken. Ich konzentriere mich auf den Rausch und das Kribbeln auf meiner Haut. Auf Andrews zufriedenen Gesichtsausdruck und das ermattete Gefühl in meinen Beinen. Und auf diesen gierigen Teil in mir, der mehr will. In der Sekunde, als ich das denke, dringt Derek wieder ganz tief in mich ein. Ich halte kurz den Atem an. Er bewegt sich in mir und dann seine Finger. Ich stöhne auf und meine Augen fallen zu. Die Anspannung findet in meine Muskeln zurück und mein Verstand kapituliert. Er driftet wieder zu Andrew. Kurz höre ich die mahnende Stimme meines Gewissens, doch dann ist sie weg. So, als wäre ich plötzlich unter Wasser. An einem Ort, an dem sie mich nicht erreichen kann. Jeder einzelne Gedanke verwischt und wird unscharf. Ich höre mich laut seufzen und betrachte Andrews Gesicht. Diesen Ausdruck in seinen Augen. Und bei diesem Anblick falle ich. Ich falle immer tiefer, bis ich mich schließlich komplett in meiner Fantasie verliere.

Andrew

Michelle liegt unter mir. Ihre Augenlider flattern. Ich spüre ihren feuchten Atem im Gesicht, spüre, wie sie sich an mir festhält. Ich weiß, dass es falsch ist, ich weiß, ich hätte nicht hierher kommen sollen, aber bei ihr fühlt es sich gut an, ich zu sein. Wenn ich mit ihr schlafe, fühle ich mich nicht mehr so beschissen wie sonst. Ich genüge ihr. Vielleicht ist es das. Bei ihr bin ich gut genug.

Ich bewege mich langsam, zärtlich. So mag sie es am liebsten. Meine Hände berühren ihre glatte Haut, während ich sie am Hals küsse. Meine Zunge spielt mit ihrem Ohrläppchen und ich spüre den kleinen Stecker. Meine Fingerkuppen streifen über ihre Schenkel. Als ich anfange, sie sanft zu beißen, atmet sie schneller. Bald wird sie kommen. Ihre Muskeln spannen sich an, sie drängt ihr Becken noch näher an meines, bäumt sich unter mir auf. Sie ist feucht und eng und ihr Stöhnen macht mich völlig fertig. Ich vergrabe mein Gesicht in ihrem Haar. Und dann, ganz plötzlich, sehe ich Amy. Den angespannten Ausdruck in ihren Augen, und den Wunsch nach Erlösung in ihren Tiefen. Ich höre sie schwer atmen, und der Klang ihrer heiseren Stimme macht mich so an, dass meine Bisse etwas fester werden. Ich könnte ewig mit ihr schlafen, ihr zusehen. *Fuck, hör auf, das zu denken. Konzentrier dich auf Michelle.* Aber ich kann nicht. Ich sehe nur noch Amy. Ihren flehenden Blick und diese vollen Lippen. Ich schaue ihr zu, wie sie sich unter mir windet, wie sie ihre Hände im Laken vergräbt. Und bei diesem Anblick vergesse ich alles. Ich vergesse, wo ich bin, vergesse meine Gewissensbisse, ich vergesse den Streit mit meinem Vater. In diesem Augenblick, ganz tief in Amy, in ihren Armen, mit ihrem Duft in der Nase, bin ich frei. Ich bewege mich schneller, dringe bei jedem Stoß so tief in sie ein, wie ich kann. Ich halte sie ganz fest, gleite mit der Zunge über ihre warme Haut. Dann plötzlich erstarrt sie. Ihre Muskeln zucken, ihre Arme liegen eng um meinen Nacken. Ich sehe ihr dabei zu, wie sie kommt, spüre, wie sich ihr Körper noch enger um meinen legt und pulsierend an mir saugt. Alles in mir spannt sich an. Jeder Muskel verkrampft sich. Ich höre mich seufzen, dann atme ich scharf ein und komme.

Ich ringe nach Luft, mein Herz rast und meine Haut ist schweißnass. Mit geschlossenen Augen liege ich einfach nur da und versuche zu atmen. Mein Gehirn scheint unendlich weit weg, meine Hände zittern. Ich bin berauscht. Als wäre das nicht mein Körper. Ich hatte wirklich oft Sex. Verdammt oft. Und ich habe mir auch schon oft einen runtergeholt. Eigentlich tue ich das jeden Morgen – ich finde, es hat etwas, den Tag mit einem Höhepunkt zu beginnen – aber *das* gerade eben war etwas völlig anderes. Auf einmal fühlt sich mein Leben nicht mehr ganz so sehr nach Sackgasse an.

Zumindest bis ich die Augen öffne und Michelles Gesicht sehe. *Fuck. O Fuck, was habe ich getan?* In diesem Moment weiß ich, dass ich einen Fehler gemacht habe. Ich sehe es an der Art, wie sie mich ansieht. An diesem erfüllten Schimmern in ihren Augen.

„Das war einfach unbeschreiblich ...“, haucht sie und schenkt mir ein scheues Lächeln.

„Ja, das war es“, antworte ich außer Atem.

Ihr Blick ist so unschuldig und entspannt, dass sich alles in mir zusammenzieht. Ihre wasserblauen Augen glänzen im schummrigen Licht. Michelle ist so schön. Sie ist so klug und liebevoll. Warum liebe ich nicht *sie*? Warum kann ich nicht verrückt nach *ihr* sein? Sie streicht mit den Fingerkuppen über meinen Rücken. Sie gleitet meine Wirbelsäule entlang und weiter über meine Schultern, dann nimmt sie mein Gesicht zwischen ihre Hände, zieht mich an sich und küsst mich. Als sie mich wieder loslässt, flüstert sie: „So warst du noch nie."

„Wie meinst du das?" Meine Stimme klingt rau.

„Das eben war so viel mehr als nur Sex", sagt sie und befeuchtet ihre Lippen. „Am Anfang war es wie immer ..." Sie schaut verlegen weg, dann sagt sie leise: „Ich meine, es war echt gut, aber dann, ganz plötzlich, war es völlig anders."

„Wie *anders*?", krächze ich.

„Ich weiß nicht", sagt sie und streicht mir über den Bart. „Dieses Mal war es Liebe."

Ich will etwas sagen, aber ich kann nicht klar denken. In der Leere meines Gehirns hallt nur ein einziges Wort: *Liebe.* Sonst ist da nichts. Michelle lächelt mich an und wischt mir liebevoll die Haare aus der Stirn. Und in dieser Sekunde wird mir klar, dass ich die Ausmaße meines Fehlers noch nicht mal ansatzweise erahne.

Amy

Es ist fast fünf Uhr morgens, als ich mich endlich in Richtung Bad zu meiner Zahnbürste schleppe. Bis auf den harten Kern sind inzwischen alle gegangen und es ist auf einmal seltsam ruhig in unserer WG. Wenn man einmal von den schmatzenden Geräuschen absieht, die vom Wohnzimmer bis in den Flur dringen. Seit knapp zwei Monaten landen Lilian und Nate bei jeder Gelegenheit, die sich ihnen bietet, wild knutschend auf dem Sofa. Ziemlich genau seit Beginn der Semesterferien. Na ja, vielleicht ist es nur eine Sommer-Affäre. Ich höre Zoes unterdrücktes Kichern aus der Küche, dann Mikes tiefe Stimme und dann noch mehr Kichern. Ich schiebe die Tür vorsichtig auf.

„Amy ...“, sagt Zoe und wischt sich die Tränen von den Wangen. Ich hätte auch gern jemanden, der mich so sehr zum Lachen bringt. „Sind wir zu laut?“

Ich schüttle den Kopf. „Nein, gar nicht.“ Ich nehme eine Flasche Mineralwasser aus dem Kühlschrank. „Ich hatte nur Durst.“

„Wo ist Derek?“

„Der ist im Bett“, antworte ich und lehne mich an den Tresen. „Ich gehe dann auch gleich.“ Sie nicken beide, dann unterhalten sie sich wieder, während ich die Flasche öffne, einen großen Schluck nehme und sie aus dem Augenwinkel beobachte.

Zoe und Mike haben das, was ich gern mal hätte. Eine *echte* Beziehung. Immer, wenn ich sie ansehe, fühle ich mich ein kleines bisschen wie ein Voyeur. Als würde ich sie bei etwas Intimem beobachten. Es sind Blicke, die Bände sprechen und kleine, scheinbar unbedeutende Gesten, die jedem Außenstehenden unmissverständlich zeigen, dass sie zusammen gehören. Dass sie sich lieben. So wie jetzt gerade. Zoes Beine liegen auf Mikes Schoß. Sie erzählt ihm etwas von einem Film, den sie unbedingt ansehen möchte. Er hört ihr zu. Und damit meine ich so richtig. Er hört *jedes Wort*. Weil es ihn interessiert, was sie denkt. Und während er das tut, massiert er ihr auch noch die Füße. Derek ist genauso. Aber ich bin leider nicht so mit ihm. Nach außen hin schon, aber eben nicht innen drin. Wir sind nicht Zoe und Mike. Wir sind Derek und Amy – und Andrew. Ich schließe die Augen und denke daran, wie er mich angesehen hat. Ich spüre seinen Blick noch immer. Ich denke an die Funken und das Brause-Gefühl. Mein müdes Gehirn driftet gerade gemächlich in die Fantasie, als Zoes Stimme mich in die Küche zurückholt.

„Amy? Alles okay?“, fragt sie vorsichtig.

Ich mache die Augen auf. „Doch, doch, alles gut, ich bin nur wirklich müde ...“, sage ich ausweichend, deute zum Flur und füge hinzu: „Zeit fürs Bett.“ Dann stoße ich mich vom Tresen ab und schraube den Deckel auf die Flasche. „Bis morgen.“ Mein Blick fällt auf die Digitaluhr am Herd. „Na ja, oder bis später, wie man es nimmt.“

„Bis später, Amy“, antwortet Mike lächelnd.

„Ja, schlaf schön, Süße“, sagt Zoe. „Wir sehen uns spätestens im *Goodluck Jeremy*.“

Ich nicke, hebe kurz die Hand und verschwinde in Richtung Bad. Es ist schon seltsam. Da freue ich mich seit Wochen auf den Gig im *Goodluck*, und jetzt, wo es fast so weit ist, kann ich an nichts anderes denken, als an Andrews blöden Blick. Er war lange genug weit genug weg. Andrew meine ich. Und mit ihm sein Blick. Sie waren so weit weg, dass ich fast dachte, Derek doch irgendwie zu lieben. Und jetzt? Jetzt bin ich wieder das Brause-Päckchen. Ich bin verliebt in ein Arschloch. In das größte Arschloch von allen. Wie konnte das bitte passieren? Und warum gerade in ihn? Es gibt doch genug andere Kerle, die Frauen wie Scheiße behandeln. Hätte es nicht einer von *denen* sein können? Okay, wenn man es genau nimmt, bin ich eigentlich auch ein Arschloch. Vielleicht nicht ganz auf Andrew-Niveau, aber trotzdem. Und ja, rein technisch gesehen bin ich Derek immer treu gewesen, aber in Wirklichkeit betrüge ich ihn am laufenden Band. Ich schlafe mit zwei Männern. Im Grunde ist es noch viel schlimmer. Ich *benutze* Dereks Körper, um in meiner Fantasie mit Andrew zu schlafen. Das ist doch abstoßend. *Ich* bin abstoßend. Ich bin ein grausamer, grausamer Mensch. Und Derek hat nichts falsch gemacht. Na ja, außer, sich in mich zu verlieben. Das war sein großer Fehler. Vielleicht ist er einfach zu gut. Nicht nur für mich, sondern generell zu gut. Ich meine, er tut alles für mich. Ich weiß, das sollte mich freuen, aber irgendwie sehe ich es nicht mehr. Heute zum Beispiel. Als alle gegangen sind, hat Derek Lucy geweckt, ihr ein Taxi gerufen und sie nach unten gebracht. Er hat mit ihr auf das Taxi gewartet und dann die Betten frisch bezogen. Er hat sich um alles gekümmert, während ich in der Küche saß, einen Käsetoast gegessen und vorgegeben habe, mich mit Jess zu unterhalten. Und jetzt liegt er in meinem Zimmer und wartet auf mich. Und was tue ich? Ich drücke mich in der Wohnung herum und hoffe, dass er eingeschlafen ist, bis ich komme, weil ich es nicht fertigbringe, ihm in die Augen zu sehen.

Meine Zähne sind wieder glatt und sauber und alles schmeckt nach Minze. Bei diesem Stichwort muss ich natürlich sofort wieder an Andrew denken. *Gott, ich finde mich selbst so anstrengend.* Ich betrachte mich einen Moment im Spiegel. Die dunklen Schatten, die die vergangenen paar Stunden unter meinen Augen hinterlassen haben und die fahle Haut, die mich irgendwie verbraucht aussehen lässt. Mein Blick fällt wieder auf Ginni, die zusammengerollt wie eine Katze neben der Badewanne liegt. Wann wird sie *endlich* kapieren, dass Nate nichts von ihr will? Jedes Mal, wenn er etwas mit Lilian hat, gibt sich Ginni gnadenlos die Kante – was dann jedes Mal damit endet, dass sie sich übergeben muss. Ich kenne sie nicht wirklich gut, aber ich kenne das Gefühl, wenn man so richtig am Boden ist. Und das ist Ginni in jeder Hinsicht. Jetzt endlich schläft sie und ihr ruhiger Atem erinnert mich daran, wie müde ich eigentlich bin. Ich gehe gähnend in den Flur, hole ein Kissen und eine Decke aus dem Schrank, decke Ginni zu und lege ihr ein Kissen unter den Kopf. Dann endlich schleiche ich in mein Zimmer. Derek schläft. Gott sei Dank.

Andrew

Die Sonne geht bereits auf und legt sich warm auf Michelles Gesicht. Ich bin nie lange genug geblieben, um sie so zu sehen. Ich habe mich jedes Mal wie ein Dieb davongestohlen, weil ich mit dem *Morgen danach* nicht umgehen kann. Ich weiß, wie man eine Frau zum Lachen bringt. Ich weiß auch, wie man sie dazu kriegt, mit einem ins Bett zu gehen. Und ich weiß, wie man es ihr besorgt. Aber ich habe keine Ahnung, wie Beziehungen funktionieren. Die einzige Frau, mit der ich bisher eine wollte, ist vermutlich gerade in einem Wohnheim ein paar Kilometer entfernt von hier. Und die andere kenne ich eigentlich gar nicht. Ich denke an Amy und dieses Gefühl der Hochspannung, das ich in ihrer Nähe gespürt habe. Und dann denke ich an diesen Holzfäller-Wichser und an die Art, wie sie ihn geküsst hat. Und bei diesem Gedanken merke ich, wie ich augenblicklich die Zähne zusammenbeiße. Alle haben jemanden. Katie. Amy. Alle. Nur ich nicht. Mein Blick fällt wieder auf Michelle. Auf ihre Lippen und ihre großen Augen, die sich hinter den Lidern verstecken. Auf die kleine Nase und ihre makellose Haut. Wenn man es genau nimmt, habe ich sehr wohl jemanden. Ich stütze mich auf dem Ellenbogen ab und sehe sie an. Michelle ist fantastisch. Okay, ja, ich liebe sie nicht, aber ich fühle mich zu ihr hingezogen. Und ich bin gern mit ihr zusammen. Wir können lachen und schweigen. Mit ihr bin ich einfach ich und sie hat kein Problem damit. Vielleicht ist es in Wirklichkeit so, dass einen die ewige Suche nach der einen großen Liebe von der Wahrheit ablenkt. Nämlich, dass es sie nicht für jeden von uns gibt. Manche bekommen sie, aber der Rest von uns ist einfach die Regel. Für uns gibt es keinen Film, es gibt nur eine Extraportion Realität. Und ganz nüchtern betrachtet, sieht meine Realität eigentlich ziemlich gut aus.

Vielleicht ist es an der Zeit. Vielleicht ist Michelle genau die Frau, die ich brauche. Vielleicht nicht für immer. Aber für jetzt. Ich breite den Arm aus und ziehe sie vorsichtig zu mir. Sie raunt kurz, dann schmiegt sie sich an meine Schulter, legt ihre Hand auf meinen Oberkörper und schläft weiter. Ihr Atem wird wieder ruhig und gleichmäßig. Ich spüre ihren Herzschlag auf meiner Haut. Vielleicht sind es keine Funken, aber es ist schön. So, als würde ich endlich irgendwo ankommen. Ich streiche Michelle sanft übers Haar und küsse sie auf die Stirn, dann schließe ich endlich die Augen und schlafe ein.

Amy

Ich bin wach. Hellwach. Mein Körper liegt schwer und müde in der Matratze, aber mein Gehirn tobt. Meine Gedanken fahren mit mir Karussell und die Stimme in meinem Kopf fragt sich, wohin Andrew vorhin verschwunden ist. Vermutlich zu irgendeiner Frau. Einer hirnlosen, künstlichen Kuh, die er flachlegen kann, wann immer ihm danach ist.

Ich rolle mich schwerfällig zur Seite und schaue in den Morgenhimmel, der sich in saftigen Orange- und Rosatönen über die Flachdächer spannt. Es ist halb acht, aber kein Schlaf in Sicht. Einen Moment denke ich an Jane und an die Gutenachtgeschichten, die sie mir früher immer erzählt hat. Es ging jedes Mal um ein kleines Mädchen namens Amy, das große Abenteuer erlebt. Sie hat sich zu mir ins Bett gelegt und so lange erzählt, bis ich eingeschlafen bin. Vermutlich macht sie das für Lou auch jeden Abend. Ich wette, sie liebt ihre Abenteuer genauso, wie ich damals meine geliebt habe. Manchmal wünschte ich, die eine oder andere Geschichte würde wirklich wahr werden. Man sieht es mir vielleicht nicht an, aber gegen so ein bisschen Märchen hätte auch ich nichts einzuwenden.

Mein Blick streift über die hohen Baumkronen, die sich vor meinem Fenster im Wind wiegen. Ihre Blätter schillern, als würden sie sich über den neuen Tag freuen. Ich konzentriere mich auf das Rascheln und die dünnen Schleierwolken, die sich wie wässrige Pinselstriche über den Himmel ziehen. Und während das Leben auf der Straße an Fahrt aufnimmt und die Vögel immer lauter zwitschern, werden meine Lider immer schwerer. Ich spüre das Dröhnen in meinem Kopf. Der Kater wartet. Genauso wie der Andrew in meinen Träumen. Er lächelt mich an und ich drifte in die Tiefe seiner Augen.

Andrew

Mein Körper wird schneller wach als mein Kopf. Der hängt noch fest. Ich spüre die sanfte Berührung einer Hand in meinem Gesicht und rieche einen Duft, den ich gut kenne, aber ich bin noch nicht bereit für die Realität. Meine Augenlider halten mich in dieser Welt, in der ich noch nicht wirklich fertig bin. Eine Welt, in der ich die vergangenen Stunden verbracht habe. Aber ich erinnere mich nicht mehr an die Bilder. An nichts mehr. Irgendwie fühlt es sich so an, als hätte ich vergessen, was ich sagen wollte. Als wäre ein wichtiger Gedanke unterbrochen worden. So, als läge er noch da, aber wäre gerade zu weit weg, um ihn noch erreichen zu können. Unzufriedenheit breitet sich in mir aus, dann öffne ich die Augen und sehe Michelles Lächeln.

„Du bist noch da", flüstert sie.

Ich blinzle verschlafen, räuspere mich und lächle. „Ja, ich bin noch da."

Sie nimmt meinen Arm und legt ihn sich um die Schulter, dann kuschelt sie sich an mich. Ihr nackter Körper schmiegt sich an meinen. Es ist ein warmes, wohliges Gefühl. Ihre Nähe ist wie ein Zuhause, wie eine Zuflucht. Ein Ort zwischen Traum und Realität. Wären da nicht diese seltsam diffusen Gedanken, wäre der Moment vollkommen. Während ich noch immer krampfhaft versuche, mich daran zu erinnern, was ich geträumt habe, streichelt Michelle mit der Hand über meinen Oberkörper und weiter zu meinem Bauch. Dann gleitet sie langsam weiter nach unten. Immer weiter. Als sie meinen Schwanz in die Hand nimmt, atme ich scharf ein. Michelle stützt sich neben meinem

Gesicht ab und lächelt mich an. Ich spüre, wie ich hart werde, und es macht mich an, ihr dabei in die Augen zu sehen. Dieser Blick ist neu. Es ist fast ein bisschen so, als würde ich diese Michelle gerade zum ersten Mal sehen. Ihre Hand gleitet langsam auf und ab. Sie sieht mich an, während sie mir einen runterholt. Meine Muskeln spannen sich an und mein Körper steht unter Strom. Michelle befeuchtet sich die Lippen, sieht mir tief in die Augen und verkriecht sich unter die Decke. Als sich ihr Mund eng um meinen Schwanz legt, schließe ich die Augen und meine Hände vergraben sich in ihrem Haar. Sie bewegt den Kopf langsam auf und ab, dann wird sie schneller. *Fuck, ist das gut.* Mein Atem geht flach. Sie wird noch schneller. *O fuck.* Ich höre mich seufzen, lege den Kopf in den Nacken.

„Michelle, warte“, raune ich heiser und schlucke. „Nicht so schnell ...“ Aber sie wird nicht langsamer. Im Gegenteil – sie nimmt auch noch die Hand dazu. „Warte, sonst komme ich ...“ Ich kann nicht mehr klar denken. Gleich gibt es kein Zurück mehr. Jeden Augenblick. *Wahnsinn.* „Michelle ...“, flüstere ich noch einmal, doch dann ist es zu spät. Ich erstarre, jeder Muskel zieht sich zusammen. Michelle gleitet weiter auf und ab und es fühlt sich an, als würde ich jeden Augenblick explodieren. „*O fuck!*“, stöhne ich und komme in ihrem Mund.

Amy

Als ich die Augen öffne, ist der Tag bereits dabei, sich wieder zu verabschieden. Die Luft in meinem Zimmer ist ungefähr genauso abgestanden wie der Geschmack in meinem Mund, und meine Augenlider reiben bei jedem Blinzeln wie Schmirgelpapier über meine Augäpfel. Früher habe ich das echt besser weggesteckt. Da hätten eine Dusche und ein gutes Frühstück gereicht. Heute brauche ich fast drei Tage Wellness, um mich von den paar Bier zu erholen.

Ich will mich umdrehen, aber Dereks Körper ist wie eine Zwangsjacke. Sein Bart kratzt auf meiner Haut und die Hitze ist kaum auszuhalten. Ich will ihn wegschieben, aber sogar dafür fehlt mir die Energie. Die Party sitzt mir in den Gliedern wie eine schwere Erkältung und mein Kopf dröhnt wütend vor sich hin. Jede Bewegung ist der reinste Kraftakt. Ich reibe mir den Schlaf aus den Augen, dann schaue ich auf den Wecker. Erst erkenne ich nichts, aber nach und nach werden die kleinen grünen Ziffern scharf. Viertel nach fünf. Okay. Zeit aufzustehen.

Ich schaue seufzend auf den schlafenden Derek auf meiner Brust, dann nehme ich eine dünne Haarsträhne zwischen Daumen und Zeigefinger und führe sie zu Dereks Nasenlöchern. Erst passiert nichts, doch dann geht ein Ruck durch seinen Körper und er reibt sich die Nase. Er murmelt etwas, das ich nicht verstehe, dreht sich um und schläft weiter. Ich schlage die Decke zurück, die feucht auf meiner Haut klebt, und stehe auf. *Okay, jetzt fühlst du dich noch beschissen, aber das geht vorbei. Zumindest irgendwann. Außerdem gibt es nichts, was ein paar Tassen Kaffee und ein guter Concealer nicht wieder in den Griff bekommen würden.* Das Zimmer pulsiert vor meinen Augen und mein Kopf will sich am liebsten gleich wieder hinlegen. Das Einzige, was mich davon abhält, ist der Gedanke an brutzelnde Spiegeleier mit einer dicken Schicht geschmolzenem Cheddar. Okay. Kurz duschen und dann ein richtig fettiges Frühstück. Meine Beine tragen mich wackelig in den Flur und langsam weiter ins Bad. Die Tür steht weit offen. Ginni ist Gott sei Dank weg und die Decke, mit der ich sie zugedeckt habe, finde ich zusammengelegt auf dem Wäschekorb. Das Kissen liegt aufgeschüttelt oben drauf. Ich schließe die Tür hinter mir ab, ziehe mich aus und stelle die richtige Temperatur ein, dann steige ich in die Dusche und ziehe den Vorhang zu. Und mit jedem Tropfen, der auf mein Gesicht prasselt, werde ich ein bisschen wacher.

Andrew

Der Wasserdampf breitet sich in dem kleinen Bad immer weiter aus. Er liegt wie zäher Nebel in der Luft. Ich wasche mir das Shampoo aus den Haaren und schalte das Wasser ab, als es an der Tür klopft.

„Andrew?“

Ich ziehe den Vorhang zur Seite. „Was gibt's?“ Ich wedle mit den Armen, kann sie aber trotzdem nur schemenhaft erkennen.

„Ich habe dir ein Handtuch aufs Waschbecken gelegt.“

Ihr Gesicht wird schärfer. „Danke“, antworte ich, steige aus der Dusche und greife danach. Ihr Blick wandert über meine Haut. Michelle wäre perfekt. Sie wäre alles, was ich will. Intelligent, wunderschön und einfühlsam. Sie kennt mich und liebt mich trotzdem. Sie kommt langsam näher und sieht mich von unten an. „Ist alles okay?“, frage ich im Flüsterton.

„Katie ist auf dem Weg hierher.“

„Und?“

„Na ja, ich nehme an, das bedeutet, dass du jetzt gehst.“

„Okay, ja, die Situation ist seltsam“, gebe ich zu und wickle mir das Handtuch um die Hüften, „aber nach und nach wird sich das geben.“

„Wird es immer so sein?“, fragt sie vorsichtig.

„Wird es *wie* sein?“

„Na, dass du gehst, sobald sie kommt?“

„Hey", flüstere ich und nehme sie in die Arme. „Wir werden schon eine Lösung finden." Ich küsse sie sanft auf die Stirn. „Ich suche mir eine Wohnung oder ein Zimmer, und dann sind wir einfach dort."

„Wir?", fragt sie und blinzelt verlegen.

„Ja, wir." Ich denke an Amy und ignoriere meinen rasenden Herzschlag. „Du und ich."

Als ich in Richtung Parkplatz schlurfe, sehe ich Katie. Kurz spiele ich mit dem Gedanken, ihren Namen zu rufen, entscheide mich aber dann doch dagegen. Ich bleibe stehen und schaue sie einfach nur an. Und zum ersten Mal seit Ewigkeiten tut es nicht weh. Plötzlich ist Katie nur noch eine von vielen. Eine inmitten von all den anderen Studenten. Sie scheint glücklich zu sein. Ihre Haut ist gebräunt und ihr langes dunkles Haar fliegt im lauen Wind. Sie sieht aus wie immer, aber sie zu sehen, fühlt sich anders an. Vielleicht habe ich sie lang genug geliebt. Vielleicht ist es endlich vorbei. Ich muss lächeln. Katie wird mir nie egal sein, aber sie ist auch nicht mehr mein Leben. Ich schaue ihr nach, bis sie in einem der Nebengebäude verschwunden ist, dann gehe ich zu meinem Auto.

Ich mag diesen Tag. Ich mag den tiefblauen Spätnachmittagshimmel und diese kitschigen Wolken, ich mag das Gefühl der Freiheit und die schier endlosen Grünflächen, die wie ein enormer Teppich neben dem Kiesweg liegen. Die Sprinkleranlagen laufen auf Hochtouren und ein paar Mädchen rennen im Bikini durch die Fontänen, um sich abzukühlen. Monatelang bin ich nicht mehr hier gewesen. Und wenn, dann nachts. Und immer nur an den Wochenenden. Ich wollte Katie nicht über den Weg laufen. Und ich wollte die Leere nicht mehr spüren. Also habe ich sie gemieden. Sie hat mich ab und zu angerufen und wir haben geredet, aber nie darüber. Immer nur über Belanglosigkeiten. Ich hole den Schlüssel aus meiner Hosentasche und sperre auf. Die Ledersitze sind so heiß, dass man sie kaum anfassen kann, und die Luft ist ohne Sauerstoff. Sie ist wie eine Wand aus Hitze. Ich öffne schnell die Fenster, gehe zum Kofferraum und mache ihn auf. Dann ziehe ich ein Shirt, saubere Socken und frische Boxershorts aus meiner Tasche. Ich muss echt waschen. Bald habe ich nämlich keine sauberen Klamotten mehr. Ich brauche *dringend* eine Wohnung. Für ein paar Tage im Auto zu pennen, ist eine Sache, aber das geht jetzt schon seit fast zwei Wochen so. Oceanside ist keine Option, weil mein Vater dann recht gehabt hätte, und bevor *das* passiert, schlafe ich echt lieber auf der Straße. Michelle würde mich bestimmt für eine Weile bei sich wohnen lassen, aber das kann ich nicht machen. Und das nicht nur wegen Katie. Wir drei in einem Zimmer wäre ein Albtraum. Aber die Wohnungen, die ich bisher angeschaut habe, sind entweder viel zu teuer oder absolute Bruchbuden. An die von gestern will ich nicht mal denken, geschweige denn dort einziehen.

Es ist ein seltsames Gefühl, wenn man nicht weiß, wo man hin soll. Wenn man kein Ziel hat. Nichts, was auf einen wartet. Wenn man es genau nimmt, hab ich noch nicht mal eine Richtung. Ich bin wie dieses beschissene Blatt im Wind, das darauf hofft, irgendwo anzukommen. Insgeheim weiß ich ganz genau, wo ich hin will. Nicht mit meinem Leben, aber zumindest für den Moment. Doch das wäre Michelle gegenüber nicht fair. Ich darf ihr nicht noch mehr wehtun. Andererseits ist Will einer meiner besten Freunde. Soll ich ihn jetzt etwa nie wieder besuchen, nur weil ich scharf auf seine Mitbewohnerin bin? Ich meine, ich fahre ja nicht *wegen*

Amy hin. Zumindest nicht nur. Ach, wem versuche ich was vorzumachen? Natürlich geht es um sie.

Einen Moment spiele ich mit dem Gedanken, Jake anzurufen, aber dann fällt mir ein, dass er die kommenden Wochen in New York ist. Ich könnte in sein Strandhaus fahren. Ich habe die Schlüssel. Aber was mache ich dort bitte den ganzen Tag? Rumsitzen und nachdenken? Das ist wirklich das Letzte, was ich brauche. Okay. Ich ziehe mich jetzt erst mal um und fahre zu Will. Und damit ich nicht rüberkomme wie ein Schmarotzer, kaufe ich auf dem Weg noch ein paar Bagels und Muffins. Danach kann ich immer noch nach Clearwater fliehen.

Ich ziehe mir schnell das T-Shirt aus, stopfe es in den Wäschesack und sprühe mich mit Parfum ein. Dann öffne ich die Knöpfe meiner Jeans. Ich schaue mich um, aber bis auf die Mädchen auf der Wiese ist niemand zu sehen, und die sind viel zu abgelenkt, um mich zu bemerken.

Als ich dann aber wenig später splitterfasernackt neben dem Auto stehe, höre ich plötzlich laute Pfiffe und aufgeregtes Kichern. Ich schaue mich um. Die Bikini-Mädchen klatschen und kreischen. Ich muss lachen und mache eine kleine Verbeugung, dann greife ich nach meinen Boxershorts und ziehe sie an. Danach die Jeans und die Socken und zuletzt das Shirt. Je mehr ich anhabe, desto enttäuschter sehen sie aus. Ich schüttle laut lachend den Kopf, werfe den Kofferraumdeckel zu und steige ein. Als ich an ihnen vorbeifahre, winken sie mir zu. Frauen sind doch einfach wunderbare Geschöpfe.

Amy

Ich verteile das Duschgel großzügig auf meiner Haut und versuche nicht daran zu denken, dass Andrew es noch vor ein paar Stunden auch in der Hand hatte. Ich sehe ihn vor mir. Halbnackt und mit diesem Blick, der meinen Verstand lahmlegt. Ich schließe die Augen und verliere mich in der gestochen scharfen Erinnerung an Andrews definierten Oberkörper. An ihn und seine Leisten. Ich versuche, mich nicht zu fragen, ob er noch dazu gekommen ist, an meinem Duschgel zu riechen und wenn ja, ob es ihm gefallen hat, weil ich es ohnehin niemals erfahren werde. Und außerdem spielt es keine Rolle. *Ich* liebe diesen Duft. Gerade als ich den Duschkopf aus seiner Halterung nehme, schrillt auf einmal die Türklingel los und ich lasse ihn vor Schreck fallen. Das Wasser spritzt in alle Richtungen. Ich atme seufzend ein, bücke mich danach und brause mich ab.

Meine Beine sind glatt, meine Haare gewaschen und meine Haut duftet nach Lindenblüten. Ich stelle das Shampoo zwischen mein Duschgel und die Spülung und rücke alle Flaschen zurecht. Ich weiß nicht, wie andere Menschen es aushalten, wenn ihre Sachen alle so kreuz und quer herumstehen. Ich für meinen Teil bekomme da Zustände. In dem Moment, als ich das Wasser abstellen und mich abtrocknen will, fällt mein Blick auf ein paar Sachen, die dort vor ein paar Tagen sicher noch nicht standen. Das Zeug gehört vermutlich Will. Neben einem halbleeren Shampoo mit der Aufschrift *Sondergröße* liegt eine kleine Duschgel-Probe. Auf der Rückseite steht *not for sale*. Ich greife danach. *CK One*? Wer trägt denn bitte heute noch CK One?

Ich mache den Deckel auf. *O mein Gott.* Das ist *Andrews* Duft!! Okay, etwas fehlt, aber das ist der Duft. Definitiv. *CK One*? Ich schaue die Tube ungläubig an. Nein. Niemals. Kann das sein? *Das* ist der Duft, der mich willenlos macht? Der Duft, der mich um den Verstand bringt? Das glaube ich ja nicht. Ich halte mir die Tube noch einmal unter die Nase und rieche daran. Und in derselben Sekunde fallen meine Augen zu und etwas tief in meinem Bauch fängt an, auffordernd zu pochen. Wie ein Reflex, den ich nicht kontrollieren kann. Die Gänsehaut sprießt auf meinem Körper, alles kribbelt. Ich inhaliere meine Droge, rieche so lange daran, bis es nicht mehr geht. Dieser Duft macht mich fertig. Ich schließe meine Augen und da warten auch schon die Fantasien. Andrew sieht mich auffordernd an. Er weiß genau, was ich will, und ich weiß genau, dass ich ihm auch dieses Mal nicht widerstehen können werde ...

Andrew

Ich sitze in der Küche und bei jedem Geräusch hoffe ich, dass es Amy ist, die endlich zur Tür reinkommt. Sie duscht. Und allein die Vorstellung, dass sie nur zwei Türen von mir entfernt nackt ist, bringt mich um den Verstand. Ich würde am liebsten aufstehen, die Tür eintreten, mich ausziehen und zu ihr unter die Dusche steigen. Einfach das tun, was ich schon seit der ersten Sekunde tun wollte, als ich sie gesehen habe: sie küssen. Ihre Lippen schmecken. Ihre Haut unter meinen Händen spüren.

„Andrew, diese Bagels sind meine Rettung!“, sagt Nate, holt noch einen Sesambagel mit Frischkäse aus der Papiertüte und nimmt einen großen Bissen. „Die sind der Wahnsinn!“, schwärmt er schmatzend. „Wo hast du die her?“

„Aus einer Bäckerei in der Nähe vom Kensington-Campus“, sage ich grinsend. „Die heißt *Le Boulanger*. Kennst du sie?“

Nate schüttelt den Kopf. „Nie gehört.“

„Wenn es nach mir geht, ist es die beste Bäckerei der Stadt“, antworte ich.

„Die sind so *verdammt* gut, ich würde am liebsten noch zwanzig davon essen!“ Er verdreht genüsslich die Augen. „Danke, Alter!“

Ich muss lachen. „Keine Ursache.“

Will greift schnell nach dem letzten Lachs-Bagel, Zoe und Mike teilen sich einen mit Avocadocreme, und Jess und Lilian machen sich über die Muffins her.

Es ist amüsant, dabei zuzusehen, wie sie sich auf das Essen stürzen. Ein bisschen wie ausgehungerte Wölfe.

Als Mike nach der Tüte greift, schüttelt Nate den Kopf. „Wir müssen noch etwas für Amy aufheben."

„Aber es sind doch noch zwei da."

„Und was ist mit Derek?", fragt Nate grinsend.

„Pfft", antwortet Mike abschätzig. „Können die sich nicht einen teilen?"

Jess und Lilian grinsen.

„Also, ich verrate nichts", flüstert Jess. „Iss ihn einfach."

„Kommt schon, das ist fies", sagt Zoe.

„Nimm ihn nur", sage ich lächelnd und nicke in Richtung Kühlschrank. „Da sind noch ein paar."

„Was?", fragt Mike. „Es gibt noch mehr?"

„Neben den beiden da", sage ich und deute auf die Tüte, „gibt es noch vier."

„*Ich liebe dich,* Andrew!", ruft er begeistert und greift nach dem Bagel. „Dann muss ich gar nicht den von Derek klauen!"

Ich greife nach meinem Kaffee und genieße die ausgelassene Stimmung, während Will sich das letzte Stückchen seines Bagels in den Mund schiebt. Er schleckt sich Daumen und Zeigefinger ab und trinkt einen Schluck Wasser, dann fragt er: „Ach ja, wie war eigentlich die Wohnung gestern?"

„Frag nicht", antworte ich kopfschüttelnd.

„Was denn, so schlimm?"

„Schlimmer."

Mike und Zoe sehen einander kurz an, dann wieder zu mir.

„Du suchst eine Wohnung?“, fragt Jess und sieht mich eindringlich an. Das tut sie schon die ganze Zeit. Ein bisschen so, als wäre ich ein Stück Fleisch in der Auslage.

„Dringend“, antworte ich nickend. „Wenn einer von euch etwas hört oder jemanden kennt, der ein Zimmer hat, wäre es klasse, wenn ihr an mich denkt.“

„Geht klar“, sagt Nate grinsend. „Ich werde mich umhören.“

Ich mag Nate. Vor allem, dass er immer begeistert wirkt.

„Das wäre echt nett“, antworte ich. „Das, was man nämlich so findet, ist einfach grauenhaft.“ Ich zucke mit den Schultern. „Zumindest das, was ich mir leisten kann.“

„Ich halte auch die Augen offen ...“, sagt Jess und zwinkert mir zu.

„Wir auch.“ Zoe und Mike lächeln mich an und ich lächle zurück. Sie haben das gefunden, was ich suche.

„Vielen Dank“, antworte ich und hebe prostend meine Kaffeetasse. Am liebsten würde ich sagen, dass ich bei ihnen einziehen will. Dass mir sogar die *Abstellkammer* reichen würde. Aber ich sage es nicht, weil es sonst so rüberkommt, als wären die Bagels eine Art Bestechungsversuch gewesen, auch wenn sie das nicht waren. Trotzdem will ich so etwas, wie das hier. In dieser WG würde ich mich wohlfühlen. Vielleicht weil jeder von ihnen ein total eigener Typ ist. Sie sind völlig unterschiedlich, aber irgendwie sind sie dennoch alle hier gelandet. Wie Strandgut, das von einer Welle angespült wurde. In dieser Wohnung ist alles echt. Es ist das genaue Gegenteil von Oceanside. Und ich glaube, das gefällt mir am meisten.

„Warte mal!“, sagt Lilian plötzlich und sieht mich an. „Eine Freundin von mir geht in ein paar Wochen nach Kanada. Ich könnte fragen, ob sie schon einen Nachmieter hat, wenn du willst...“

„Unbedingt.“ Ich nicke enthusiastisch. „Das wäre toll.“

„Das mache ich doch gern“, sagt Lilian lächelnd. „Becky feiert heute Abend im *Goodluck* ihre Abschiedsparty ... Komm doch auch, dann kannst du sie selbst fragen.“

„Lieber nicht, ich will mich nicht selbst einladen.“

„Das hast du doch auch gar nicht“, antwortet Jess. „Lilian hat dich eingeladen.“

Ich muss lachen. „Stimmt.“

„Sehr gut.“ Nate klopft mir auf die Schulter. „Wir sind heute nämlich alle dort.“

„Im Ernst?“, frage ich, obwohl ich eigentlich nur wissen will, ob Amy auch dort sein wird.

„Kennst du das *Goodluck*?“, fragt Zoe.

„Ob er das *Goodluck* kennt?“, fragt Will lachend. „Andrew *ist* das *Goodluck*.“

„Ehrlich?“ Nate schaut skeptisch.

Will nickt. „Von ihm kommt der Name.“

„Ach was“, sagt Jess.

„Na ja, eigentlich war das damals nur ein Spaß.“

„Aber es ist wahr!“, antwortet Will.

„Ja, gut, es ist wahr.“

„Und wieso habe ich dich dann noch nie dort gesehen?“ Jess mustert mich. „Ich bin mir sicher, du wärst mir aufgefallen...“

„Sagen wir so“, erwidere ich ausweichend, „da gab es jemanden, den ich nicht unbedingt treffen wollte.“

„Interessant.“ Ihre Augen leuchten. „Und jetzt ist sie weg?“

„Na ja, sie ist nicht weg, aber sie kellnert nicht mehr dort.“

„Dann ist das also vorbei?“, flüstert Jess.

„Ja, ist es.“

„Sehr gut. Wirst du nun heute Abend da sein?“ Jess ist interessiert. Und das so offensichtlich, dass Nate und Will breit grinsen.

„Eigentlich bin ich verabredet.“

„Dann sag ab.“

Ich denke an Michelle und daran, wie enttäuscht sie wäre, wenn ich das tun würde. Abgesehen davon weiß ich nicht, wo ich sonst schlafen soll. „Das geht nicht.“

Jess seufzt. „Na gut, dann bring sie eben mit.“

Ich will gerade antworten, als plötzlich die Tür aufgeht und Amy die Küche betritt. Sie trägt ein viel zu kurzes Sommerkleid. Ihr Haar ist nass und klebt an ihrer Haut. Einzelne Tropfen laufen über ihre nackten Beine. *Fuck*. Bei diesem Anblick trocknet mein Mund aus und ich umfasse instinktiv die Armlehnen meines Stuhls, so als müsste ich mich davon abhalten, aufzustehen und ihr das Kleid vom Körper zu reißen. Amy mustert mich. Da ist wieder dieser feindselige Ausdruck in ihren Augen. Ja, ich war schon auf viele Frauen scharf, aber das mit Amy ist anders. Sie hat etwas an sich, das mich in den Wahnsinn treibt. Ich weiß, ich sollte mich von ihr fernhalten, aber genau das kann ich nicht. Als wäre ein Gummiband zwischen uns, und mit jedem Meter, den ich mich von ihr entferne, steigt die Spannung weiter an, bis ich schließlich zu ihr zurückschnelle. Ich will sie. Und zwar so, wie ich noch nie eine Frau wollte.

Amy

Was macht der denn schon wieder hier? Ich versuche, ihn zu ignorieren, aber die Art, wie er mich ansieht, macht mich fertig. Sein Blick ist wie Sex. Wie Hände, die nach mir greifen. Er schaut mich an, als wüsste er, dass ich gerade eben unter der Dusche mit ihm geschlafen habe. So, als würde er mich durchschauen.

„War wohl ziemlich lang gestern Nacht!", ruft Will und klatscht lachend in die Hände, aber ein gezielter Blick lässt ihn augenblicklich verstummen.

Ich wende Andrew und dem Ausdruck in seinen Augen schnell den Rücken zu und gehe zur Kaffeemaschine. Und jeder Atemzug riecht nach ihm. Nach ihm und der Wärme seiner Haut. Der ganze Scheißraum ist getränkt in Andrew. Wäre das hier ein Film, würde er jetzt aufstehen und mir das Handtuch vom Körper reißen. Er würde mich so küssen, wie ich noch nie geküsst worden bin. Und ich würde für nur einen Moment vergessen, dass das zwischen uns nicht sein darf. Ich würde mit ihm schlafen. Und danach wäre nichts mehr, wie es einmal war. Dann wüsste ich zwar, wie es sich anfühlt, mit dem einen Mann zu schlafen, den man schon immer geliebt hat, aber ich wüsste eben auch, dass es nie wieder passieren darf. Ich wüsste, was Erfüllung ist, aber im selben Moment wäre ich eine Verräterin. Ein heißer Schauer kribbelt meinen Rücken hinunter. Und zwar genau da, wo ich Andrews Blick vermute. Er muss weg. Und mit ihm sein Blick. So weit weg wie nur möglich. Aber gleichzeitig will ich nicht, dass er geht. Es ist zum Verzweifeln. Ich hasse es, wie sehr ich ihn will. Ich hasse es, wenn ich nur noch an ihn denken kann, aber ich liebe das Gefühl, wenn mein Herz schlägt, wie es schlägt. So, wie es nur für ihn schlägt. Ich liebe dieses lebendige Kribbeln, das sich so anfühlt wie abertausende winzige Ameisen, die über meine Haut krabbeln. Ich liebe das Rumoren in meinem Bauch und wie meine Atmung in seiner Gegenwart jedes Mal flacher wird. Ich liebe Andrew. Aber gleichzeitig hasse ich ihn.

Andrew

Ja, Amy sieht fertig aus. Und übermüdet. Aber schön finde ich sie trotzdem. Auf eine ziemlich kaputte, zerstörerische Art. Sie sieht mich einen Moment an, dann wendet sie sich ab. Ihr nasses Haar trägt sie in einem losen Knoten. Hinter ihrem Ohrläppchen entdecke ich eine winzige Tätowierung. Aber ich kann nicht erkennen, was es ist. Meine Augen wandern über jeden Zentimeter ihrer Haut. Über ihren langen Nacken, den grazilen Rücken und weiter über ihre endlosen Beine. Über ihre Kniekehlen und Waden. Auf ihren Fersen sind zwei winzige Anker. Ich muss lächeln und ich kann noch nicht einmal sagen, warum. Mein Blick folgt den einzelnen Tropfen, die über ihre Haut laufen. Ich will wegsehen, aber ich bekomme nicht genug von ihr. Von dem Bronzeton ihrer Haut. Von der Art, wie sie sich bewegt und wie sie duftet. Ich rieche frisch gewaschene Haare, aber das, was mir den Rest gibt, ist nicht das Shampoo. Es sind die Lindenblüten und die Orangen. Ich versuche, klar zu denken. Mich auf etwas anderes zu konzentrieren. Egal auf was. Aber ich kann nicht. Was soll ich sagen? Bei diesem Duft und dem Anblick ihrer nackten Haut werde ich hart.

Amy nimmt eine Tasse aus dem Schrank. Als sie sich wieder umdreht, treffen sich unsere Blicke. Die Luft knistert. Ihr in die Augen zu sehen, ist wie in eine Steckdose zu fassen. Oder bei einem Gewitter in einen See zu springen. Man weiß, dass es nicht gut gehen wird. Man weiß, wie gefährlich es ist, aber man tut es trotzdem. Weil man nicht anders kann. Weil es einen viel zu sehr anzieht.

„Was ist?“, fragt sie und zieht die Augenbrauen hoch.

„Nichts“, antworte ich. „Was soll sein?“

„Keine Ahnung“, entgegnet sie nüchtern, „aber du starrst mich an.“

Die Unterhaltungen der anderen verstummen.

„Warum die Anker?“, frage ich und zeige auf ihre Fersen.

„Ich wüsste nicht, was dich das angeht.“

„Ignorier' sie einfach, Andrew“, flüstert Nate und macht eine abwinkende Bewegung. „Das mache ich auch immer ...“

„Das habe ich gehört, Nate“, antwortet Amy und schenkt sich Kaffee ein.

„Das war auch meine Absicht“, sagt er grinsend.

Amy schüttet sich Milch in die Tasse, dann lehnt sie sich über den Tresen, um einen Löffel aus der obersten Schublade zu fischen. Während sie sich streckt, rutscht ihr Kleid ein Stück nach oben. *Fuck.* Mein Schwanz stemmt sich gegen die Knöpfe der Jeans. Jeden Moment wird sie sich umdrehen. *Schau weg, verdammt.* Ich wende mich Nate zu und tue so, als hätte ich ihm die ganze Zeit über schon zugehört. Die Gespräche um mich werden wieder lauter. Zu einem Durcheinander aus Stimmen und Wortfetzen. Aber denken kann ich trotzdem nicht.

Will tippt mir auf die Schulter. „Alter, wenn du jetzt deine Wäsche waschen willst, wäre das kein Problem.“ Er sieht zu seinen Mitbewohnern. „Oder stört es einen von euch, wenn Andrew eine Ladung Wäsche macht?“

„Nein, gar nicht“, sagt Amy sarkastisch. „Wenn er will, kann er auch gleich hier einziehen.“

„Amy“, flüstert Jess erstaunt.

Und nicht nur sie ist erstaunt, auch Nate schüttelt irritiert den Kopf. „Was ist denn mit dir los? Hast du deine Tage?"

„Halt die Klappe", antwortet Amy angespannt und schenkt sich noch mehr Kaffee ein. „Und nein, habe ich nicht."

Ein Teil von mir will sie fragen, was ihr Problem ist, der andere will sie packen und küssen. Deswegen tue ich weder das eine noch das andere, sondern greife mir stattdessen unter dem Tisch in den Schritt, damit man nicht sieht, dass ich einen Ständer habe, schiebe den Stuhl zurück und stehe auf. „Ich hau dann mal ab", sage ich und zeige zur Tür.

Amy dreht sich weg und murmelt irgendetwas in ihre Kaffeetasse. Sie macht mich so unbeschreiblich wütend, dass ich ihr am liebsten eine reinhauen würde. Oder über sie herfallen.

„Hör ihr einfach nicht zu", sagt Nate. „Klar kannst du deine Wäsche hier waschen."

„Das ist echt kein Thema", sagt Zoe nickend.

„Gleich um die Ecke ist ein Waschsalon ..." Ich grinse Nate an. „Das ist der perfekte Ort, um Frauen klar zu machen."

„Tatsache?", fragt er lachend, was Lilian zu stören scheint.

Ich nicke. „Männern beim Waschen zuzuschauen, macht Frauen irgendwie an."

Ich gehe in Richtung Flur.

„Jetzt komm schon, Alter, bleib doch noch ein bisschen", ruft Will mir nach.

„Wir sehen uns später", sage ich gespielt gelassen. „Ich wollte sowieso nur kurz vorbeischauen." Mein Blick findet Amys. „Ich wusste, dass ich eine Wirkung auf Frauen habe, aber so extrem hat wirklich noch keine auf mich reagiert."

„*Wie bitte?!*", fährt sie mich an.

„Du hast mich schon gehört", sage ich grinsend.

„Willst du wissen, was mein Problem mit dir ist?" Der heisere Klang ihrer Stimme macht mich an. Alles an ihr macht mich an. Sogar die Verachtung in ihrem Blick. Dieses trotzige Schimmern in ihren blaugrünen Augen. Meine Hände kribbeln und mein Magen zieht sich zusammen, als mein Blick auf ihren Mund fällt. Würde ich sie jetzt küssen, würde sie nach Kaffee schmecken. Und nach Milch. Ich versuche, mir nicht vorzustellen, wie ihre Lippen sich anfühlen würden. Oder sie in meinen Armen. Ihre nackte Haut auf meiner. Ich will sie packen und gegen die Wand drücken. Sie so festhalten, dass sie sich nicht mehr bewegen kann. Amys Blick ist angespannt. „Willst du es wissen?", fragt sie verärgert.

Natürlich will ich es wissen. Aber das würde ich niemals zugeben. „Nein, eigentlich nicht", antworte ich gelangweilt und zucke mit den Schultern. „Was es auch ist, es ist dein Problem."

Amy

Ich starre fassungslos in den Flur. Was für ein blödes Arschloch. Andrews Schritte werden immer leiser, dann höre ich das Quietschen der Wohnungstür und kurz darauf, wie sie sanft ins Schloss gezogen wird.

„Was war das denn?", fragt Mike und schaut mich verwundert an. Und nicht nur er ist verwundert. Auch Jess, Lilian und Zoe scheinen nicht wirklich zu wissen, was mit mir los ist. Von Will ganz zu schweigen. Sie sehen mich alle an, als hätte ich den Verstand verloren. Als wäre ich mein böser Zwilling.

„Wovon redest du?", frage ich gespielt unwissend und setze mich auf den Platz, auf dem gerade eben noch *er* gesessen hat. Die Luft riecht noch nach ihm.

„Was ist dein Problem mit Andrew?" Will sieht mich direkt an. „War da mal was zwischen euch?"

„Ähm, nein", antworte ich kalt und trinke einen großen Schluck Kaffee. „Ich bin keines von Andrews Groupies."

„Was ist es dann?", fragt er schmunzelnd.

„Ich mag ihn einfach nicht, das ist alles."

„Wie kann man Andrew bitte *nicht* mögen?", fragt Nate kopfschüttelnd. „Er ist so ungefähr der coolste Typ, den man sich vorstellen kann."

„Ich finde ihn auch wirklich nett", sagt Zoe und zuckt entschuldigend die Schultern.

„Nett?", frage ich verstört. „Du findest ihn nett?"

„Ja, nett."

„Und was macht ihn bitte so nett?"

„Keine Ahnung, zum Beispiel die Bagels, die er uns vorhin vorbeigebracht hat", sagt Mike und zeigt auf eine Papiertüte, die vor ihm auf dem Tisch liegt. „Da sind auch noch welche für dich drin ... und auch für Derek ..."

„Er hat Bagels gebracht?", frage ich perplex. Mein Blick fällt auf den Aufdruck. *Le Boulanger.* Toll. Auch noch von meinem Lieblingsbäcker.

„Ja, das hat er", sagt Will ernst. „Und wenn du ihn kennen würdest, wärst du auch nicht so überrascht."

„Oh, glaub' mir, ich kenne ihn gut genug", flüstere ich, ohne nachzudenken.

„Willst du was von ihm?", fragt Lilian vorsichtig.

„Was?!", antworte ich aufgebracht. „Behauptet er das?!"

„Nein", sagt sie schnell. „Ich dachte nur, weil du so... na ja... extrem auf ihn reagierst."

Extrem. Das trifft es leider ziemlich gut. Solange das niemand bemerkt hat, war das eine Sache, aber offensichtlich merkt man es jetzt. Das erkenne ich an den sechs Augenpaaren, die mich in diesem Moment fragend ansehen. Sie sind wie Lügendetektoren auf mich gerichtet. *Reiß dich zusammen, Amy.* Ich presse die Lippen aufeinander und schüttle den Kopf. „Ich will nichts von Andrew." Meine Stimme klingt ruhig und gelassen, während mein Herz mich fast erschlägt und mein Magen sich so fest zusammenzieht, dass mir übel wird. „Vielleicht war ich zu voreingenommen", sage ich und zwinge mich zu einem Lächeln. „Ich kenne ihn nur von früher und da war er ein ziemliches Arschloch ... aber wer weiß, vielleicht hat er sich ja geändert." *Blödsinn. Wer das getan hat, was Andrew getan hat, ändert sich nicht. Niemals.*

„Er ist der beste Freund, den man haben kann", sagt Will und sieht mich eindringlich an. „Der beste, den ich je hatte. Vielleicht der einzige."

Es ist schwer vorstellbar, dass wir von derselben Person sprechen, aber der Ausdruck in seinen Augen lässt keinen Zweifel daran, dass er es ernst meint.

„Wie gesagt", antworte ich nach einer Weile. „Ich hatte seit der Schulzeit nichts mehr mit ihm zu tun." Ich trinke einen großen Schluck Kaffee. „Und selbst da kannte ich ihn eigentlich nur vom Hörensagen."

„Also ich finde ihn witzig", sagt Zoe und grinst. „Er hat was im Kopf und ist schlagfertig."

„Und er sieht echt verdammt gut aus", fügt Jess schmachtend hinzu. „Habt ihr seine Arme gesehen?"

„Nicht nur die Arme", flüstert Lilian und fächelt sich Luft zu.

„Okay, auch der Hintern ist nicht zu verachten!"

„Ist mir gar nicht aufgefallen", antwortet Lilian.

Ich will nicht an Andrews Hintern denken. Oder an seine definierten Arme. Ich will *gar nicht* an ihn denken. Und ich will nicht hören, was sie von ihm denken.

„Im Ernst jetzt?", fragt Jess erstaunt. „Wie kann dir der nicht aufgefallen sein?"

„Ich war viel zu abgelenkt von *seinem Blick*", sagt Lilian seufzend.

„Von seinem Blick?", fragt Will kopfschüttelnd. „Was denn für ein Blick?"

Allein der Gedanke an Andrews Projektil-Blick reicht, um mich in Gänsehaut zu hüllen. Ich spüre ihn auf mir, seinen warmen Atem und die Berührung seiner Hände. Ich rieche den zitronig-herben Duft, der sich mit der Frische der Pfefferminze mischt. In meiner Fantasie drängt Andrew sich an mir vorbei und streift meinen Körper. Bei diesem Gedanken höre ich mich laut schlucken und das Kribbeln jagt als heißer Schauer über meinen Rücken und dann weiter über meine Arme und Beine.

„Na, er hat so etwas in den Augen, das mich echt fertig macht ...", flüstert Lilian verlegen.

Nate runzelt die Stirn und quittiert diese Aussage mit einem abschätzigen Schnauben.

„Ich weiß genau, was du meinst", antwortet Jess, „er hat etwas *wahnsinnig Anziehendes* an sich."

Oh ja, das hat er. Sein markantes Gesicht ist wie eine Waffe. Wie eine Droge, von der man schon high wird, wenn man sie nur anschaut. In den Tiefen seiner dunkelblauen Augen drohe ich jedes Mal aufs Neue zu ertrinken.

Ein paar Sekunden ist es absolut still. Keiner sagt ein Wort. Dann plötzlich steht Zoe auf. Sie wirft Mike einen kurzen Blick zu, dann nickt er und die beiden tauschen ein Lächeln aus. Zoe räuspert sich und sagt: „Hört mal kurz zu..."

„Bitte sag du nicht auch noch, dass du Andrew heiß findest", sagt Nate und zieht die Brauen hoch.

„Das hat nichts mit Andrew zu tun", antwortet sie. „Na ja, zumindest nicht direkt", korrigiert sie sich. Wir schauen sie an. „Wie ihr wisst, suchen Mike und ich jetzt schon seit einer ganzen Weile nach einer Wohnung." Sie zuckt mit den Schultern. „Jetzt haben wir endlich eine gefunden..."

„Was?", frage ich und runzle die Stirn. „Ihr zieht aus?" Zoe und Mike nicken und ich versuche zu verbergen, wie traurig mich das macht, weil ich weiß, wie lange sie gesucht haben. Ich will, dass sie bleiben. Sie sind die gute Seele dieser Wohnung. Mein Glaube, dass alles gut werden kann. Und ich habe Angst, dass der mit ihnen gehen wird. Ich sehe Zoe an, dann höre ich mich fragen: „Und was hat das bitte mit Andrew zu tun?“

„Na ja, er könnte unser Zimmer haben.“

„Was?!“, bricht es schrill aus mir heraus. *„Andrew? Hier?“*

„Seeeehr gut“, sagt Jess grinsend.

„Also, ich bin dafür“, sagt Nate. „Wenn man von dieser komischen Blick-Geschichte absieht, habe ich kein Problem mit Andrew.“

Ich höre nicht mehr, was Jess darauf antwortet. Ich höre gar nichts mehr. Nur meinen flachen Atem und wie das Blut durch meine Adern rauscht. Mein Gesicht wird heiß und mein Herz schlägt, als wäre ich gerannt. Das kann nicht gut gehen. Auf keinen Fall. Entweder werfe ich mich ihm an den Hals oder ich ersteche ihn im Schlaf.

„Ams?“ Nates warme Stimme durchbricht meine Gedanken.

„Hm?“

„Alles okay?“

„Alles bestens“, sage ich und versuche zu lächeln, was Nate aber nicht wirklich zu überzeugen scheint, denn er legt den Kopf schräg und sieht mich mit diesem Blick an, der mir verrät, dass er mir kein Wort glaubt. Manchmal frage ich mich, warum er so gut in mir lesen kann. Nate ist der Einzige, der meine Fassade durchschaut. Ich höre Schritte im Flur und sehe wenig später Dereks verschlafenes Gesicht.

„Morgen“, flüstert er heiser, küsst mich auf die Stirn und schlurft zu einem der Küchenstühle. Als er die Papiertüte auf dem Tisch entdeckt, zieht er sie grinsend an sich heran. „Wie geil“, murmelt er und holt einen heraus. „Bagels!“ Und ohne zu fragen, ob er sich einen nehmen kann, beißt er hinein. Ich sehe im Augenwinkel, wie Zoe kurz die Augen verdreht, und auch Jess, Lilian und Nate tauschen vielsagende Blicke aus, sagen aber nichts. Stattdessen nippen sie nur an ihren Getränken.

„Okay“, sagt Will nach einer Weile. „Wo waren wir stehengeblieben?“

„Wir hatten laut darüber nachgedacht, ob Andrew in die WG ziehen soll“, sagt Zoe und sieht zu mir herüber.

„Andrew?“, fragt Derek erstaunt. „Und wo bitte soll der wohnen?“

„In Zoes und meinem Zimmer“, antwortet Mike.

„Ich verstehe kein Wort“, sagt Derek und greift nach dem zweiten Bagel. „Ihr zieht aus?“

„Wir haben *endlich* eine Wohnung gefunden.“

„Ja, sucht Andrew denn überhaupt nach einem WG-Zimmer?“ Derek schaut zu Will hinüber.

„Das tut er“, antwortet Jess.

„Deshalb hat er die Bagels mitgebracht!“, sage ich laut. „Natürlich!“ Alle schauen mich an.

„Was?“

„Kapiert ihr das denn nicht? Andrew möchte sich mit euch gut stellen, weil er hier einziehen will.“ Ich schüttle abschätzig den Kopf. „Das passt so zu ihm“, murmle ich wütend. „Von wem hat er es gewusst? Von dir, Will?“

„Amy“, sagt Zoe und legt ihre Hand auf meinen Arm. „Will wusste nichts davon.“

„Moment mal“, sagt Derek und legt die Stirn in Falten. „Die Bagels hat *Andrew* mitgebracht?“

„Ja", antwortet Nate. „Warum? Schmecken sie jetzt etwa weniger gut?"

„Nein, ich ...", entgegnet Derek und schaut den angebissenen Bagel in seiner Hand vorwurfsvoll an. „Vergiss es."

„Amy", sagt Mike und ich sehe zu ihm hinüber. „Andrew weiß nicht, dass wir ausziehen."

„Ach was", antworte ich ungläubig, „dann ist das also alles reiner Zufall, ja?"

„Wir haben es noch niemandem gesagt."

„Er weiß es echt nicht?", frage ich fassungslos.

„Nein." Mike grinst mich an.

„Dann waren die Bagels ..."

„Einfach nur nett", fällt mir Will ins Wort.

Ein paar Sekunden sagen wir kein Wort. *Kann es sein, dass Andrew das echt nicht aus Berechnung gemacht hat?*

„Also, wegen mir kann Andrew einziehen, wenn er will", sagt Nate. „Ich kann ihn gut leiden." Er zuckt mit den Schultern. „Sexy Blick hin oder her."

„Sexy Blick?", fragt Derek sichtlich irritiert.

„Andrew hat *so einen Blick*", sagt Nate erklärend.

„Wovon redest du?"

„Vergiss es, Derek, ist nicht so wichtig", sagt Will und macht eine abwinkende Bewegung.

„Wer findet Andrew bitte sexy?", fragt Derek und schaut kurz zu mir, aber ich schaue schnell weg.

Nate bricht in schallendes Gelächter aus und versteckt sein Gesicht in den Händen.

„Was bitte ist so komisch?" Der Unterton in Dereks Stimme verrät, dass er bald sauer wird.

„Gar nichts", sagt Nate, noch immer prustend. „Alle unsere Mädels finden Andrew heiß..." Er nickt mit dem Kopf in meine Richtung. „Bis auf Ams ... die ist immun gegen seinen Blick ...“

Nate hat das verstanden, was die anderen nicht verstehen. Das hat er schon oft und das ist auch dieses Mal nicht anders. Aber Derek bekommt es nicht mit. Er sieht zu Jess und Lilian hinüber und fragt: „Ihr findet diesen Idioten ernsthaft heiß?“

„Hey“, sagt Will ernst. „Andrew ist kein Idiot.“

„Nein“, sagt Nate und grinst mich breit an. „Er ist der Frauenflüsterer.“ Er zwinkert mir zu. „Zieh es dir nicht rein, Alter“, sagt er und zuckt mit den Schultern. „Andrew ist einfach ein Lady-Killer.“

„Pfft“, schnaubt Derek herablassend und zieht mich an sich. „Die heißeste Frau habe immer noch ich.“ Er küsst mich auf die Stirn. „Die anderen kann er wegen mir gerne haben.“

„Noch mal zu dem Zimmer“, sagt Will vorsichtig. „Kann ich Andrew nun davon erzählen, oder nicht?“

Jess nickt enthusiastisch. „Unbedingt.“

Die Tatsache, wie scharf sie darauf ist, dass er hier einzieht, stört mich. Es stört mich fast noch mehr als die Vorstellung, ihm andauernd über den Weg zu laufen. Andrew ist *meine* heimliche Fantasie. *Meine.* Und auch wenn es für immer eine Fantasie bleiben wird, werde ich sicher nicht dabei zusehen, wie sie für Jess wahr wird.

Nate mustert mich. Dann sagt er: „Jess ist also eindeutig dafür. Wie sieht es bei dir aus, Ams?“

„Bei mir?“

„Na ja, ich meine, hättest du ein Problem damit, wenn Andrew zu uns zieht? Er wäre schließlich dein neuer Nachbar.“

Auf keinen Fall. Nur eine Wand, die mich von Andrew trennt? Kommt nicht in Frage.

„*Unser* Nachbar", korrigiert Derek und küsst mich auf die Wange.

„Wie auch immer", sagt Nate leicht genervt.

„Also ich bin dagegen."

„Nimm es mir nicht übel, Derek, aber du wohnst nicht wirklich hier", sagt Nate. „Jess, Ams, Will und ich müssen das entscheiden."

Jess nickt und sieht Derek entschuldigend an.

„Ich wohne sehr wohl hier", sagt Derek wütend.

„Nein", sagt Zoe. „Du zahlst keine Miete."

„Ich gehe einkaufen und putze..."

„Derek, das ist jetzt nicht das Thema", schneidet Nate ihm das Wort ab. „Keiner sagt, dass du nicht willkommen bist, aber wer hier einzieht oder nicht, ist nicht deine Entscheidung." Nate konnte Derek noch nie besonders leiden. Vielleicht, weil er weiß, dass ich ihn nicht wirklich liebe. Zumindest nicht mein Herz. „Also, Will, Jess und ich sind dafür ... was ist mit dir, Ams?"

Ich zucke nur verständnislos mit den Schultern. „Meine Meinung spielt doch keine Rolle. Ihr habt mich sowieso überstimmt", antworte ich seufzend.

„Blödsinn, Süße, wir haben uns schließlich immer einstimmig entschieden", entgegnet Jess.

„Na gut."

„Na gut, was?", fragt Derek erstaunt.

„Wenn drei aus vier dafür sind, werde ich mich kaum querstellen."

„Heißt das, dass Sexy-Blick-Andrew bald einer von uns sein wird?", fragt Nate grinsend.

„Einer von uns ...", nuschelt Derek und trinkt einen Schluck kalten Kaffee.

Eine Sekunde lang stelle ich mir ein Leben mit Andrew vor. Wie er halbnackt mit nichts als einem Handtuch um die Hüften durch die Wohnung geht. Wie wir zusammen am Frühstückstisch sitzen. In meiner Fantasie trägt er nur Boxershorts und ich mein durchsichtiges Nachthemd. Ich stelle mir vor, wie er duscht. Sehe, wie ihm langsam das Wasser über den Körper läuft. Ich höre mich angestrengt schlucken und spüre, wie mein Herzschlag sich beschleunigt. Ich sehe unsere Zimmer von oben. Wie wir Kopf an Kopf liegen und an die Decke starren. Und nur eine dünne Wand, die uns voneinander trennt. Und dann sehe ich, wie eine perfekte Oceanside-Blondine durch den Flur ins Bad schleicht. Und dann eine Brünette. Und dann wieder eine Blondine. Nein. Nein, das tue ich mir *ganz sicher* nicht an.

„Es gibt eigentlich nur eine Sache, die mir Sorgen macht", sage ich schließlich und schaue zu Nate und Jess hinüber.

„Und die wäre?"

„Ich habe wirklich kein Problem mit Sex", sage ich offen. „Das wisst ihr."

„Echt jetzt?", antwortet Nate grinsend.

„Haha", sage ich, muss aber auch grinsen.

„Ich habe auch nichts gegen Sex einzuwenden", sagt Jess kichernd. „Und erst recht nichts gegen Sex mit Andrew." *Miststück*. Was denke ich denn da? Ich mag Jess. Sie ist eine meiner besten Freundinnen.

„Andrew ist ein Frauen-Vernichter und ich habe keine Lust, dass sich unsere WG seinetwegen in ein Stundenhotel verwandelt", sage ich ruhig.

„Ich denke nicht, dass das passieren würde."

„Nichts für ungut, Will, auch wenn du sagst, dass Andrew sich geändert hat, *das* hat sich sicher nicht geändert."

„Na ja, klar würde Michelle vorbeikommen, aber Derek ist doch auch da, also wüsste ich nicht, warum das bei Andrew ein Problem sein sollte."

„Michelle?", frage ich verständnislos. „Wer bitte ist Michelle?"

„Na, Andrews Freundin."

Dieser Satz haut mich um. Ein paar Sekunden ist mein Gehirn benebelt. Als läge es in einem enormen Wattebausch.

„Er hat eine Freundin?", fragt Jess schmollend und legt enttäuscht den Kopf auf Nates Schulter. „Mist, wieder kein Sex für Jess..."

Nate sieht mich an. „Alles okay, Ams?"

Nichts ist okay. Gar nichts ist okay.

Andrew

Ich dränge mich in Richtung Bar. Die Menge pfeift und applaudiert. Ich schaue zur Bühne hinüber, aber die klatschenden Hände versperren mir die Sicht und ich wende mich wieder der Bar zu. Will winkt mir und ich hebe die Hand, um ihm zu zeigen, dass ich ihn gesehen habe. Kaum habe ich mich neben ihn gesetzt, zeigt er zu den Toiletten.

„Endlich bist du da, Alter, ich muss schon seit zwanzig Minuten pissen.“ Er mustert mich einen Moment, dann fragt er: „Alles klar bei dir?“

„Sicher, was sollte sein?“

„Keine Ahnung... Siehst fertig aus...“

„Danke“, antworte ich und wische mir das Haar aus der Stirn.

„Nein, im Ernst, alles okay?“

„Nichts, was ein Bier nicht wieder in Ordnung bringen könnte“, sage ich ausweichend und deute zur Bar. „Soll ich schon mal bestellen?“

„Hab ich schon“, sagt Will, legt mir die Hand auf die Schulter und grinst mich an. „Ich habe gute Neuigkeiten.“

„Und was?“

„Das sage ich dir, wenn ich zurück bin. Und dann will ich auch wissen, was *wirklich* mit dir los ist.“ Mit diesem Satz verschwindet er in der Menge. Will. Er kennt mich einfach zu gut. Irgendwie ist das cool, aber andererseits ist es auch beschissen. Neuigkeiten. Hm. Ich schaue mich suchend nach Jeremy um, aber er spielt gerade Pool und wenn es eine Sache gibt, die ihn so richtig auf die Palme bringt, dann beim Billard gestört zu werden. Als ich mich wieder umdrehe, stellt Elaine gerade zwei Bier vor mir auf dem Tresen ab, zwinkert mir zu und nimmt die Bestellungen am Nachbartisch auf.

Jeremy hat diesen Laden vor etwas über drei Jahren aufgemacht. Ich glaube, es war kurz nachdem er aus Europa zurückgekommen ist. Irgendwie haben alle meine Freunde den Mut zu gehen, nur ich nicht. Erst Jake, dann Paul und zu guter Letzt Jer. Es geht nicht um Europa. Es geht nicht um die Entfernung. Ich muss nicht mal *weit* weg, ich will einfach nur irgendwo ankommen. Irgendwo hingehören. Und wenn es nur Detroit ist. Das wäre vielleicht nicht meine erste Wahl, aber inzwischen würde mir schon eine *Richtung* reichen. Wie auch immer. Nach der Uni hat er dann einfach seine Sachen gepackt und ist in die nächste Maschine in die Niederlande gestiegen. Sein Plan war es zu kiffen, zu surfen und in jedem Land, das er bereist, mindestens eine Frau flachzulegen. Doch dann kam Muriel und es blieb bei einer Frau. Seit es sie gibt, ist Jer die beste Version von sich selbst. Sie wusste, was in ihm steckt, lange bevor er es wusste. Und vielleicht hat das gereicht. Vielleicht war sie der Spiegel, den er gebraucht hat. Jer war schon immer ein super Kumpel, aber seit Muriel ist er einer meiner besten Freunde. Ich dachte, er würde nie heiraten, nie mit nur einer Frau glücklich sein können. Jetzt ist er verheiratet. Wenn Ehe so aussieht, darf mir das auch gerne passieren. Die beiden sind irgendwie wie eine Person, aber sie sind sich dennoch beide treu geblieben. Ich dachte nicht, dass so etwas geht. Ich dachte, man verliert sich ineinander.

Mein Blick wandert durch den großen Raum. Die einzelnen Unterhaltungen vermengen sich zu einem riesigen Gewirr aus Stimmen. Sie werden gestört von klingelnden Handys, dem Anstoßen von Gläsern und lautem Lachen. Jer wollte einen Laden, der die Leute zusammenbringt. Er wollte Billard und Dart und Live-Konzerte und Lesungen. Er wollte, dass Menschen sich begegnen. Dass sie miteinander reden und ein paar Stunden ihres Lebens teilen. Weil es letztlich nur darum geht: Zeit.

Er hat mir von seiner Reise durch Europa erzählt und ich habe mich immer wieder gefragt, warum ich nicht ein bisschen mehr so sein kann wie er. Die Antwort war immer wieder dieselbe: Ich habe nicht die Eier dafür. Immerhin habe ich den Namen für sein Pub beigesteuert, wenn ich schon nichts Eigenes zustande bringe. Es ist schon seltsam, dass der Name, den ich im Spaß gesagt habe, jetzt tatsächlich in Neonschrift über der Tür hängt.

Jeremys Vater war nicht besonders angetan von dieser ganzen Kneipen-Idee. Er hat gesagt, dass Jer es nie schaffen wird, dass er keine Ahnung von Zahlen hat, dass er ein Träumer ist. Als Jeremy trotzdem nicht eingeknickt ist, meinte er nur trocken: *Good luck, Jeremy.*

Ich weiß noch, dass Jer, Muriel und ich Pizza gegessen haben, als er mir von diesem Gespräch erzählt hat, und ich erinnere mich auch noch genau an die Art, wie er mich angeschaut hat. Ich erkenne Enttäuschung, wenn ich sie sehe. Vor allem, wenn sie mit Vätern zu tun hat. Da bin ich Experte. Ich habe ihm das letzte Stück Salamipizza hingehalten und gesagt, dass er seinem Dad dankbar sein sollte, weil er ihm mit diesem Satz den perfekten Namen für seinen Laden geliefert hat.

Und jetzt – drei Jahre später – sind wir hier und sein Vater hatte Unrecht. Dieser Laden platzt fast jeden Abend aus allen Nähten. Er hat sich zu einem Szenetreff in Boston gemausert.

Ich glaube nicht, dass Jeremys Erfolg so viel mit Glück zu tun hat. Ich denke, es ist eher harte Arbeit und Herzblut. Und vielleicht noch, dass er das große Ganze sieht. Bei mir sind es ein Haufen Kleinigkeiten, die in meinem Kopf zu einem zähen Brei werden. Wie auch immer. Der Name *Goodluck Jeremy* ist jedenfalls von mir. Wenn auch nur indirekt. Und auch, wenn es nicht viel mit Glück zu tun hat: ich finde, es kann trotzdem nicht schaden, es im Namen zu tragen.

Ein plötzlicher triumphaler Aufschrei lässt mich zum Billardtisch schauen. Jeremy streckt die Fäuste in die Luft, dreht sich zu Muriel und zieht sie in eine feste Umarmung. Manchmal beneide ich ihn. Nicht um seinen Erfolg, sondern darum, dass er einen Grund hat, morgens aufzustehen. Ich beneide ihn um sein Ziel. Darum, dass er etwas hat, woran er glauben kann. Etwas, das seinem Leben Sinn gibt. Und damit meine ich nicht nur diesen Laden. Jer hat das Licht am Ende des Tunnels und ich habe nicht einmal ein Zündholz.

Eine Akustikgitarre setzt ein und die Gespräche ebben ab. Mein Blick wendet sich der Bühne zu, aber ich sehe nichts außer den vielen Menschen, die wie eine Wand zwischen mir und der Musik stehen. Will drängt sich durch die Menge. Und in der Sekunde, in der er sich neben mir auf den Barhocker sinken lässt, durchbricht eine Stimme die plötzliche Stille und ihr Klang breitet sich sofort als Gänsehaut auf meinem Rücken aus. Sie lässt mich die Luft anhalten. Verletzlich. Rau. Sanft. Ich kenne das Lied, auch wenn ich nicht mehr weiß, wie es heißt. Der Titel ist mir egal. Alles ist egal. Mein Gehirn kapituliert. Ich höre nur noch ihre Stimme und es fühlt sich so an, als würde ich sie mit meinem ganzen Körper spüren.

Ich stehe auf und stemme mich auf dem Tresen ab. Und dann sehe ich sie. Amy. Ihr langes hellbraunes Haar glänzt im Scheinwerferlicht, ihre Augen sind geschlossen. Entspannt und doch auch wieder nicht. Der Ausdruck in ihrem Gesicht legt sich wie eine Faust um mein Herz und schnürt mir die Luft ab. Die Art, wie sie singt, läuft mir eiskalt über den Rücken.

„Amy ist gut, was?“, dringt Wills Stimme zu der Leere in meinem Kopf.

„Ja, das ist sie“, antworte ich, ohne sie auch nur eine einzige Sekunde aus den Augen zu lassen. „Sie ist unglaublich.“

Amy

Ich lasse die Augen zu, damit ich mich in dem Song verlieren kann. Damit ich nichts sehe. Weder die Scheinwerfer, noch die vielen Gesichter. Denn beim Gedanken an all die Menschen, die mich gerade anstarren, wird mir übel. Meine Stimme hält und meine Hände halten die Gitarre. Ich konzentriere mich auf ihren warmen Klang und das Gefühl der Saiten unter meinen Fingern. Die Angst rumort in meinem Magen, aber man sieht sie mir nicht an. Ich weiß, dass man es nicht merkt. Nur ich merke es, weil ich es weiß.

Vor Fremden zu singen, ist immer ein bisschen so, als würde ich sie in meine Seele schauen lassen. Als würde ich mich vor ihnen ausziehen. Plötzlich bin ich nackt. Ich glaube, es würde mir tatsächlich leichter fallen, mich auszuziehen. Es kostet mich weniger Mut, meine Brüste zu zeigen, als meinen weichen Kern. Wenn ich singe, bin ich verletzlich. Das macht mich gut, aber es macht mich eben auch angreifbar, weil ich etwas von mir zeige, das man sonst nie sieht. Einen Teil von mir, der zerbrechlich ist. Und sanft. Ein Stückchen meiner Seele. Meine Achillesferse. Wenn ich aber die Augen schließe und alles andere ausblende, bin ich plötzlich frei. Dann gibt es keine Angst mehr. Nur noch den Augenblick. Ich bin wie in einer anderen Welt, in der es nur diesen Moment gibt. Nur die Gitarre und diesen flehenden Klang in meiner Stimme, der anstelle von Tränen meinen Körper verlässt. Sonst ist da nichts mehr. Ich singe die letzten Worte von KT Tunstalls *Universe & U*, dann wird es still.

Eine Sekunde höre ich nur das Heulen des Windes und den Regen, der wütend gegen die Fensterscheiben peitscht. Und dann den Applaus, der die Stille durchbricht. Hände, die klatschen, begeisterte Ausrufe, Pfiffe. Meine Wangen werden heiß und meine Finger zittern, aber ich wage nicht die Augen zu öffnen. Fast so, als könnte mein Wimpernschlag den Moment zerstören. Und weil ich ihn noch behalten will, lasse ich sie noch kurz zu.

Andrew

Ich sehe ihr Gesicht durch ein Meer aus Händen. Ihr Lächeln und diesen ungewohnt sanften Ausdruck in ihren Augen. Der Applaus ist ohrenbetäubend und die Pfiffe übertönen sogar kurzzeitig den Einsatz der E-Gitarre, der das nächste Lied einleitet. Amy streicht sich eine Haarsträhne aus dem Gesicht und verbeugt sich, dann greift sie nach dem Mikrophon. Die Melodie erstickt den Beifall. Bis auf den Klang der Gitarre ist alles still. Die Erwartung liegt fast greifbar in der Luft. Ich atme ein und dann ganz langsam wieder aus. Meine Handflächen sind feucht und dafür, dass ich mich nicht bewege, schlägt mein Herz viel zu schnell. Ich kann nicht aufhören, sie anzusehen. Ich versuche es, aber es geht einfach nicht. Amy befeuchtet ihre Lippen und schließt die Augen. Und in der Sekunde, in der ihre Stimme wieder den Raum ausfüllt, läuft es mir eiskalt den Rücken hinunter. Als ich den Song erkenne, muss ich lächeln. Es ist schon komisch, wie Musik uns im Bruchteil einer Sekunde an einen völlig anderen Ort bringen kann. Wie sie uns in die Vergangenheit katapultiert. *The Funeral.* Dieses Lied ist so sehr Jake. Ich sehe ihn noch, wie er ins Auto steigt, um Oceanside endgültig hinter sich zu lassen. Oceanside und alles andere. Damals dachte er, es gäbe keine Lösung. Aber es gab sie. Vielleicht gibt es ja sogar eine für mich ... Ich schließe die Augen und warte auf diesen magischen Moment, in dem das Schlagzeug die Stille durchbricht. Spüre die weiter wachsende Anspannung und meinen rasenden Herzschlag. Jeden Augenblick kommt der Höhepunkt. Nur noch ein paar Sekunden. *Jetzt.* Die

Gitarren mischen sich mit den Drums und die Musik fließt erst durch den Boden und dann durch mich hindurch. Es fühlt sich so an, als *wäre* ich die Musik. Als gäbe es keine Trennung mehr.

Das Schlagzeug dröhnt in meinen Beinen und bis in die Magengrube. Als dann Amys Stimme einsetzt, richtet sich jedes Härchen an meinem Nacken auf. Ich öffne wieder die Augen und sehe sie an. Das nervöse Stroboskoplicht lässt ihre Bewegungen wie in Zeitlupe erscheinen. Ich betrachte ihr Gesicht und den flehenden Ausdruck darin. Und dieser Anblick bringt mich fast um. Es ist so viel Gefühl. Mehr, als ich ertragen kann. Ich glaube, ich habe noch nie so viel Gefühl in einem Gesicht gesehen. Als das Finale einsetzt, treffen sich unsere Blicke.

Amy

Hunderte von Menschen, aber ich sehe nur ihn. Und die Art, wie er mich in diesem Moment ansieht. Ich spüre seinen Blick wie Hände, die nach mir greifen. Die sich ausstrecken und mich festhalten wollen. Es ist, als wären unsere Augen miteinander verbunden. Als wäre da ein unsichtbares Band, das mich einfach nicht wegsehen lässt. Mein Herz schlägt im Takt der Musik und meine Mundwinkel wollen nach oben wandern. Ich kämpfe gegen den Impuls, ihn anzulächeln. Und gegen das wohlige Kribbeln auf meiner Haut. Und das Rumoren in meinem Magen. Ich versuche zu ignorieren, was Andrews Blick in mir anrichtet. Ich versuche, mich in der Musik zu verlieren, aber alles, was ich spüre, ist, wie er mein Schutzschild zu durchdringen zu versucht. Es fühlt sich so an, als würde er bis in mein Inneres sehen. Als wäre ich ein offenes Buch. Und dann lächelt er und dieses Lächeln lässt mich innerlich in die Knie gehen. Es lässt mein Herz kurz aussetzen und meine Hände zittern. Ich spüre, wie sich ein Lächeln auf meine Lippen legt. Und wie sich meine Vernunft dagegen stemmt. Aber in dem Moment, als meine Mundwinkel das Zerwürfnis gerade fast gewonnen haben, taucht plötzlich eine Frau neben Andrew auf, zieht ihn an sich und küsst ihn. Und an der Art, wie sie ihn küsst, erkenne ich, dass es Liebe ist.

Andrew

Ich spüre Michelles weiche Lippen und die sanften Bewegungen ihrer Zunge. Doch in Gedanken küsse ich Amy. Und obwohl mich mein schlechtes Gewissen deswegen fast umbringt, davon abhalten kann es mich nicht. Die Musik läuft weiter und mein Leben langsamer. Ich ziehe Michelle ganz fest an mich, vergrabe meine Hände in ihrem langen Haar und stelle mir vor, der süßliche Atem, den ich in diesem Moment rieche, wäre der von Amy. Ich spüre Michelles Brüste und ihren schnellen Herzschlag. Ihr Seufzen vibriert durch meinen Brustkorb. Ich werde hart und meine Erektion presst sich gegen ihren Bauch. Ich kann an nichts mehr denken. Nur an Amy und wie sich ihre nackte Haut unter meinen Händen anfühlt.

Der plötzlich einsetzende Applaus ist wie ein Kinnhaken, der mich mit einem Schlag in die Realität zurückkatapultiert. In eine Realität, in der Michelle mich schwer atmend anlächelt. Ihre Augen funkeln in der Dunkelheit und ihr Blick ist so verliebt, dass er mir die Luft abschnürt.

Während Michelle sich auf den Barhocker neben mir setzt, schaue ich zu Amy hinüber, aber sie hat mir längst den Rücken zugedreht. Das Lächeln auf ihren Lippen habe ich mir vermutlich sowieso nur eingebildet. Ich wollte es sehen, also habe ich es gesehen. Mein Magen zieht sich zusammen. Er fühlt sich an wie ein harter kleiner Klumpen und ich weiß nicht wieso. Vielleicht, weil ich Michelle etwas vormache. Oder mir selbst. Oder aber weil die eine Frau, die mich völlig in den Wahnsinn treibt, leider auch die ist, die mich nicht ausstehen kann. *Was ist nur los mit mir? Warum will ich immer Frauen, die ich nicht haben kann? Warum kann ich nicht einfach mal die Frau wollen, die mich will? Zum Beispiel die, die gerade neben mir sitzt?* Ich wäre so gern einfach verrückt nach Michelle. Sie lehnt sich an meine Schulter und greift nach meiner Hand. Ich rieche ein fruchtiges Parfum und ihre frisch gewaschenen Haare. Sie riecht verdammt gut. Aber sie riecht nicht nach Lindenblüten. Und seit ich weiß, wie Lindenblüten riechen, will ich nichts anderes mehr.

Amy

„Ach komm schon, Babe“, sagt Derek und hält mich am Arm fest. „Du kannst noch nicht gehen.“

„Ich bin wirklich fertig.“

„Aber das ist doch dein großer Abend!“ Er zieht mich an sich. „Es ist noch nicht einmal Mitternacht.“

Ich muss gehen, sonst raste ich aus.

„Babe, ist alles okay?“ Ich weiche Dereks Blick aus und beobachte Andrew und sein Flittchen aus dem Augenwinkel. Das Problem ist, dass sie nicht aussieht wie ein Flittchen. Im Gegenteil. Sie hat große Augen, ein herzförmiges Gesicht mit Stupsnase und einen schönen Mund. Und zu allem Überfluss scheint sie auch noch nett zu sein. Viel netter als ich. Eine sehr vertraute, innere Stimme, die ich meistens erfolgreich ignoriere, liegt mir gerade in den Ohren, dass *ich* diejenige sein sollte, die gerade auf seinem Schoß sitzt. Dass ich in diesem Augenblick seinen Duft inhalieren sollte. Und seine Wärme spüren. Das sollte ich sein. Inmitten meiner Freunde. Bei *meinem* Andrew. Dem Kerl, den ich am meisten hasse.

„Komm schon, Babe“, bricht Dereks Stimme in meine Gedanken. „Wenn du wirklich nach Hause gehen willst, dann lass uns abhauen.“

„Du kannst gern bleiben.“

„Spinnst du?“, fragt er kopfschüttelnd und küsst meinen Handrücken.

„Es stört mich wirklich nicht“, halte ich dagegen. „Ich will einfach nur ins Bett.“

„Dann gehen wir ins Bett."

Manchmal macht es mich krank, dass er mir in allem recht gibt. Dass er mir nie widerspricht. Früher dachte ich immer, das wäre toll, aber das ist es nicht. Wenn ich behaupten würde, dass die Sonne pink ist, würde er mir vermutlich auch zustimmen.

„Es ist Freitag", antworte ich ausweichend, „alle deine Freunde sind hier." Ich zeige zum Billardtisch. „Billie und George freuen sich bestimmt, wenn du bleibst."

„Kommt nicht in Frage", sagt Derek ernst und legt den Arm um mich. „Ich lasse dich doch nicht allein, wenn es dir nicht gut geht."

„Derek", flüstere ich seufzend, „es ist..."

„Keine Widerrede", unterbricht er mich lächelnd, „ich bringe dich nach Hause, dann komme ich wieder her."

Ich wünschte, du würdest mich einfach in Ruhe lassen, denke ich angespannt. Aber das tut er nicht. *Natürlich* nicht. Weil Derek zu gut für mich ist. Ein Andrew würde so etwas nie sagen. Ein Andrew wäre viel zu sehr mit sich selbst und seinem guten Aussehen beschäftigt.

„Möchtest du dich noch verabschieden?", fragt er und deutet zu Andrew und den anderen hinüber.

„Warum sollte ich?", frage ich und füge dann trotzig hinzu: „Da scheint mich ja eh keiner zu vermissen."

Ich schaue zur Bar. In derselben Sekunde sieht Andrew in meine Richtung und unsere Blicke treffen sich. Dann schaue ich schnell weg. Ich will an etwas anderes denken, aber ich werde das Bild von seiner blöden Freundin einfach nicht los. Wie sie sich an seine beschissene Schulter schmiegt und ihn von unten anschmachtet. *So eine* braucht er also. Eine, die zu ihm aufschaut. Ich werde niemals so eine Frau sein. Mag sein, dass ich ihn anschmachte, aber nicht so offensichtlich. Zumindest hoffe ich das. Ich schiele noch einmal zu den beiden hinüber. Mein Herz rast und ich atme viel zu schnell. Am liebsten würde ich die blöde Kuh von seinem Schoß zerren und ihr eine knallen. Erst ihr und dann ihm. Und dann würde ich ihn küssen. Weil ich, seit ich vierzehn bin, immer nur ihn küssen wollte.

„Hey, da ist ein Taxi", sagt Derek und dirigiert mich in Richtung Ausgang.

„Ich kann alleine gehen", antworte ich wütend.

Er bleibt stehen und sieht mich an.

„Warum bist du so sauer?"

Weil ich nicht gehen will, aber gehen sollte. Weil ich Andrew hasse. Weil ich es nicht ertrage, ihn mit einer anderen zu sehen. Oder ihn überhaupt zu sehen. Aber ihn nicht zu sehen, ertrage ich leider auch nicht. Ich will nicht wissen, wie oft ich schon seine verdammten Fotos auf Facebook angesehen habe. Irgendwann habe ich aufgehört zu zählen. Ich kenne sogar die Reihenfolge.

„Babe?"

Meine Augen finden wieder Dereks. Er streicht sich nachdenklich über den Bart. Manchmal frage ich mich, ob er sich das absichtlich angewöhnt hat. Das macht doch kein normaler Mensch.

„Hab ich irgendwas falsch gemacht?"

Ich atme tief ein, dann sage ich: „Nein, das hast du nicht."

„Was ist es dann?"

Es ist Andrew. Ich will ihn, obwohl ich das nicht sollte. Obwohl ich weiß, dass er kein Gewissen hat. Und trotzdem lässt er mein Herz schneller schlagen. Er hat mich in der Hand. Und genau deswegen muss ich auch gehen. Weil ich sonst vermutlich Streit mit ihm suchen würde – oder ihn küssen. Weil es das ist, was ich eigentlich will. Ich würde zu viel trinken. Und dann Dinge sagen, die ich nicht zurücknehmen kann. Ich habe Jane versprochen, niemals darüber zu reden. Mit keiner Menschenseele. Vor allem nicht mit ihm.

„Amy?"

Ich sehe in Dereks hellblaue Augen, die in diesem Licht irgendwie grau und müde aussehen. „Nimm es mir bitte nicht übel", sage ich schließlich, „aber ich möchte heute einfach allein sein."

Sein Blick durchbohrt mich und ich sehe ihm an, dass er sich fragt, was das alles soll. Aber er wird es akzeptieren, weil er so ist. Weil er alles tut, was ich will. Jeden Moment wird er nicken. Und dann tut er es.

„Okay", sagt er leise, „aber ich bringe dich noch nach Hause." Und bei der Art, wie er mich ansieht, weiß ich, dass es keinen Sinn macht, mit ihm darüber zu diskutieren. Also lasse ich mich von ihm in den Arm nehmen, lege meinen Kopf auf seine Schulter und gehe mit ihm nach draußen.

Andrew

Während Michelle sich angeregt mit Lilian unterhält, beobachte ich heimlich, wie sich Amy von Zoe verabschiedet und dann wenig später mit Derek in ein Taxi steigt. Und bei diesem Anblick zieht sich alles in mir zusammen. Ich atme viel zu schnell und die Eifersucht brennt in meinem Magen.

„Ist alles okay?", fragt Michelle sanft und streicht mir über den Rücken.

„Sicher", antworte ich und zwinge mich zu einem Lächeln. „Was soll sein?"

„Ich weiß nicht", flüstert sie. „Es sah so aus, als würdest du jemanden suchen."

„Die Kellnerin", sage ich grinsend. „Ich will noch ein Bier. Für dich auch noch etwas?"

„Lieber nicht, ich habe morgen gleich in der Früh eine ziemlich wichtige Prüfung." Michelle verdreht entschuldigend die Augen. „Da sollte ich lieber nicht zu viel trinken."

„Ist klar", antworte ich verständnisvoll, während sich die Amy in meinem Kopf lasziv für Derek auszieht. Erst das Top, dann den BH. Ich versuche wirklich, mich auf Michelle zu konzentrieren, aber wenn man es genau nimmt, schaue ich direkt durch sie hindurch in Amys Augen. Und dann sehe ich nur noch sie. Betrachte ihre nackte Haut, sehe zu, wie sich ihre Nippel aufrichten. Und bei diesem Anblick werde ich hart. *Fuck, diese Frau macht mich einfach wahnsinnig.*

„Kommst du später mit zu mir?"

„Wie bitte?", frage ich irritiert.

„Ob du später noch mit zu mir kommen willst." Ich möchte antworten, aber ich weiß nicht, was ich sagen soll. Ich weiß, was ich sagen *sollte,* aber das bringe ich einfach nicht fertig. Ich will Michelle nicht benutzen, aber ehrlich sein kann ich auch nicht. „Katie wird wahrscheinlich nicht da sein", sagt sie vorsichtig. „Du könntest über Nacht bleiben... Also nur, wenn du willst." Sie befeuchtet sich die Lippen.

„Lenkt dich das nicht zu sehr ab?", frage ich und in derselben Sekunde stemmt sich mein Schwanz gegen ihren Schenkel. Ich atme tief ein und Michelle grinst.

„Diese Art der Ablenkung würde mir gefallen."

Ich bin wirklich das Letzte. Und ich wusste, dass das passieren würde. Mein Blick fällt auf ihr Lächeln. Es ist eine Kombination aus süß und verdammt sexy. Es ist ganz genauso wie sie.

Das schlechte Gewissen mischt sich mit dem Bier und der Eifersucht. Ich will Amy. *Jetzt.* Aber die vögelt vermutlich gerade mit Derek. Bei diesem Gedanken steigt mir das Blut wieder in den Kopf.

„Was meinst du?", fragt Michelle. „Wollen wir zu mir gehen?" Während sie das fragt, gleitet sie mit der rechten Hand in meinen Schritt.

Egal, was ich jetzt tue, ich sitze in der Scheiße. *Ich bin so ein verdammter Idiot.* Wenn ich sie abweise, bin ich ein Arschloch, aber wenn ich es nicht tue, bin ich ein noch viel größeres. In meiner Fantasie würde ich mit Amy schlafen. Ich würde Michelle benutzen. Sie und ihren Körper. Und das kann ich nicht tun. Das ist abartig. Wobei ich zugeben muss, dass es einem Teil in mir gerade völlig egal ist. Der spürt nämlich nur noch, wie mir Michelle durch den Jeansstoff einen runterholt. Die Hintergrundmusik und die wirren Gespräche um uns herum verschlucken mein schweres Atmen.

In dem Augenblick, als ich zu keinem klaren Gedanken mehr fähig bin und ich Michelle gerade sagen will, dass wir lieber verschwinden sollten, lässt sich Will plötzlich neben mir auf den Barhocker fallen. Er legt mir den Arm um die Schulter und sagt: „Na, ihr Turteltauben?“ Michelle nimmt schnell die Hand weg und ich räuspere mich geräuschvoll. „Geht es euch gut?“ Ich kann mich nicht entscheiden, ob ich ihm danken oder ihm eine reinhauen will.

„Sehr gut“, antworte ich heiser.

„Ich will schon seit Stunden mit dir reden. Es ist wichtig.“

„Reden? Worüber?“

„Soll ich euch vielleicht lieber kurz allein lassen?“, fragt Michelle und zeigt von uns weg.

„Nein, nein“, antwortet Will kopfschüttelnd. „Du störst kein bisschen!“

„Also?“ Ich schaue ihn abwartend an. „Was ist so wichtig?“

„Wie sieht es an der Wohnungsfront aus?“

„Was?“, frage ich verständnislos.

„Gibt es etwas Neues?“

„Ähm, nein ... seit heute Nachmittag nicht.“

„Hm“, brummt er, dann fügt er grinsend hinzu: „Und was, wenn ich dir jetzt sage, dass es doch etwas Neues gibt? Was, wenn ich dir sage, dass du aufhören kannst zu suchen?“

„Wovon sprichst du?“

„Davon, dass du bei *uns* einziehst!“

„Was?!“, frage ich perplex. Will nickt. „Im Ernst jetzt?“

„Im Ernst.“

Ich schaue zu Michelle und dann wieder zu Will zurück. „Und wo bitte ziehe ich ein?"

„In Zoes und Mikes altes Zimmer", antwortet er trocken. „Sie haben endlich eine Wohnung gefunden."

„Und die anderen sind einverstanden?"

„Sind sie."

Ich denke an Amy. „Wirklich *alle?*"

Zoe beugt sich zu uns. „Hast du es ihm gesagt?"

„Jap, gerade eben."

„Und?", fragt sie lächelnd. „Was denkst du?"

„Was ich denke?" Meine Stimme überschlägt sich. „Na, was wohl? Ich bin dabei!"

Nate taucht neben mir auf und klopft mir auf den Rücken. „Willkommen in der Familie, Alter!" Sein Lachen steckt mich an. „Hey, Elaine! Wir brauchen mehr Bier!" Mit diesem Satz schlägt er mit der flachen Hand auf den Tresen und winkt Elaine zu uns.

Während er bestellt, schaue ich zu Michelle hinüber. Ich sehe ihr direkt in die Augen. Sie lächelt, aber ihr glücklicher Gesichtsausdruck ist nicht echt. Hinter diesem Lächeln versteckt sie ihre Enttäuschung. Ich wüsste zu gern, was sie gerade denkt, aber mein Blick scheitert an ihrer Fassade.

„Ist alles okay?", frage ich leise.

„Aber ja", antwortet sie. „Ich freu mich für dich." Ich weiß, dass das stimmt, aber es ist nicht die ganze Wahrheit.

„Michelle..."

„Ehrlich", fällt sie mir ins Wort und sieht mich an. „Das tue ich. Es wird nur Vieles verändern."

„Okay, ja, mag sein", gebe ich zu, „aber auf Dauer wäre eure winzige Unterkunft doch auch keine Lösung gewesen."

„Das stimmt", sagt sie nickend, „du hast recht."

Nate hält mir ein Bier hin und ich nehme es.

„Für dich auch eins, Michelle?"

„Nein, für mich nicht, danke."

„Und da bist du dir *ganz* sicher?", fragt er und streckt ihr grinsend eine Flasche entgegen.

„Ein anderes Mal wirklich gern", sagt sie lächelnd und steht auf, „aber jetzt sollte ich besser gehen."

„Ich hoffe, nicht unseretwegen." Nate zeigt auf sich und die anderen WG-Mitbewohner.

„Um Gottes willen, *überhaupt nicht!*", antwortet sie mit großen Augen. „Ich hätte wirklich Lust zu bleiben, aber ich schreibe morgen eine Prüfung."

„Na gut, du bist entschuldigt." Dann schaut er zu mir. „Moment, sag bloß, du haust jetzt auch ab?"

„Nein, er bleibt noch."

„Michelle", flüstere ich. „Ich komme mit dir mit."

Sie schüttelt den Kopf. „Nein, Andrew, du bleibst noch hier", flüstert sie zurück. „Das ist ein Grund zum Feiern und ihr habt bestimmt noch Einiges zu besprechen."

„Sicher?"

„*Ganz* sicher." Michelle lehnt sich zu mir und küsst mich. Das schlechte Gewissen frisst mich langsam von innen auf. Es zersetzt mich wie Säure. Und das nicht, weil ich sie allein nach Hause gehen lasse, sondern weil ich insgeheim so erleichtert bin, dass sie mich davor bewahrt, ein weiteres Mal aus den falschen Gründen mit ihr zu schlafen. Ihr Mund löst sich von meinem.

„Ich sperre die Tür nicht ab", flüstert sie gegen meine Lippen. „Okay?" Ich nicke. „Bis später."

„Dann sehen wir uns bestimmt in den kommenden Tagen in der WG...", sagt Nate grinsend.

„Wenn ich willkommen bin?“

„Wenn du willkommen bist?“, fragt er irritiert. „Klar bist du das! Du bist Andrews Mädchen.“

In dieser Sekunde wird mir klar, in was ich mich da verstrickt habe. Michelle ist nicht mein Mädchen. Ja, sie ist meine Freundin und sie ist mir wichtig, aber sie ist nicht die Eine. Und die, die meiner Vorstellung der Einen am nächsten kommt, kann mich nicht nur nicht leiden, sie schläft vermutlich gerade auch noch mit einem absoluten Vollidioten.

Amy

Ich liege im Bett und versuche zu schlafen, aber ich bin viel zu wütend. Denn in meiner Fantasie hat Andrew den Abend seines Lebens. Hinter meinen Lidern wartet nicht der rettende Schlaf, sondern sein Gesicht. Eigentlich sollte jemand seiner blöden Freundin sagen, auf was für einen Kerl sie sich da eingelassen hat. Aber sie würde es ohnehin nicht glauben. Das hat nichts mit Michelle zu tun. Das ist ganz generell so. Zeig uns einen Mann wie Andrew und wir Frauen entwickeln urplötzlich eine Taubheit für die warnende Stimme in unserem Hinterkopf. Ich weiß, wovon ich spreche.

Das Display meines Handys wirft einen hellen Lichtkegel an die Wand, und noch während ich danach greife, weiß ich, dass es wieder nur Derek sein wird, der mir ein weiteres Mal eine gute Nacht wünscht. Jede Frau wünscht sich einen Derek – bis sie ihn hat. Ich weiß, das klingt hart, aber es ist die Wahrheit. Ich habe den perfekten Mann und denke doch nur an Andrew.

Eine neue Nachricht. Ich gebe den Code ein, kneife die Augen zusammen und lese.

Derek Bryson: Hey Babe, ich hoffe, du schläfst schon längst. Ich komme gleich wieder im *Goodluck* an, aber wenn ich ehrlich bin, wünschte ich, ich wäre bei dir. Ich vermisse dich. D.

Ja. Genau das habe ich gebraucht. Jetzt fühle ich mich noch beschissener. *Danke, Derek.*

Manchmal wünschte ich, ich würde einfach in einem anderen Leben aufwachen. Neben Andrew. In irgendeiner Parallelwelt, in der es keinen Derek gibt. Und keinerlei Erinnerung an die Vergangenheit. In dieser Welt wäre diese Nachricht gerade von Andrew gewesen und ich würde genau jetzt dämlich vor mich hin lächeln. Ich würde mir das blöde Handy an die Brust drücken und dabei sehnsüchtig seufzen. In der Realität klingt es eher resigniert. Ich bin also noch immer ich. Mit Derek und Gedächtnis.

Ich suche die Fotos von meinem letzten Besuch in New York heraus. Das tue ich immer, wenn ich mich wieder einmal daran erinnern muss, was für ein Mensch Andrew wirklich ist. Warum ich ihn so hasse. Ihn *hassen muss*.

Bis auf das leuchtende Display ist mein Zimmer dunkel und das grelle Licht sticht in meinen Augen. Ich wische über die glatte Oberfläche. Und da ist es. Mein absolutes Lieblingsbild von Jane, Lou und mir. Wir liegen nebeneinander auf einer Wiese im Central Park und grinsen in die Kamera.

Wann wurde mein Leben bitte so verworren? Hat es wirklich erst mit Andrew angefangen? Oder mit dem Erwachsenwerden? Früher war alles so simpel. Da war alles nur *im Spiel* und man konnte sich jederzeit umentscheiden. Damals war meine Familie noch eine Familie und nicht nur dieser traurige Trümmerhaufen. Meine Mom war noch in Oceanside und nicht in London, und Jane und ich hießen noch Hastings mit Nachnamen.

Wäre das Leben so weitergegangen, wäre ich jetzt garantiert noch am College. Ich hätte supergute Noten und wäre nicht in einer Band. Ich würde das Geld von meinem Dad ausgeben, ein teures Auto fahren und hätte keine vier Nebenjobs, um mich über Wasser zu halten – von denen drei leider gerade wegfallen, weil meine Nachhilfe-Kinder im Sommercamp sind. Das Geld ist also auch noch knapp.

Ich wische wieder über das Display, weiter zu einem Bild meiner Eltern. Ich habe es abfotografiert, als ich das letzte Mal in unserem alten Haus war. Die Sache mit Andrew war der Sargnagel für ihre Ehe. Davor lief es zwar nicht gut, aber ich denke, sie wären zusammengeblieben. Hätte Jane sich nicht in Andrew verliebt, wären wir vielleicht noch eine Familie. Ich würde vermutlich noch mit meinem Vater sprechen und meine Mutter nicht nur ein Mal im Jahr sehen. Ich hätte mein Stipendium nicht einfach weggeworfen, was ich hauptsächlich getan habe, um Dad eins reinzuwürgen. Das Schlimmste ist, dass es ihn noch nicht einmal wirklich gestört hat. Es war ihm egal. Er hat damals einfach nur müde den Kopf geschüttelt und gesagt, dass es irgendwann an der Zeit ist, erwachsen zu werden und mit dem Träumen aufzuhören. Aber ohne die Träume wäre ich nicht ich. Und das wüsste er – wenn er mich auch nur im Geringsten kennen würde. Die traurige Wahrheit ist nämlich, dass er keine Ahnung hat, wer ich bin. Er hat sein festes Bild von mir: Amy, die Versagerin. Ganz im Gegensatz zu Jane, die ihn nur das eine Mal enttäuscht hat. Na ja, dafür aber so richtig. *Immerhin hat sie ihr Leben danach wieder in den Griff bekommen,* höre ich ihn immer und immer wieder sagen. Und er hat recht. Ich glaube, das Einzige, was meinem Dad wichtig ist, ist, dass ich ihn nicht blamiere. Solange ich das nicht tue, könnte ich alles von ihm haben. Zumindest das, was man mit Geld kaufen kann. Denn Zeit hatte er eigentlich nie.

Ich atme tief ein und versuche an etwas anderes zu denken. Ich brauche etwas, das mich lächeln lässt. Bei diesem Gedanken sehe ich Lous breites Grinsen und ihre großen strahlenden Augen. Sie ist nicht einmal sieben Jahre alt, aber trotzdem einer meiner liebsten

Menschen. Vielleicht ist sie es gerade deswegen. Sie sieht etwas in mir, das da gar nicht ist. Etwas, das sonst keiner sieht. So, als hätte ich Superkräfte, von denen nur sie weiß.

Ich lege das Handy zur Seite und schaue grübelnd an die Decke. Ich wollte mich daran erinnern, warum ich Andrew hasse, aber ich tue es einfach nicht. Und je länger ich darüber nachdenke, desto seltsamer erscheint es mir. Ja, er hat den feigen Weg gewählt, aber ohne ihn gäbe es Lou nicht. Ohne ihn hätte ich nie meinen Kram zusammengepackt, den Mädchennamen meiner Mutter angenommen und wäre in diese WG gezogen. Ich hätte weiter versucht, in eine Illusion zu passen und jemanden zu beeindrucken, der sich nicht für mich interessiert. Mein Dad hat meine Musik immer nur belächelt. *Arm sein ist nicht romantisch, Amy,* hat er immer gesagt. *Sei doch nicht so naiv.*

Es ist schon komisch, wie eine Entscheidung alles ändern kann. Erst ohne das ganze Geld und die Erwartungen meiner Familie bin ich *ich* geworden. Wenn es Lou nicht gäbe, hätte ich ein glamouröses, sorgenfreies Leben, würde *International Management* studieren und richtig gute Noten schreiben. Ich würde die Entscheidungen treffen, die ich treffen soll, und nicht die, die ich will. Den Weg gehen, den mein Vater für richtig hält, und nicht meinen eigenen. Jetzt lebe ich in den Tag hinein und tue genau das, was mir passt. Das ist zwar nur die halbe Wahrheit, aber sie klingt so viel besser als: Ich habe leider keine Ahnung, was ich mit meinem Leben anfangen soll.

Ich möchte Musik machen. Und ich will Andrew. Und auf beides habe ich keinerlei Einfluss.

Andrew

Es ist noch nicht einmal eins. Und ich bin betrunken. Okay, vielleicht nicht gerade betrunken, aber ich habe definitiv zu viel erwischt. Der Boden bewegt sich unter meinen Füßen und ich weiß, dass er das nicht tun sollte. Und schon gar nicht *so.* Seit Amy mit ihrem Vollidioten abgezogen ist, kann ich an nichts anderes denken, als an die beiden im Bett. In meinem Kopf haben sie schon seit Stunden Sex und es ist kein Ende in Sicht. Amy hat einen verdammten Orgasmus nach dem anderen und Derek das Stehvermögen eines *beschissenen Stiers.* Mein Schädel dröhnt. Noch schlimmer als die Vorstellung, dass sie den Sex des Jahrhunderts haben, ist aber, dass sie in seinen Armen einschlafen wird. Und das ist neu.

„Hey, Andrew", lallt Nate und legt den Arm um meine Schultern.

„Hm?", lalle ich zurück, spucke den Kaugummi in eine dünne Serviette und stecke mir den nächsten in den Mund.

„Wir gehen jetzt alle noch ins *Red Lion.* Kommsu mit?"

Mein angetrunkenes Gehirn denkt kurz an Jared und daran, wie lange ich ihn schon nicht mehr gesehen habe.

„Wir treffen Lynn zum Billardspielen", sagt er und fügt dann lachend hinzu: „Ich weiß eigentlich nicht, warum ... gegen die habe ich nicht mal nüchtern 'ne Chance!"

Ich grinse blöd und nicke, weil ich weiß, wie gut sie spielt. „Ihr geht alle?"

„Wir warten noch auf Derek, dann packen wir's."

„Derek?", frage ich irritiert. „Wieso Derek? Ich dachte, der vögelt gerade Amy ..."

Erst als Nate neben mir fast zusammenbricht vor Lachen, wird mir klar, dass ich laut ausgesprochen habe, was ich eigentlich nur denken wollte. Typisch. Alkohol macht mich redselig. Da ist die Schranke in meinem Kopf plötzlich viel durchlässiger als sonst. Ich sage und tue dann gern Dinge, die mir hinterher leider oft leid tun.

„Weißt du was, Andrew?", fragt Nate, während er sich am Tresen festhält, um nicht das Gleichgewicht zu verlieren.

„Nein, was?"

„Ich maaaag dich."

„Ich dich auch, Alter", antworte ich grinsend.

„Hey, da ist Derek", sagt er und nickt in Richtung Tür. „Was ist? Bist du dabei?"

Ich denke kurz an das *Red Lion* und an Jared. Und dann an Amy und die Tatsache, dass Derek gerade hier ist, was bedeutet, dass sie in diesem Moment allein in der Wohnung sein müsste. Alle anderen sind schließlich gerade hier. In dem Moment, als ich antworten will, blitzt ein Gedanke in Nates Gesicht auf.

„Ah, bevor ich es vergesse", sagt er lallend und zieht etwas aus seiner Hosentasche. „Hier ist dein Schlüssel."

Ich schaue ihn verständnislos an. „Echt jetzt?"

„Echt jetzt."

„Aber werden Zoe und Mike den in den nächsten Tagen nicht noch brauchen?"

„Das hier ist der Ersatzschlüssel“, antwortet Nate und legt ihn grinsend in meine Hand. „Zoe hat mich gebeten, ihn dir zu geben.“

„Und wann kann ich einziehen?“

Nate zuckt mit den Schultern. „Ich denke, in ein paar Tagen. Die beiden wollen den Umzug so schnell wie möglich hinter sich bringen.“ Nate klopft mir auf die Schulter und fügt dann verschwörerisch hinzu: „Das wird der Hammer! Wir werden den Ladies ganz schön den Kopf verdrehen – du mit deinem *Womanizer-Blick* und ich mit meinem asiatischen Charme.“

„Ich mit meinem *was?*“, frage ich lachend.

„Vergiss es.“ Nate grinst mich an und es ist fast so, als würden wir uns ewig kennen. „Also? Was ist?“, fragt er, während er langsam in Richtung Ausgang wankt. „Kommst du nun mit oder nicht?“

Ich sehe Amy und diesen Ausdruck in ihren Augen, und dann denke ich an Michelle und daran, dass sie vermutlich genau jetzt in diesem Augenblick in ihrem Bett liegt und darauf wartet, dass ich endlich komme. „Ich glaube, ich passe“, antworte ich und heuchle ein ziemlich überzeugendes Gähnen. „Ich bin fertig.“

„Beim nächsten Mal?“

Ich nicke. „Auf jeden Fall!“ Nate und ich salutieren beide mit zwei Fingern. „Grüß die anderen.“

Der Taxifahrer sieht mich über den Rückspiegel an. Sein Blick fragt, worauf ich warte. Und ich weiß keine Antwort. *Was mache ich hier? Fuck, ich bin so ein Idiot.* Ich denke einen Moment an Michelle und schaue seufzend aus dem Fenster. Die Wohnung wirkt geisterhaft, nirgends brennt mehr Licht.

„Stimmt etwas nicht, mein Junge?“, brummt es vom Fahrersitz und mein Blick folgt der Stimme.

Ein paar Sekunden lang sehe ich ihn nur an, oder zumindest das, was ich in der Dunkelheit von ihm erkenne. Dann antworte ich: „Ich weiß nicht, warum ich hergekommen bin ... vielleicht ist es ein Fehler.“

Er lächelt wissend. „Es geht also um eine Frau ...“

„Geht es nicht eigentlich immer um eine Frau?“, frage ich zurück.

„Touché“, entgegnet er nickend. „Warum denkst du, dass es ein Fehler ist?“

Ich weiche seinem Blick aus und entdecke auf der Trennscheibe zwischen uns ein kleines Kärtchen. Ich beuge mich ein bisschen vor, um lesen zu können, was darauf steht. *Heute fährt Sie Ray Sutton.*

Ich sehe ihn an. Ray Sutton ist schätzungsweise fünfundsechzig, hat aber kaum Falten. Seine Haut ist so dunkel, dass man ihn im schwachen Licht der Straßenlaternen kaum sehen kann. Nur das Weiß seiner Augen und die großen Zähne leuchten mir entgegen. Ich wette, Ray ist glücklich verheiratet. Ich wette, er hat Kinder. Und ich wette, er ist gut zu ihnen. Ein guter Dad. Einer von denen, die sich Zeit genommen und draußen mit ihnen gespielt haben. Damals mit ihnen und jetzt mit seinen Enkeln. Ich wette, er liebt sie. Sie alle. Und seine Frau.

Ray schaltet die Leselampe ein und mustert mich.

„Ich habe nicht gesagt, dass es ein Fehler ist“, sage ich schließlich.

„Nein, aber die Tatsache, dass du dich fragst, ob es einer ist, bestätigt im Grunde doch schon, dass du eigentlich weißt, dass es einer ist.“

Er hat völlig recht. Ich weiß es ganz genau. Und ich weiß auch, dass ich nicht hier sein sollte.

„Also, was ist das Problem?"

„Was das Problem ist?", frage ich kopfschüttelnd.

„Ja", antwortet er knapp.

„Das Problem ist, dass ich eine Freundin habe."

Ein paar Sekunden sieht er mich nur an, dann sagt er: „Okay, verstehe." Ray legt den Kopf schräg, kneift die Augen zusammen und schaut durchs Fenster. „Und ich nehme an, wir stehen gerade nicht vor *ihrem* Haus."

„Nein", sage ich und atme tief ein.

„Vor wessen Haus stehen wir dann?" In seiner tiefen Stimme erkenne ich ein verschmitztes Lächeln. Es schimmert auch in seinen Augen. „Jetzt komm schon, mein Junge", sagt er aufmunternd. „Rede es dir einfach von der Seele." Der Ausdruck in seinem runden Gesicht ist so viel väterlicher, als es der meines Vaters jemals war.

„Okay", sage ich seufzend. „Hier wohnt die Frau, die eigentlich meine Freundin *sein sollte.*"

Er schaut mich einen Moment lang nur an, dann sagt er: „Dann ist es kein Fehler."

„Wie bitte?", frage ich irritiert. „Woher wollen Sie das bitte wissen? Sie kennen doch noch nicht einmal die ganze Geschichte."

„Wenn sie das Mädchen ist, das du liebst, Junge, dann muss ich das auch gar nicht... Wenn *sie* die Eine ist", sagt Ray eindringlich und zeigt zum ersten Stock hinauf, „musst du um sie *kämpfen.*"

Ich fahre mir seufzend mit den Händen durch die Haare. „Das ist alles nicht so einfach."

Er macht ein abschätziges Geräusch und zuckt mit den Schultern. „Was ist schon einfach?"

„Sie verstehen das nicht“, sage ich ausweichend.

„Oh doch, das tue ich“, fällt er mir ins Wort. „Ich verstehe es sogar sehr gut.“ Rays Augen leuchten so warm und vertraut, dass ich nicht anders kann, als sein Lächeln zu erwidern. „Das Herz will nun mal, was es will. Es schlägt nicht für jeden. Und wenn es sich erst einmal für eine Frau entschieden hat, bleibt uns nichts anderes übrig, als für sie zu kämpfen.“ Seine dunklen Augen leuchten. „Glaub mir, mein Junge, für Liebe zu kämpfen, ist nie ein Fehler.“

Ich schüttle den Kopf. „Ach, ich weiß nicht...“

„Aber ich“, beharrt er stur. „Hör auf dein Herz“, sagt er und sieht mir fest in die Augen, „dann wird alles gut. Ich verspreche es.“

Ich atme tief ein und dann ganz langsam wieder aus. „Ich hoffe, Sie haben recht.“

„Das habe ich.“

Ich krame grinsend in meiner Hosentasche nach dem letzten bisschen Geld, und dabei ertasten meine Fingerspitzen die Wohnungsschlüssel, was mein Herz augenblicklich stolpern lässt. Ich atme tief ein, ziehe zwei zerknitterte Scheine hervor, streiche sie glatt und strecke sie Ray entgegen. Aber der hebt nur die Hände. „Führ dein Mädchen davon lieber zum Essen aus“, sagt er lächelnd. Ich schüttle vehement den Kopf und hole Luft, um zu protestieren, aber bevor ich dazu komme, etwas zu entgegnen, sagt Ray nur: „Es war schön mit dir zu reden, Junge.“

Ein paar Sekunden lang sehe ich ihn einfach nur an, dann schließlich antworte ich: „Mit Ihnen auch, Ray.“ Ich klinge anders als sonst. Jünger. Unsicherer. Aber vielleicht bin ich in Wirklichkeit so. Vielleicht habe ich das nur vergessen. „Und danke. Für alles.“

Ray nickt mir zu und ich nicke zurück, dann stecke ich mein Geld wieder zu dem Schlüssel in meiner Tasche und steige aus.

Amy

Als ich das Quietschen der Wohnungstür höre, setze ich mich abrupt auf und schaue auf die Uhr. Halb zwei. *Komisch. Die kommen doch sonst nie so früh zurück?* Also, wenn ich es nicht besser wüsste, würde ich auf Derek tippen. Aber der kann es eigentlich nicht sein. Außer natürlich er hat sich mal wieder Mikes Schlüssel geliehen. Ich höre zaghafte Schritte im Flur. Höre, wie sie sich langsam nähern. Das ist niemals Derek. Der klingt ganz anders. Derek geht mit der Ferse voraus. Er rammt sie bei jedem Schritt in den Boden. Er tut es sogar dann, wenn er wirklich versucht, leise zu gehen.

Aber wenn es nicht Derek ist, wer ist es dann? Ich schlage die Decke zurück und stehe auf. Das Licht der Straßenlaternen erhellt den Boden. Das Holz ist warm. Ich schleiche zu meiner Zimmertür – ohne auf die zwei Dielen zu treten, die mich sofort mit ihrem Knarzen verraten würden – und lausche angespannt den Geräuschen im Flur. Okay, es ist nicht Nate. Und auch sonst keiner meiner Mitbewohner. Keiner von denen wäre so rücksichtsvoll. Sicher nicht meinetwegen. Und schon gar nicht im *angetrunkenen* Zustand.

Auf einmal ist es mucksmäuschenstill. Ich halte die Luft an und mein Ohr an die Tür. Vielleicht ist es ja Will. Er ist der Einzige, den ich noch nicht wirklich einschätzen kann. Aber warum geht er dann nicht einfach in sein Zimmer? Oder ins Bad? Warum bleibt er stehen?

„Amy?" Bei dem Klang dieser Stimme zucke ich zusammen und weiche einen Schritt zurück. *Nein, das kann nicht sein. Unmöglich.* „Amy, bist du noch wach?“, dringt sein dumpfes Flüstern durch die Tür und weiter mitten in mein Herz. Ein paar Sekunden stehe ich einfach nur wie angewurzelt da. Ich atme viel zu flach und meine Gelenke werden weich. *Mein Gott, mir ist echt nicht zu helfen.* „Amy?“ Ich strecke zaghaft die rechte Hand aus, lege sie auf das glatte Holz und schließe die Augen. Und dann stelle ich mir vor, es wäre Andrews Brust. „Ich weiß, dass du da bist“, flüstert er heiser und ich bilde mir ein, seinen heißen Atem an meinem Nacken zu spüren. Ein wohliger Schauer kribbelt wie in Zeitlupe über meine Haut. Und während ich spüre, wie sich jedes noch so kleine Härchen an meinem Körper langsam aufrichtet, tasten meine Fingerspitzen vorsichtig nach der Klinke. Sie ist unerwartet kühl. *Amy, du darfst diese Tür nicht öffnen.* Ich will sie aber öffnen. *Genau deswegen sage ich es ja.* Ich möchte die blöde Stimme ausblenden, aber ich weiß, dass sie recht hat. Diese Tür muss verschlossen bleiben. Am besten für immer. Ganz einfach, weil ich nicht weiß, was ich tun würde, wenn sie erst mal offen ist. Weil ich mir nicht über den Weg traue, wenn es um ihn geht. Aber vor allem, weil wir in diesem Moment ungestört sind. Mutterseelenallein. Da wäre niemand, der mich davon abhalten könnte, ihn an mich zu ziehen und einfach zu küssen. Einmal abgesehen von meinem Verstand. Aber auf den ist kein Verlass. Da reicht ein gezielter Blick von Andrew und ich weiß nicht mehr, wie ich heiße.

Andrew

Ich lehne mich mit der Stirn gegen das kühle Holz. Da ist kein klarer Gedanke mehr. Nur ihr Schatten, der sich durch den schmalen Spalt unter der Tür zu mir in den Flur schiebt. Er ist kaum zu sehen, aber er ist da.

Ich spüre meinen Herzschlag, spüre, wie meine Hände zittern und mein Atem in kurzen, flachen Stößen meine Lungen verlässt. Alles dreht sich – und das hat nichts mit dem Bier zu tun. Ich wünschte, ich könnte es darauf schieben, aber inzwischen bin ich fast schon wieder nüchtern. *Was zum Henker habe ich mir dabei gedacht?* Vermutlich gar nichts. *Du hast kein Recht hier zu sein. Du wolltest verschwinden.* Ich weiß. Aber ich will endlich wissen, was ihr Problem ist. *Und das hättest du nicht wann anders machen können?* Nein.

Ich beobachte ihren regungslosen Schatten. Sehe ihm dabei zu, wie er sich mit meinem überschneidet. In dieser Sekunde trennen uns nicht einmal fünfzig Zentimeter, und trotzdem ist sie unerreichbar. Es ist nicht nur diese Tür. Zwischen uns liegen Welten. Zumindest fühlt es sich so an.

Amy

Ich schließe die Augen und lausche Andrews Atem. Das alles gerade schreit nach einem weiteren meiner Andrew-Träume. Aber mein rasender Herzschlag ist viel zu real. Das passiert wirklich. Ich träume nicht. Andrew steht in diesem Augenblick nur einen halben Meter von mir entfernt und alles, was uns noch voneinander trennt, ist diese Tür. Ich höre mich schnell atmen, das Adrenalin rauscht durch meine Adern und meine Fingerkuppen werden taub. Ich will mich räuspern, weil mein Hals so trocken ist, reiße mich aber zusammen und versuche nicht daran zu denken, dass mein Durst nichts mit Wasser zu tun hat.

Tu das nicht, Amy. Du weißt, was für ein Mensch er ist. Du weißt, was er getan hat.

Ja, das weiß ich.

In der Sekunde, als meine Vernunft mich meine zitternde Hand von Andrews Brust nehmen und die Augen öffnen lässt, höre ich leise Schritte, die sich langsam von mir entfernen.

Ein plötzlicher Ruck geht durch meinen Körper. Er durchfährt mich wie ein Stromschlag, zieht meine Muskeln zusammen und lässt mich unvermittelt die Klinke nach unten drücken und die Tür aufziehen.

Und dann sehe ich ihn. *Andrew.*

Andrew

Sie steht nur da und schaut mich an. Mit einem Blick, den ich überall spüre. Die Luft zwischen uns knistert und schweigt. Ich höre nur noch meinen Atem und sehe ihr Gesicht. Ihre tiefen Augen und die Schlucht, die dahinter auf mich wartet, die im Begriff ist, mich zu verschlucken. Wir sehen einander an, die Zeit steht still, nur mein Herz schlägt weiter wie ein viel zu schneller Sekundenzeiger, der mir sagen will, dass ich mich beeilen muss. Dass dieser Moment jeden Augenblick vorbei sein könnte. Alles kribbelt. So, als wäre meine Haut eine Zündschnur. Ich spüre einen heißen Schauer, der sich wie ein Lauffeuer aus abertausenden winzigen Explosionen auf meinem Körper ausbreitet. Wie Funken, die mich entzünden. Die blanke Panik erfasst mich und legt sich eiskalt auf meine Hände. Meine Finger zittern und mein Magen verkrampft sich. Wir sehen einander an und dieser Blick ist unendlich. Der Ausdruck in ihren Augen ängstlich. Sie sehen zwischen meinen hin und her, laden mich ein und stoßen mich wieder weg. Amy atmet genauso schnell wie ich und ihre Halsschlagader vibriert. Es ist, als wäre ich in mir gefangen. Ich und all das, was ich empfinde. Ich sollte etwas sagen, aber ich kann nicht denken. Jeden Augenblick werde ich ausbrechen. Wie eine tickende Zeitbombe. Ich habe panische Angst vor diesem Schritt. Es ist nur einer, aber wenn ich ihn erst einmal gegangen bin, gibt es kein Zurück.

Amy

Das ist sie. Die Ruhe vor dem Sturm. Ich spüre das Knistern in der Luft und wie sie darauf wartet, sich endlich zu entladen. Mein Blick fällt auf Andrews Lippen, dann sehe ich ihm wieder in die Augen. Was genau in ihren Tiefen flackert, kann ich nicht sagen. Es ist einfach zu viel. Es ist das, was ich fühle.

Die Sekunden dehnen sich unendlich aus und die Anspannung kriecht mir bis in die Fingerspitzen. Alles in mir spielt verrückt. Als wäre mein Leben im Schleudergang. Ich zittere am ganzen Körper. Die Welt dreht sich um uns, wird immer schneller. Jeden Moment könnte sie explodieren und dann wird nichts mehr so sein, wie es einmal war. Ich schlucke angestrengt, kann kaum noch atmen.

Und dann, ganz plötzlich, macht er einen Schritt auf mich zu. Ich spüre seinen heißen Atem im Gesicht, seine Hände, die sich auf meine Wangen legen. Er ist mir so nah, dass ich ihn nicht mehr scharf sehen kann. Als sein zitronig-herber Duft mich einhüllt, schließe ich automatisch die Augen. Und dann, ganz plötzlich, trifft sein Mund auf meinen und es fühlt sich an, als würde ich fallen. Rasend schnell. Ins Ungewisse. Die Zeit verliert ihre Bedeutung.

Ich öffne zaghaft meine Lippen, dann spüre ich seine Zunge, die um meine kreist. Erst sanft, dann fordernder. Ich atme Andrews Duft, vergrabe meine Hände in seinem Haar und ziehe mich an ihm hoch. Die Erregung mischt sich mit meiner Angst und kriecht kribbelnd über meine feuchte Haut. Ich bin aufgewühlt, wie Sand in der tosenden Brandung, und von meinen Gedanken sind nur noch Fetzen übrig. Bis auf unser schweres Atmen und die schmatzenden Geräusche unserer Lippen ist es vollkommen still. Ich spüre seine Hände und wie seine Bartstoppeln gegen mein Kinn reiben. Ich verliere mich. In ihm. Und in diesem Kuss. In diesem perfekten Augenblick. Ganz tief vergraben in seinen Armen. Und genau hier will ich sein. Hier gehöre ich hin.

Und was ist mit Lou?

Ich spüre einen eiskalten Stich in meiner Brust und weiche einen Schritt zurück. Weg von ihm. Wir stehen einander gegenüber und sehen uns an. Atemlos. Die Spannung ist noch da. Als Verlangen in meinem Blick und als Gänsehaut auf meinem Körper. Ich bin zu weit gegangen. Viel zu weit. Und ich weiß nicht, wie ich je zurückfinden soll. Aber genau das muss ich.

Andrew

Amy bewegt sich nicht. Ich weiß nicht, ob sie mich ansieht, oder durch mich hindurch.

Mein Körper ist noch im Rausch. Ich spüre mich anders. Irgendwie dumpf und viel weiter weg. Ein bisschen so, als wäre ich unter Wasser. Alles scheint langsamer, vor allem mein Gehirn. Ich versuche zu denken, aber alles, was ich sehe, ist Amy. Ich versuche etwas in ihren Augen zu erkennen. Erst war da noch dieses Feuer, aber jetzt ist da nichts mehr. Keine Wut, kein Verlangen. Alles, was von unserem Kuss übrig scheint, ist die vollkommene Leere in ihrem Blick.

„Amy?“, flüstere ich heiser, aber sie reagiert nicht. Sie steht nur verloren im Halbdunkel und ich ertrage diesen Anblick nicht. In dem Moment, als ich meinen Arm ausstrecke, weicht sie einen Schritt zurück und hebt abwehrend die Hände. „Was ist gerade passiert?“ Sie schüttelt den Kopf. „Was hast du?“

„Wir hätten das nicht tun dürfen“, antwortet sie und es hört sich an, als lägen Tränen in ihrer Stimme. „Es war falsch.“

„Es hat sich nicht falsch angefühlt“, sage ich leise.

„Das ändert nichts daran, dass es das war.“ Sie wischt sich die Tränen von den Wangen.

„Das meinst du nicht so.“

„Doch, das tue ich.“

„Wenn das wirklich stimmt, warum weinst du dann?“

Sie macht ein abschätziges Geräusch. „Da fragst du noch?!“

Ich atme tief ein. „Amy, ich...“

„Du solltest jetzt besser gehen“, fällt sie mir ins Wort und zeigt zur Tür.

Und genau das tue ich. Ich gehe. Auch, wenn ich nicht weiß, wohin.

Amy

Ich vergrabe mich in meiner Decke, ziehe sie mir über den Kopf und weine in mein Kissen. Es erstickt mein Schluchzen und schmiegt sich sanft an mein Gesicht. Als wären die Federn liebevolle Hände, die mich tröstend streicheln. Groß und warm. Andrews Hände. Bei diesem Gedanken breitet sich die Gänsehaut unaufhaltsam aus, so wie meine Gefühle für ihn. Sie waren immer da. Jeden Tag. Ganz knapp unter der Oberfläche, aber immer gerade weit genug weg, dass ich mir einreden konnte, dass es sie nicht wirklich gibt. Ich hatte sie in mir vergraben. Als wären sie gestorben. Doch sie waren noch da. Ab und zu haben sie die Kruste aufgebrochen und mein Herz schneller schlagen lassen.

Ich habe von ihm geträumt. Von ihm und von uns. Davon, wie wir uns küssen. Wie seine Lippen wohl schmecken. Wie sie sich auf meinen anfühlen. Ich weiß noch genau, wie ich damals mit vierzehn auf meinem Bett lag und mit geschlossenen Augen meinen Handrücken geküsst habe. In meinem Kopf war es Andrew. Es waren immer nur seine Lippen. Und es war immer gut. Verdammt gut sogar. Aber es war *nichts* im Vergleich zu *diesem* Kuss. Nichts gegen die Realität.

Jahrelang habe ich mir diesen Augenblick mit ihm heimlich gewünscht. Und mich auch genauso lang davor gefürchtet. Vor mir und dem Wissen, dass ich nicht Nein sagen könnte. Nicht Nein sagen *würde.* Deswegen bin ich ihm auch aus dem Weg gegangen. Aber Gefühle lassen sich nur sehr ungern wegsperren. Sie finden einen Weg an die Oberfläche. So wie Luftbläschen, die aus den unergründlichen Tiefen des Ozeans emporsteigen. Bis ganz nach oben.

Ich hasse mich. Und ich hasse ihn. Und ich hasse die Tatsache, dass sich nichts geändert hat. Ich hasse, was ich für ihn fühle. Aber gleichzeitig liebe ich es. Es mögen nur Sekunden gewesen sein, aber sie haben alles verändert. Das ist wirklich passiert. Es war nicht nur in meinem Kopf. Wir haben uns geküsst.

Ich weiß nicht, ob es wütende Tränen sind, die der gestreifte Stoff meines Kissens gerade aufsaugt. Ich kann nicht sagen, ob ich gerade traurig bin oder enttäuscht. Vielleicht bin ich all das. Aber gleichzeitig bin ich euphorisch. Mein Körper steht noch unter Strom und mein Gehirn unter Schock. Meine Lippen spüren noch immer seine und egal, wie sehr ich mich auch vom Gegenteil überzeugen will – mein Herz gehört ihm. Und das hat es eigentlich immer.

Andrew

Ich gehe noch immer. Inzwischen seit Stunden. Ich habe mir das Gehirn darüber zermartert, was Amys Problem sein könnte und warum sie so ist, wie sie ist. Was sie gegen mich hat und ob ich etwas getan haben könnte, woran ich mich einfach nicht erinnere. Aber ich bin auf nichts gekommen. Erst war ich wütend, dann enttäuscht. Jetzt gehe ich nur noch.

Ich wollte zu Michelle, aber etwas ganz tief in mir hat sich dagegen entschieden und ich kann noch nicht einmal genau sagen, was es war. Ich habe die Leere von Boston in mich aufgesaugt. Diese Stille. Ich liebe das Schweigen der Großstadt. Wenn alles schläft und friedlich ist. Vor allem dann, wenn in meinem Kopf ein Krieg herrscht. Wenn meine Gedanken mich in den Wahnsinn treiben wollen.

Im Laufe der letzten Jahre bin ich oft zu Fuß durch Boston gegangen. Meistens, weil ich kein Taxi mehr bekommen oder mein ganzes Geld versoffen habe. Und meistens war das gut. Das Gehen. Die klare Nachtluft hat mich klarer denken lassen. Ich habe einfach einen Schritt nach dem anderen gemacht und bin angekommen. Ganz egal wann oder wo. Ich fand es tröstlich, dass viele kleine Schritte einen letztlich ans Ziel bringen können. Und noch tröstlicher fand ich es, ziellos zu sein, weil man sich dann nicht verlaufen kann. Doch inzwischen glaube ich, dass man ein Ziel braucht. Wenn man wie ein Blatt im Wind fliegt, verliert man irgendwann die Orientierung. Und ich glaube, das ist mir passiert.

Ich gehe weiter. Setze einen Fuß vor den anderen. Warum? Na, weil Stehenbleiben keine Option ist. Mein Blick wandert über die Häuserfronten und die leeren Gehwege. In diesem Moment gehört Boston mir. Die Stadt schläft, aber bald wird sie aufwachen. Und ich liebe es, ihr dabei zuzusehen, zu beobachten, wie das Leben nach einer langen Nacht zurück auf die Straßen findet. Ich kenne diese Stadt. Ich kenne sie in- und auswendig. Manchmal hätte ich gern eine Karte, die mir zeigt, durch welche der Straßen und kleinen Gassen ich bereits gegangen bin. Es wären echt viele. Wahnsinnig viele. Ein riesiges Gewirr aus Linien, so durcheinander wie ich es gerade bin. Ich schlendere über den noch menschenleeren *Haymarket Square*. Ich liebe diesen Platz. Genauso wie die Brownstones, den Hafen und die vielen Grünflächen. Ich liebe den *Coplay Square, Beacon Hill* und die alten gepflasterten Straßen. Die Laubbäume und die kleinen Cafés. Aber vielleicht ist es Zeit zu gehen. Weg von allem. Weg von Michelle und einer Beziehung, die ich nie wirklich wollte. Und weg von Amy und einer Liebe, die es nicht geben wird – warum auch immer.

Ich habe hier studiert und bin gescheitert, habe mich im bunten Treiben des Nachtlebens verloren und menschliche Nähe in den falschen Betten gesucht. Bei Frauen, die mir nichts bedeutet haben. Boston hat mich aufgefangen. Jedes Mal. Die Stadt war mein Anker. Meine Zuflucht. Aber vielleicht ist es einfach vorbei und ich will es mir nicht eingestehen. Ich weiß es nicht. Vielleicht ist die Zeit reif für etwas Neues. Eine Stadt ohne Erinnerungen. Eine Stadt, in der ich nicht jeden Tag eine der beiden Frauen meines Lebens treffen könnte. Wobei es inzwischen nicht mehr so schlimm wäre, Katie zu sehen. Wenn ich ehrlich bin, wäre es sogar schön. Auch, wenn die Sache mit ihr mich fast umgebracht hat – etwas, das sie nie wissen wird. Warum sollte sie meinetwegen leiden? Etwa nur, weil ich ihretwegen gelitten habe? Katie hat mein Leben auf den Kopf gestellt. Sie hat gesehen, dass ich mehr bin, als ich dachte. Sie war den Schmerz wert. Aber das mit Amy ist anders. Es ist zerstörerischer. Es ist mächtiger. Und stärker. Katie war dieses unschuldige Geschöpf, das bei unserer ersten Begegnung einen Beschützerinstinkt in mir geweckt hat, den ich so vorher nicht gekannt habe. Amy braucht das nicht. Wenn man es genau nimmt, brauche eher ich jemanden, der mich vor mir selbst beschützt, wenn ich in ihrer Nähe bin. Durch Katie wurde ich zu einer besseren Version von mir. Für sie wollte ich anders sein. Ich wollte mich durch ihre Augen sehen und diesen Menschen mögen.

Einen Moment lang denke ich daran, wie wir zusammen auf dem Flachdach saßen. Ich denke an dieses Funkeln in ihren Augen und ihr sanftes Lächeln. Ich habe es geliebt, wie sie lächelt. Aber vor allem habe ich geliebt, dass ich ihr geben konnte, was sie gebraucht hat. Bei Katie war ich stark. Und bei Amy werde ich schwach.

Als ich knapp fünfundzwanzig Minuten später den Pier erreiche, bereitet sich die Nacht bereits auf ihren Rückzug vor. Das satte Orange am Horizont wartet auf seinen großen Auftritt und das Wasser schillert im Halbdunkel.

Ich schaue auf den grob gepflasterten Weg vor mir, mache einen Schritt nach dem anderen. Meine Gedanken sind noch immer wirr, aber dieses enge Gefühl um meinen Brustkorb ist verschwunden. Ich setze mich auf eine der Bänke und betrachte die Stadt und wie die Hochhäuser in den Himmel ragen. Ich bin schon so oft hier gesessen. Genau auf dieser Bank. Und immer war ich allein – oder auch nicht, denn Boston hat mir Gesellschaft geleistet.

Es heißt, es gibt keine Gewissheit im Leben. Und das stimmt. Das hier könnte mein letzter Tag auf dieser Welt sein. Vielleicht ist es auch deswegen so tröstlich, wenn die Sonne aufgeht. Wenn ein neuer Morgen beginnt. Egal, wie die Nacht davor war.

Sollte ich wirklich heute sterben, hätte ich gestern wenigstens noch Amy geküsst. Ich breite meine Arme aus und lege sie auf die Rückenlehne. Und während ich vor mich hin lächle und an die vielleicht besten zwanzig Sekunden meines Lebens denke, legt sich die Morgenröte sanft auf Bostons Gesicht. Und auf meines. Beinahe so, als würde sie uns streicheln. Dieser Moment mit seinem weichen Licht erinnert mich an Oceanside. An den Sommer vor einem Jahr und an den Abschied von Jake. Ich sehe ihn vor mir. Die vielen Schwellungen in seinem Gesicht und den traurigen Ausdruck in seinen Augen. Und dann, ganz plötzlich, schießt mir die Frage durch den Kopf, die er mir damals gestellt hat. Und dann denke ich an meine Antwort. Ich muss lächeln. Und in derselben Sekunde piept das Handy in meiner Tasche. Eine neue Nachricht. Und sie ist von Jake.

Amy

Es ist Samstagmorgen kurz vor acht und ich stehe bereits unter der Dusche. Normalerweise würde ich jetzt noch schlafen. Normalerweise wäre ich bis mindestens zwölf Uhr mittags nicht ansprechbar. Aber normalerweise hätte ich auch nicht Andrew geküsst. Dieser Kuss quält mich bereits seit Stunden. Alles in mir kribbelt beim Gedanken daran. Aber ich darf nicht daran denken. Und genau deswegen habe ich auch mit den ersten Sonnenstrahlen fluchtartig mein Zimmer verlassen. So, als könnten die Bilder der letzten Nacht mir nicht bis ins Bad folgen – was natürlich Quatsch ist. Sie stehen gerade mit mir unter der Dusche und ein primitiver Teil meines Hirns will bei ihrem Anblick einfach nur die Augen schließen und den Duschkopf zwischen meine Schenkel gleiten lassen. Stattdessen wasche ich mir die Haare. Und das so energisch, als hätte ich eine enorme Wut auf meine Kopfhaut. Aber wenn ich mich sanfter berühren würde, würde garantiert die Fantasie mit mir durchgehen. Meine Hände wären dann plötzlich Andrews und ich verloren. Etwas ganz tief in meinem Bauch zieht sich zusammen. Ich schäume mich mit Duschgel ein und schrubbe über meine Haut. Das warme Wasser wird in meinen Gedanken zu Andrews Lippen, die mich sanft berühren. Erst meine Brüste, dann meinen Bauch. Ich bilde mir ein, seinen Atem auf meiner Haut zu spüren, seine Nähe und diesen Blick. Der Wasserstrahl wird in meiner Fantasie zu Andrews Zunge. Ich spüre sie zwischen meinen Beinen und höre mich unvermittelt seufzen. Etwas in mir versucht noch, sich zu widersetzen, während ich den Bildern in meinem Kopf nachgebe, mich auf den Badewannenrand setze und mit der freien Hand an der Armatur festklammere. Es dauert keine zehn Sekunden bis Andrews Zunge mich zum Orgasmus bringt. Und weitere dreißig, bis ich zum zweiten Mal komme.

Ich zittere überall. Mein schwerer Atem hallt durchs Bad. Mit geschlossenen Augen konzentriere ich mich nur auf dieses gierig saugende Gefühl ganz tief in meinem Unterbauch. Mein Kopf ist benebelt, so als wäre ich noch nicht ganz bei Bewusstsein. Der Wasserstrahl massiert mich noch immer. *Es reicht. Hör jetzt auf.* Ich öffne die Augen, aber ich höre nicht auf. Ich halte den Duschkopf fest, richte ihn weiter zwischen meine Beine und sehe Andrews Gesicht und diesen Blick, der mir sagt, dass er noch nicht fertig mit mir ist. *Aber ich bin fertig mit ihm.* O Gott! Ich schließe die Augen und werfe den Kopf in den Nacken. Mein Atem geht schneller. Ich will nicht aufhören. Ich *kann* nicht aufhören. Es ist schließlich nur in meiner Fantasie. *Und was ist mit dem Kuss?*, fragt die böse Stimme in meinem Kopf, und für den Bruchteil einer Sekunde brennt das schlechte Gewissen vorwurfsvoll in meinem Magen. Doch das Feuer in mir verschluckt es. Ich spüre Andrews Lippen auf meinen, spüre diesen Kuss wie ein Erdbeben, das durch meinen Körper rollt. Ich spüre, wie meine Beine nachgeben wollen und höre mich scharf einatmen. Dann verschwimmt alles. Es flirrt und glitzert. Ich kann nicht atmen, presse nur den Duschkopf zwischen meine Beine, halte mich an ihm fest. Dann stöhne ich auf und komme.

Ich mustere den Duschkopf vorwurfsvoll, so als wäre er gerade einfach über mich hergefallen und als hätte das alles rein gar nichts mit mir zu tun. Ich muss hier raus. Raus aus der Wohnung.

Ich öffne den Vorhang, steige schnell aus der Wanne, trockne mich oberflächlich ab und binde mir die Haare zu einem Dutt zusammen. Wie kann man sich nur so sehr zu jemandem hingezogen fühlen, von dem man genau weiß, dass er ein herzloses Arschloch ist? Ich meine, was sagt das über mich aus? Und wie arm ist es, dass ich mir immer und immer wieder heimlich wünsche, dass er sich geändert hat? Ich will Andrew hassen – ich will es *wirklich*. Aber ich komme nicht gegen diese Gefühle an. Gegen sein Lächeln und diesen Blick. Er hat eine seltsame Macht über mich und ganz egal, wie sehr ich mich dagegen wehre, die Anziehung ist stärker. Sie ist unwiderstehlich.

Ich schlüpfe in frische Unterwäsche, dann in meine Jeans, dann greife ich nach dem Deo. Ist es nicht ziemlich ernüchternd, dass ich noch nie in meinem Leben so guten Sex wie mit dem Andrew in meiner Fantasie hatte? Dass ich noch nie so geküsst wurde? Ich stecke seit Jahren in naiven Träumen fest. Aber noch schlimmer als diese Tatsache ist die Gewissheit, dass es mit dem echten Andrew noch besser wäre, nur, dass ich das nie erleben werde.

Andrew

Ich ziehe meine frisch gewaschenen Klamotten aus dem Trockner und lege sie zusammen. Sie sind leicht feucht und noch warm – ein bisschen wie karibisches Klima. Mein Blick fällt auf die Uhr. Schon komisch, ich hatte Angst, die Zeit nicht rumzukriegen, und jetzt habe ich es fast eilig. Irre, was man so alles an einem Tag erledigen kann. Das Auto ist sauber, die Wäsche gemacht – ich habe es sogar noch geschafft, kurz bei Michelle zu duschen, während sie in der Vorlesung war. Ja, ich weiß, das ist ein Tiefpunkt, aber ich habe ihr immerhin einen Zettel dagelassen.

Ich will nicht an Michelle denken. Und noch weniger daran, wie weh es ihr tun würde, wenn sie die Wahrheit wüsste. Außerdem muss ich los. In zwanzig Minuten treffe ich Jake. Ich nehme den letzten Schluck von meinem kalten Kaffee und packe meine Sachen in die Tasche neben mir.

Die tiefstehende Sonne brennt gnadenlos von außen gegen die Fensterscheiben und der Sommer glänzt auf meiner Stirn. Auf dem Weg zur Tür bemerke ich eine junge Frau. Sie lächelt mich an. Wenn ich es mir recht überlege, ist es mehr als nur ein Lächeln. Sie sieht mich an, während sie ihre Spitzenwäsche faltet, und ihr laszіver Blick sagt mir, dass ich sie mir darin vorstellen soll, was mir nicht weiter schwerfällt. Jedes Mal wenn ich meine Wäsche mache, komme ich mir vor wie in einem dieser Axe-Werbespots. Das ist der „Mann kann waschen“-Effekt. Die Wäscherei ist der Himmel auf Erden – feuchte Luft, der wohlig-saubere Geruch von Waschmittel und ein Haufen Single-Frauen mit ihren winzigen Slips. Im Ernst, es ist besser als jede Bar. Komischerweise hat sich das noch nicht wirklich rumgesprochen. Ich weiß selbst erst seit ein paar Monaten davon. Inzwischen habe ich ja die Theorie, dass die meisten Paare eine eigene Waschmaschine haben und sich nur die verzweifelten Singles in den diversen Waschsalons der Stadt herumtreiben. Die meisten von ihnen sind vermutlich auf der Suche nach dem perfekten Partner, weil sie das einmal in einem Film gesehen haben.

Die junge Frau mit den Spitzenhöschen streicht sich das Haar hinters Ohr und ich lächle sie an, weil ich es nicht einsehe, einer Frau treu zu sein, die mich nicht will. Sie sieht einen Moment schüchtern nach unten, dann wieder in meine Augen. Ich könnte sie haben. Und vielleicht sollte ich es einfach tun. Amy wäre es vermutlich egal. Einen Augenblick lang denke ich wieder an diesen Wahnsinns-Kuss und daran, wie sich ihre Haut unter meinen Händen angefühlt hat. Und dann denke ich an Michelle. *Fuck*. Ich wünschte, ich hätte kein Gewissen. Wenn man nämlich erst mal eines hat, wird man es nicht mehr los. Ja, manchmal fehlt mir der Andrew von früher. Der hatte solche Probleme nicht. Ich lasse den Blickkontakt abreißen, schaue zu Boden und verlasse den Laden, ohne mich noch einmal umzudrehen.

Amy

Ich bin zu einer dieser Frauen geworden. Zu einer von denen, die an nichts anderes mehr denken können als an ihren Kerl. Und dabei ist Andrew noch nicht einmal mein Kerl. Na ja, irgendwie ist er das schon. Nur, dass er nichts davon weiß.

Ich stütze den Kopf in meine Hände, schließe die Augen und atme seufzend aus. Ich habe Derek betrogen. Mit Andrew. Und ich habe es genossen. Aber um was genau habe ich ihn eigentlich betrogen? Und warum ist es so viel schlimmer, jemanden wirklich zu küssen als es in Gedanken zu tun? Ich wette, alle, die Derek und mich zusammen sehen, denken, dass wir glücklich sind. Weil ich so tue, als ob. Bei meinen Eltern war das nicht anders. Wir waren die perfekte Familie. Und nach außen hin hatten wir alles. Doch die Leere war da, auch wenn sie keiner gesehen hat. Oder *wahrhaben* wollte. Vielleicht war es anfangs wirklich gut. Vielleicht auch zu gut, um wahr zu sein ...

John Hastings – reich und überaus gutaussehend, verliebt sich bei einem längeren Auslandsaufenthalt in die Britin Anne Collins und holt sie in die USA. Anne ist gebildet, bildschön und sozial engagiert.

Nach knapp einem Jahr heiraten die beiden und bekommen zwei Kinder: Jane und mich. Mr und Mrs Hastings pendeln mit ihren Töchtern zwischen New York und Oceanside hin und her und setzen sich für gemeinnützige Projekte und den Umweltschutz ein. Die beiden führen eine Bilderbuchehe, haben ein herrschaftliches Zuhause und mehr Geld, als sie jemals ausgeben könnten. Es war wie im Märchen.

Aber es war kein Märchen. Es wusste einfach nur keiner von den diversen Liebeleien unseres Vaters oder den depressiven Schüben unserer Mutter. Selbst wir nicht. Jane und ich haben die besten Schulen besucht und ein behütetes Leben geführt. Zumindest bis dann Andrew auf der Bildfläche erschienen ist ...

Ich werde nie vergessen, wie es sich angefühlt hat, die beiden zusammen zu sehen. Ich wollte es nicht glauben. Andrew hätte jede haben können. Und die meisten davon hatte er auch – na ja, einmal abgesehen von mir. Ich war immer nur Janes kleine Schwester. Er hat mit ihr geschlafen und dabei mein Herz gebrochen. Und trotzdem habe ich ihn weiter heimlich angehimmelt. Bis zu diesem schwarzen Tag, an dem Jane nicht mehr aufgehört hat zu weinen. Erst habe ich es nicht kapiert, aber dann hat plötzlich alles Sinn ergeben. Mag sein, dass unsere Familie schon immer eine Lüge war, das ändert aber nichts daran, dass Andrew meine Schwester im Stich gelassen hat. Und kein Kuss der Welt bringt das wieder in Ordnung – ganz egal wie unbeschreiblich gut er sich anfühlt.

„Ams? Ist alles okay mit dir?"

Ich schaue hoch und entdecke Petes Gesicht.

„Pete", antworte ich lächelnd. „Ja, alles okay."

„Du siehst nicht okay aus..."

Das Problem mit Menschen, die einen richtig gut kennen, ist, dass sie leider merken, wenn man lügt.

„Stress mit Derek", sage ich ausweichend.

Pete wirft sich das karierte Geschirrtuch über die Schulter, stellt die zwei Cappuccino-Tassen ab und setzt sich zu mir. Er sieht müde aus. Wäre seine Haut nicht so schwarz, würden die dunklen Schatten unter seinen Augen verraten, wie lange die Nacht gestern wieder war. Er arbeitet zu viel. Ich mache mir Sorgen um ihn.

„Stress mit Derek?“, fragt er zweifelnd.

„Ach, nichts Ernstes“, sage ich und mache eine abwinkende Handbewegung.

„Es geht gar nicht um Derek, oder?“

Er mustert mich.

„Doch.“

„Amy“, sagt er kopfschüttelnd und sein kehliges Lachen lässt mich einknicken.

„Na gut, nur indirekt.“

„Wann schießt du diesen Trottel nur endlich in den Wind?“

„Pete, hör auf.“

„Kleine, du bist wie eine Tochter für mich – das weißt du.“ Ja, das weiß ich. „Warum verschwendest du deine Zeit mit diesem Typen?“

„Weißt du, er...“ Ich zucke mit den Schultern. „Er liebt mich.“

„Und weiter?“

„Nichts weiter.“

Ich weiche seinem Blick aus.

„Komm schon, was ist wirklich los mit dir?“

„Es ist gar nichts.“ Ich greife geistesabwesend nach dem Löffel und rühre in meinem kalten Kaffee herum.

„Gibt es einen anderen?“

Mein Blick schnellt nach oben. „Was?“, frage ich ertappt.

„Du hast einen anderen“, stellt Pete trocken fest. „Hab ich recht?“ Er weiß längst, dass es so ist, und sein blödes Grinsen ist fast zu breit für sein Gesicht. „Los, raus mit der Sprache, wer ist es?"

„Du kennst ihn nicht."

Das ist gelogen, vermutlich kennt er ihn, aber ganz gleich, wie sehr ich Pete mag – und das tue ich wirklich – ich kann ihm die Wahrheit nicht sagen.

„Ich wette, ich kenne ihn doch."

Tiefe Lachfältchen legen sich um seine Augen. Sie sind warm und liebevoll. Kurz frage ich mich, ob mein Vater mich jemals so angesehen hat, schüttle den Gedanken aber ab.

„Ja, kann sein", sage ich schließlich, „aber ich kann nicht darüber sprechen."

Ein paar Sekunden sieht Pete mich nur an, dann nickt er. „Solltest du doch reden wollen..." Er zuckt mit den Schultern, „du weißt schon..."

„Danke."

Er steht auf und nimmt die leeren Tassen, dann fällt sein Blick auf den Block, der vor mir auf dem Tisch liegt. „Was denn? Ein neuer Song?" Ich schaue auf die Notizen und nicke. „Ehrlich?" Petes Augen wandern über den Titel. „*In another life* ..." Ich presse die Lippen aufeinander. „Hm, dann ist es ernster, als ich dachte."

Ja, das ist es, denke ich. „Ich habe keine Ahnung, was ich machen soll, Pete."

„Da kann ich dir leider nicht helfen, Kleine", brummt er, „aber worum es auch geht, ganz tief in dir drin, weißt du bereits, was du tun musst."

Ich mache ein abschätziges Geräusch. „Als ob es so einfach wäre ..."

„Es ist nie einfach ... das ist das Leben ..."

Ich ziehe eine Augenbraue hoch. „Ich wusste gar nicht, dass du Philosoph bist?"

„Klar wusstest du das.“ Er grinst. „Nein, im Ernst, Amy ... du weißt schon, was richtig ist.“ *Was richtig ist,* wiederholt eine Stimme in meinem Kopf. Richtig für wen? Für mich oder für alle anderen? Sein plötzliches Lachen lässt mich aufschauen.

„Was ist?“, frage ich. „Warum lachst du?“

„Ach weißt du, ich musste nur eben an meinen Vater denken ...“ Pete bekreuzigt sich und schaut an die Decke, als würde er dort seinen Dad vermuten, dann murmelt er ein *Gott hab ihn selig* und sieht wieder zu mir. „Er hat immer zwei Sachen gesagt. Erstens ...“ Er räuspert sich, dann sagt er mit verstellter Stimme: „*Pete, mein Junge, versprich mir, dass du immer deinen eigenen Weg gehst, egal, was andere sagen.*“

„Und? Hast du dein Versprechen gehalten?“

Pete nickt und seufzt. „Das hier ist *meine* Bar ...“ Ich schaue mich um, betrachte den langen Tresen mit den vielen Barhockern, die dunklen holzgetäfelten Wände und den Billardtisch in der hinteren Ecke. Mein Blick wandert weiter zu der kleinen Bühne und über die gemütlichen Sitzecken. „Sie ist nicht schick, manche würden sogar sagen, sie ist schäbig ... aber sie gehört mir.“

Es entsteht eine kurze Pause, dann frage ich: „Was war das zweite?“

„Wie bitte?“

„Na, das zweite, was dein Dad immer gesagt hat ...“

Meine Augen finden seine und der Ausdruck in ihren Tiefen ist ungewohnt ernst. „Make it count.“ Ein paar Sekunden schweigen wir. „Du wirst schon deinen Weg finden, Amy“, sagt er lächelnd, doch ich schüttle nur zweifelnd den Kopf. „Glaub mir, das wirst du.“ Pete legt seine große warme Hand auf meine und drückt sie, dann flüstert er verschwörerisch: „Ich weiß, was du jetzt brauchst ...“

„Und was?“, frage ich und versuche mir nicht anmerken zu lassen, wie sehr mich sein *Make it count* und *gehe deinen Weg* durcheinandergebracht haben.

„Einen Frappé“, antwortet er grinsend. „Ich mach dir schnell einen.“

Ich sehe ihm nach. Woher soll ich bitte wissen, was richtig ist? Ich fühle mich wie ein Statist in meinem eigenen Leben. Ich habe seit *Monaten* keinen Song mehr geschrieben. Zumindest nichts, was brauchbar gewesen wäre. Nichts, was den Rotstift überlebt hätte. Ich habe nicht die leiseste Ahnung, was ich studieren könnte oder ob ich überhaupt etwas studieren soll. Ich jobbe vor mich hin und schlafe mit Derek. Ist das etwa richtig? Für jetzt ist es okay, aber was ist mit später? Ich kann doch nicht ewig nur rumsitzen, heimlich an Andrew denken, Löcher in die Tischplatte starren und auf Inspiration warten, die mich dann doch so gut wie jedes Mal versetzt. *Make it count. Make it count. Make it count.* Ich schüttle kurz den Kopf, als könnte ich so diesen lästigen Gedanken verbannen. *Mein eigener Weg.* Vielleicht ist Boston nicht die richtige Stadt für mich. Vielleicht gehe ich gar nicht meinen Weg, sondern stehe still? Ich liebe Boston, aber wenn man es genau nimmt, bin ich nur noch hier, weil ich hier aufs College gegangen bin. *Was willst du im Leben, Amy? Was ist dir wirklich wichtig?* Also, einmal abgesehen von Andrew. Die Antwort auf meine Frage kommt überraschend schnell und überraschend heftig: die Musik. Es war immer die Musik. Weil sie mir einen Unterschlupf gegeben hat, wenn ich mal wieder unendlich einsam war. Weil sie die Unordnung in meinem Kopf bändigen konnte. Ich habe mich in ihren Armen aufgehoben gefühlt. Als wäre ich in einer anderen Welt, weit weg von allem, was mir Sorgen macht. Ich will wieder daran glauben, dass ich es schaffen kann. Irgendwann habe ich damit aufgehört. Und ich kann nicht mal genau sagen warum. Vielleicht waren es einfach zu viele Absagen. Oder die strenge Stimme meines Vaters, die mir immer und immer wieder zugeflüstert hat, dass es so viele talentiertere Leute da draußen gibt. Er hat es nie laut ausgesprochen, aber ich weiß, dass er so denkt. Ich höre mich bitter lachen. Die Wahrheit ist, er hat mich nie singen gehört. Nicht ein einziges Mal. Er ist zu keinem unserer Auftritte gekommen. Nicht mal zu denen in Oceanside oder Clearwater. Angeblich weil er keine Zeit hatte. Ich glaube, es hat ihn einfach nicht genug interessiert. Vielleicht liegt es aber auch gar nicht an meinem Dad. Vielleicht liegt es an Derek? Oder daran, dass ich ihn nicht liebe? Sind es die vielen Lügen? Ich weiß, dass ich ihm etwas vormache. Und mir. Und auch allen anderen. Ich mag Derek. Ich mag ihn wirklich. Aber Andrew liebe ich – auch wenn ich das nicht sollte. Ich denke eine Sekunde an seine Lippen und wie sie sich auf meinen angefühlt haben und mein Herz beginnt zu rasen. Es schlägt, als würde ich rennen, aber ich bewege mich nicht, sitze nur da und versuche mir einzureden, dass dieses lebendige Gefühl nichts mit Andrew zu tun hat. Aber das hat es. Es hat *alles* mit ihm zu tun. Alles ist bunter und besser, wenn er da ist. Mit ihm sehe ich das Leben wie durch ein Vergrößerungsglas. Das ist sein Einfluss. Ich bin süchtig nach diesem Gefühl. Ein bisschen so, als wäre er eine Droge und ich abhängig. Bin ich das? Ach, Blödsinn. Das hat nichts mit Andrew zu tun. Ich habe schließlich auch schon Songs geschrieben, bevor er mich geküsst hat. Ich schließe die Augen und versuche mich daran zu erinnern, wann ich den letzten richtig guten Liedtext geschrieben habe, aber es fällt mir nicht mehr ein. Es ist lang her, so viel ist sicher.

Ich schaue kurz zur Bar. Pete ist am Telefon und nickt mir zu. Ja, es ist ernst. Andrew hat mich vor ein paar Stunden geküsst und seitdem habe ich drei Songs geschrieben. Richtig gute Songs. Vielleicht die besten, die ich jemals zu Papier gebracht habe. Die Sätze sprudelten nur so aus mir heraus. Wie aus offenen Wunden, die sich nicht verschließen lassen.

Und dann, ganz plötzlich, fällt mir wieder ein, wann ich das letzte Mal ein Lied geschrieben habe, und diese Erkenntnis trifft mich wie ein Faustschlag.

Andrew

Inzwischen ist es früher Abend und langsam bemerke ich, dass ich nicht geschlafen habe. Früher habe ich das echt besser weggesteckt. Ich steige aus dem Wagen, sperre ab und gehe die letzten paar Meter zur *Loco Bar*, wo Jake bereits auf mich wartet.

Ich will ihm gerade auf die Schulter tippen, da schaut er hoch und dieses typische breite Grinsen legt sich auf sein Gesicht.

„Andrew, hi." Er steht auf.

Ich nehme ihn in die Arme. Obwohl er außer *Hi* eigentlich noch nichts gesagt hat, tut es schon gut, ihn zu sehen. Bei manchen Freunden reicht es, wenn sie einfach nur da sind. Wie ein guter Geist, der gefehlt hat. Ich klopfe ihm auf den Rücken, dann lasse ich ihn los und wir setzen uns.

„Wie lange haben wir zwei uns jetzt nicht mehr gesehen?", fragt Jake und schüttelt den Kopf.

„Beinahe ein Jahr", antworte ich. „Das letzte Mal hattest du ein paar ziemlich üble Platzwunden und keinen Lebenswillen."

„Ah, ja, ich erinnere mich ..." Sein Lachen steckt mich an. „Ja, da ging es mir nicht so gut."

„Ganz im Gegensatz zu jetzt", stelle ich grinsend fest.

„So ist es." Jake streicht sich durch die Haare und zuckt mit den Schultern.

„Du siehst so was von glücklich aus, dass es mich schon fertig macht, dich nur anzuschauen."

„So schlimm?"

„Eher beneidenswert“, gebe ich zu.

„Du siehst fertig aus“, bemerkt er trocken. Als ich ihn mit hochgezogenen Augenbrauen mustere, fügt er hinzu: „Auf eine gutaussehende Art und Weise.“

Ich muss lachen. „Ich habe die ganze Nacht nicht geschlafen“, sage ich schließlich.

„Zu lange gefeiert?“

„Nein, eigentlich nicht.“

„Sondern?“

Ein Kellner kommt zu uns und wir bestellen jeder ein Bier.

„Also?“, fragt Jake, als er wieder weg ist.

„Ich habe Scheiße gebaut.“

Er grinst wieder. „Warum wundert mich das jetzt nicht?“

„Gute Frage“, antworte ich seufzend. Jake sieht mich wartend an. „Ich war mit ein paar Freunden im *Goodluck* und hätte im Anschluss zu Michelle fahren sollen.“

„Komm schon, bitte sag jetzt nicht, dass du die Kleine immer noch vögelst!?“ Er sieht mich vorwurfsvoll an.

Ich schüttle den Kopf. „Nein, also doch, aber ...“

„Andrew!“

„Wir sind zusammen“, sage ich so leise, dass man mich kaum hört.

Jake starrt mich völlig entgeistert an. „*Was?*“

„Ja, wir sind zusammen.“

„Wow“, sagt er und hebt nickend sein Glas. „*Jetzt* verstehe ich auch, warum du vergangene Nacht keinen Schlaf bekommen hast.“

„Nein, das tust du nicht." Ich massiere mir mit den Fingern über die Stirn. „Es war ein Riesenfehler, mit ihr zusammenzukommen."

„Etwa wegen Katie?", fragt er vorsichtig.

„Nein, nicht wegen Katie."

Er zögert. „Sondern?"

„Wegen Amy."

Amy

Ich brauche dringend irgendeine Ablenkung. Egal was. Hauptsache, ich bin nicht allein. Ich rufe noch einmal bei Nate an, aber ich erreiche ihn nicht. Ich erreiche niemanden. Weder ihn, noch Jess oder Lilian. Wo sind die nur alle? Ich wünschte, wir hätten heute Bandprobe – und das obwohl mich die Jungs mit ihrer ewigen Unzuverlässigkeit in den letzten Monaten echt in den Wahnsinn getrieben haben. Erst Paul mit seiner blöden neuen Freundin Joy – wer heißt denn bitte Joy? – dann Jack und sein Umzug, und als das endlich überstanden war, hat Keith sich auch noch den Daumen gebrochen. Seit zwei Wochen kann er wieder spielen, aber jetzt sind die Jungs erst mal für einen Monat in LA. Mike und Zoe sind mit ihrer neuen Wohnung beschäftigt – außerdem sind die beiden so abartig glücklich, dass ich sie nicht aushalten würde. Kenne ich denn sonst niemanden? Da hat man zehntausend Bekannte, aber leider kaum Freunde. Verdammt noch mal, Nate, wo steckst du?

Ich stopfe das Handy in meine Hosentasche, steige aufs Rad und fahre los. Ich brauche dringend einen Drink. Etwas, das so hart ist, dass mir das Leben wieder sanft erscheint. Der Fahrtwind bläst mir ins Gesicht, während ich in die Pedale trete, als wäre der Teufel persönlich hinter mir her. Ich denke an Petes verständnislosen Blick und dieses irritierte Kopfschütteln, das er nur ganz selten hat. Immer nur dann, wenn er wirklich nicht weiter weiß.

Vermutlich hält er mich für geisteskrank. Ich sehe ihn noch, wie er einen Frappé vor mir auf den Tisch stellt, sehe sein Lächeln und wie es ganz langsam von seinen Mundwinkeln stirbt, während er mich ansieht. Ich sehe, wie sich eine tiefe Sorgenfalte zwischen seine Brauen legt und höre, wie er mich fragt, ob bei mir alles okay ist. Aber ich kann nicht antworten. Starre ihn nur an. Ein bisschen so, als hätte ich einen sechsten Sinn und als wäre er eine paranormale Erscheinung, die nur ich sehen kann. Wie ein Geist. Ich habe gespürt, wie mir die Farbe aus dem Gesicht fällt und meine Hände zittern, und dann bin ich plötzlich aufgestanden und habe meine Sachen in den Rucksack gestopft. Ich weiß nicht mal mehr, ob ich mich noch verabschiedet habe – ich hoffe es.

Mein Handy klingelt. Bestimmt ist es Derek. Es ist den ganzen Tag schon Derek. Bis auf ein Mal. Da war es Jane. Ich wollte wirklich drangehen, aber ich habe es nicht fertig gebracht. Derek zu belügen ist schlimm genug, aber Jane? Nein, das kann ich nicht. Ich bleibe kurz stehen und schaue auf das Display. Derek. *Wer auch sonst?* Ich stecke das Handy wieder weg. Warum konnte es nicht einfach Nate sein? Oder Jess? Nein, nur Derek und Jane. Ich sollte echt mit ihr reden. Ihr einfach alles sagen. Nur, dass das leider nicht so einfach ist. Wie in aller Welt soll ich meiner Schwester bitte erklären, dass ich den Feind geküsst habe? Oder mich von ihm habe küssen lassen? – Ein Unterschied, den ich in meinem Plädoyer betonen würde.

Als ich den West Broadway hinunterpresche, kann ich kaum noch atmen. Das Seitenstechen ragt mir bis in den Hals. Ich biege links ab, jage an schimpfenden Taxifahrern vorbei und dränge mich zwischen Autos hindurch. Wie konnte ich die Augen so fest vor den Tatsachen verschließen? Ich fasse es nicht. Das alles.

Warum habe ich das nicht schon viel früher kapiert? Dass das alles mit Andrew zu tun hat? Dass sich mein gesamtes Leben um ihn dreht? Und das schon immer.

Den letzten Song habe ich vor vier Monaten nach einer Party bei Dominic geschrieben. Da habe ich Andrew zum ersten Mal seit langem gesehen. Es waren nur ein paar Minuten und ich glaube, er hat mich nicht mal wahrgenommen, aber dieser flüchtige Moment hat gereicht. Ich weiß noch genau, wie ich im Türrahmen stand und ihn heimlich beobachtet habe. Ich erinnere mich an sein Lächeln und daran, dass es mich angesteckt hat. In dieser Nacht ist *Inside of me* entstanden. Ich habe den Text auf ein versifftes Stück Küchenrolle geschrieben. Jedes Lied, das ich je geschrieben habe, hat so eine Geschichte. Und jede einzelne davon hat mit Andrew zu tun. Nur, dass ich das bis heute nicht bemerkt habe. Weil ich es nicht sehen wollte. Weil es nicht so sein durfte.

Wenn ich könnte, würde ich genau jetzt aus mir ausbrechen. Aufhören zu denken. Ich fahre, als würde ich es auf einen Unfall anlegen, so, als wollte ich mich und meine Gedanken um jeden Preis loswerden, aber es gelingt mir nicht. *Wo will ich überhaupt hin? Komm schon, Universum, gib mir ein Zeichen.* Noch während ich das denke, bemerke ich im Augenwinkel das grell leuchtende Schild der *Loco Bar* und bremse ab, bevor mein Bewusstsein Zeit hat, den Zusammenhang zu begreifen.

Tequila. Das ist es. Genau das brauche ich jetzt.

Andrew

„Halt, halt, halt“, fällt mir Jake ins Wort und greift zum dritten Mal nach seiner leeren Bierflasche. „Sie hat dich also weggedrückt ... und dann?“

„Nichts und dann“, antworte ich und winke dem Kellner. „Ich bin gegangen.“ Ich gebe ihm ein Zeichen, dass wir noch zwei Bier wollen. Er grinst, nickt und verschwindet in Richtung Bar.

„Und was ist jetzt?“

„Ich weiß es nicht“, sage ich und zucke mit den Schultern.

„Ich glaube ja, dass dieser Ray recht hat.“

„Und womit genau?“

„Rede mit ihr, sag ihr, was du für sie empfindest.“

Ich verdrehe die Augen. „Ja, du hast leicht reden.“ Der Kellner kommt an unseren Tisch, nimmt die leeren Flaschen und stellt zwei volle vor uns ab. Wir danken ihm mit einem Nicken. Als er wieder weg ist, sage ich schließlich: „Abgesehen davon habe ich keine Ahnung, was ich für sie empfinde.“

Jake grinst mich an. „Nichts für ungut, Alter, aber wenn du mich fragst, klingt das ziemlich eindeutig nach Liebe.“

„Ich habe dich aber nicht gefragt“, murmle ich und nehme einen großen Schluck Bier. „Außerdem macht es wenig Sinn, ihr das zu sagen.“

„Und warum?“

„Na, weil sie mich nicht ausstehen kann.“

Ich krame in meiner Hosentasche nach einem Kaugummi und stecke ihn mir in den Mund.

„Sie hat dich geküsst", antwortet Jake und zuckt mit den Schultern. „*So* schlimm kann sie dich nicht finden."

„Doch, das tut sie", sage ich und atme tief ein, „und ich habe keine Ahnung warum ..."

Jake sieht mich eine Weile nachdenklich an, dann fragt er: „Kann es sein, dass du früher schon mal was mit ihr hattest?"

„Was?!", frage ich lachend.

„Na ja, ich meine, vielleicht warst du mit ihr im Bett und hast es vergessen?"

„Ähm, nein..."

„Bist du dir sicher? Frauen mögen so was nämlich gar nicht..."

„Ach, was du nicht sagst."

„Okay, Spaß beiseite..." Jake mustert mich ernst. „Du hast sie also noch nie vorher gesehen..."

Ich denke an unseren Moment im Badezimmer. „Na ja, sie meinte, sie war auf unserer Schule, aber..."

„Aha", unterbricht er mich, „dann hast du sie ja vielleicht doch vergessen."

„Da lief nichts", sage ich bestimmt. „Und außerdem hätte ich sie nicht vergessen ..." Jake macht kurz den Mund auf, schließt ihn dann aber wieder. „Aber irgendwas *muss* ich falsch gemacht haben..."

„Und warum hat sie dich dann bitte geküsst?"

„Ich habe sie geküsst", korrigiere ich ihn.

„Mag ja sein", antwortet er kopfschüttelnd. „Aber sie hat mitgemacht."

„Das hat sie."

Ich denke an ihre Lippen und daran, wie richtig sie sich auf meinen angefühlt haben. Wie Strom, der durch mich hindurchfließt. Mein Mund ist trocken.

„Hey, Andrew, ist das da drüben nicht die kleine Hastings?"

„Wie bitte?", frage ich abgelenkt und trinke einen großen Schluck Bier.

Jake grinst, als wüsste er, woran ich eben gedacht habe. „Die Kleine an der Bar?" Er nickt zum Tresen. „Ist das nicht Janes kleine Schwester?" Ich folge Jakes fragendem Blick und dann sehe ich sie. Und in derselben Sekunde sieht sie auch mich. „Das ist sie doch, oder?" Seine Stimme scheint unendlich weit weg. „Wie hieß sie noch?"

„Amy", flüstere ich heiser.

„Hast du etwas gesagt?"

Alles klingt dumpf und unwirklich. Ich höre nur noch meinen rasenden Puls. Er übertönt sogar die Gespräche um uns herum.

„Das ist Amy."

„Moment. Die kleine Hastings ist *deine* Amy?!"

„Ja", antworte ich seufzend. „Die kleine Hastings ist meine Amy."

Und plötzlich ergibt alles Sinn.

Amy

Das gibt es doch nicht! Von allen Bars in Boston musste es wohl ausgerechnet diese sein. Und als wäre es nicht genug, dass er hier ist, er ist auch noch mit Jake hier. Ja, das passt. Zwei Frauenvernichter bei der Arbeit. Es wundert mich nicht, dass die beiden noch befreundet sind. Eine solche Vergangenheit verbindet. Hätte ich doch einfach nicht hingesehen. Oder wäre ich woanders hingegangen. In eine der anderen siebentausend Kneipen der Stadt.

Andrew mustert mich eindringlich. Toll. Jetzt, wo ich hingesehen habe, kann ich natürlich nicht mehr wegsehen. Mein Blick klebt an seinem und lässt ihn nicht mehr los. Ich starre ihn an. Der Tequila brennt in meinem Hals und mischt sich mit dem Feuer in meinem Magen. Die Art, wie Andrew mich ansieht, läuft mir heiß den Rücken hinunter. Ich schlucke hart.

Jahrelang war Boston groß genug für uns beide. Wir haben einfach koexistiert. Jetzt ist er überall. Er und sein beschissenes Lächeln. Ich kann gar nicht in Worte fassen, wie sehr ich hasse, was es mit mir macht. Die weichen Knie und dass mein Körper jedes Mal, wenn ich ihn sehe, wie Kohlensäure kribbelt. Aber gleichzeitig bekomme ich nicht genug davon.

Wir sehen einander an und Jake schaut zwischen uns hin und her. *Und was jetzt? Ich kann mich doch nicht einfach wegdrehen. Oder doch?* Andrew hebt die Hand und winkt mir. Na wunderbar. Und was sage ich jetzt? Hallo und danke für den Kuss? Wohl kaum. Ich atme tief ein und klettere vorsichtig von meinem Barhocker.

Er scheint irgendwie höher als vor einer halben Stunde, und auch der Boden kommt mir plötzlich seltsam weich vor. Es fühlt sich an, als würde ich auf Wolken gehen und nicht auf Holzdielen.

Für den Bruchteil einer Sekunde muss ich an *Grey's Anatomy* denken, daran, wie Meredith ihrem Mc Dreamy begegnet ist. Sie war nur ein Mädchen in einer Bar. Und er war nur ein Kerl in einer Bar. Und wir wissen alle, wie das ausgegangen ist ...

Ich steuere auf die beiden zu. Und die lästige kleine Stimme in meinem Kopf hat natürlich nichts Besseres zu tun, als mir immer und immer wieder zu sagen, dass ich einen Fehler mache. Einen gewaltigen Fehler. Sie schreit, dass das nicht gutgehen kann. Und das nicht nur, weil ich angetrunken bin, sondern weil ich, wenn Andrew mich anlächelt, garantiert sofort wieder an den Duschkopf denken muss. An ihn und an den Spaß, den wir beide heute Morgen noch hatten. Und da ist es. Sein Lächeln. Und mit ihm die unpassenden Gedanken. Großartig.

„Amy, hi", sagt er selbstsicher und deutet auf Jake. „Ich weiß nicht, ob du dich erinnerst, das ist ..."

„Jake", falle ich ihm ins Wort, „ich erinnere mich." Ich stütze mich auf dem Tisch ab und strecke Jake meine Hand entgegen. Er nimmt sie und nickt. „Ist lange her."

„Verdammt lang", sagt er lächelnd. „Es ist schön, dich wiederzusehen."

Einen Moment frage ich mich, ob ich aus reiner Höflichkeit dasselbe sagen soll, entscheide mich aber dagegen. Ich habe Jake nicht vermisst.

„Willst du dich nicht zu uns setzen?" Ich spüre Andrews Stimme durch die Tischplatte und sehe zu ihm hinüber. Und dieser Ausdruck in seinen Augen entwaffnet mich. Ich lächle gegen meinen Willen. So, als wäre es ein verdammter Reflex.

Andrew deutet auf den Platz neben sich und zieht den Stuhl zurück. Mir ist klar, dass ich Nein sagen und abhauen sollte, aber sein Duft in Kombination mit diesem Blick gibt mir den Befehl, mich zu setzen, und ich befolge ihn, ohne darüber nachzudenken.

Die Nervosität liegt trocken in meinem Mund und meine Hände sind eiskalt. Am liebsten würde ich aufstehen und gehen. Aber mit welcher Begründung? *Als ob ich eine Begründung bräuchte,* denke ich trotzig, bleibe aber sitzen. Mein Hals kratzt und ich schaue mich suchend nach Dean um, aber der ist nirgends zu sehen.

„Falls du den Kellner suchst", sagt Andrew und sein Atem riecht nach einer Mischung aus Minze und Bier, „der ist da drüben." Er zeigt ans andere Ende der Bar. *Wirklich ganz toll.* Ich räuspere mich. „Willst du vielleicht einen Schluck?" Andrew hält mir sein Bier entgegen.

„Nein, danke", krächze ich und versuche seinem Blick auszuweichen.

„Sicher?"

Ich sehe ihm direkt in die Augen. „Ja", antworte ich gereizt. „Ganz sicher." Das ist natürlich gelogen, aber ich würde lieber vor seinen Augen vertrocknen, als auch nur *einen einzigen Schluck* von seinem blöden Bier zu trinken.

„Wie du meinst", flüstert er grinsend und setzt die Flasche an. Ich betrachte seine Lippen, sehe zu, wie die eiskalte Flüssigkeit durch den Flaschenhals in seinen Mund läuft und atme tief ein. Sogar die Art, wie er trinkt, ist sexy. *Verdammt noch mal, jetzt reiß dich endlich zusammen!* Andrew stellt die Flasche vor sich ab und ich greife danach. Dabei berühren sich unsere Finger für den Bruchteil einer Sekunde und ich bilde mir ein, Funken zu spüren.

„Ich habe es mir anders überlegt", flüstere ich heiser und proste ihm zu. Ich spüre das abgerundete Glas an meinen Lippen. Es ist noch feucht und warm von seinen. Von denselben Lippen, die mich vor ein paar Stunden noch geküsst haben. Allein der Gedanke daran beschleunigt meinen Atem. Ich will ihn wieder küssen. Und nicht mehr damit aufhören. Aber weil ich das nicht darf und weil ich schon etwas angetrunken bin, verschlinge ich ihn mit Blicken, während sein kühles Bier prickelnd meine Kehle hinunterläuft. Und er macht mit.

Andrew

Sie treibt mich in den Wahnsinn. Alles an ihr. Sie stellt die Flasche ab, leckt sich über die Lippen und sieht mich an. Ich höre mich schlucken und balle die Hände unter der Tischplatte zu Fäusten, um nicht nach ihrer Hand zu greifen.

„Ich bin gleich wieder da", sagt sie und zeigt in Richtung Toiletten. „Sollte Dean in der Zwischenzeit vorbeikommen, ich will zwei Tequila und ein Helles."

Ich sehe ihr nach.

„Wow, das war ganz schön ..." Jake schüttelt den Kopf. „... intensiv."

Das könnte man wohl sagen. Mein Herz rast, ich atme flach und meine Handflächen schwitzen.

„Ich dachte, das kam nur mir so vor", murmle ich vor mich hin.

„Machst du Witze? Ich konnte kaum noch *atmen.*" Jake entdeckt den Kellner und winkt ihn zu uns rüber.

„Was kann ich euch noch bringen?"

Ich mustere ihn und versuche mir nicht anmerken zu lassen, wie sehr es mich stört, dass Amy ihn kennt.

„Für dich auch ein Helles und zwei Shots?" Jake sieht mich fragend an und ich nicke. „Okay, dann drei Helle und sechs weiße Tequila."

„Kommt sofort."

Dean ist weg. Warum nur werde ich das Gefühl nicht los, dass da mal etwas zwischen den beiden war? Er ist wie Derek und damit eindeutig ihr Typ. Ein weiterer Idiot, der ihr nicht das Wasser reichen kann.

„Alter? Ist alles okay?“, unterbricht Jakes Stimme meinen Gedanken.

„Glaubst du, zwischen denen lief was?“, frage ich, während ich beobachte, wie Dean unsere Bestellung aufgibt.

„Keine Ahnung“, antwortet Jake. „Könnte sein.“

„Ich wette, da war etwas...“

„Die hat es dir echt richtig angetan.“

„Was?“, frage ich gespielt erstaunt. „Blödsinn.“

„Doch, das hat sie.“ Sein Blick durchschaut mich. „Du bist absolut verrückt nach ihr.“

„Das bin ich nicht ...“

„Hey, es ist völlig okay, wenn ...“

„Nichts ist okay“, flüstere ich schroff. „Ich habe ihre Schwester gevögelt!“

„Na und? Das ist lange her.“

„Denkst du, dass sie es weiß?“

„Bestimmt tut sie das ... und ich glaube, sie hat ein Problem damit.“

„Wie kommst du darauf?“

Jake schüttelt den Kopf und zuckt kurz mit den Schultern. „Puh, keine Ahnung, vielleicht wegen den Funken, die zwischen euch beiden sprühen.“

„Ja, genau“, sage ich abschätzig.

„Glaub mir, die Kleine steht auf dich.“

„Und warum hat sie mich dann bitte *weggestoßen?*“

„Du meinst, *nachdem* sie deinen Kuss erwidert hat?“, fragt Jake und grinst. „Andrew, die will was von dir.“

„Amy ist in einer Beziehung.“

„Na und? Du doch auch.“

Amy

Ich mustere mein Spiegelbild mit angeheiterten Augen. Meine Wangen sind mehr als nur gesund gefärbt und mein Blick sehr viel glasiger als er sein sollte. Abgesehen davon sehe ich gut aus. Mein Herz klopft aufgeregt gegen meine Rippen und meine Hände zittern. *Was hast du vor?* Ich trinke etwas mit Andrew und Jake. *Das solltest du nicht tun.* Ach, und warum nicht? *Ganz einfach, weil du dich in seiner Gegenwart nicht unter Kontrolle hast.* Habe ich etwa bis jetzt irgendetwas Unkontrolliertes getan? *Du bist doch erst seit ein paar Minuten an ihrem Tisch.* Und? *Du kannst Andrew doch nicht mal nüchtern widerstehen.* Ja, mag sein, aber ich werde schon nichts Dummes tun. *Wenn ich mich nicht irre, dann hast du das bereits.* Moment. ER hat MICH geküsst. *Und du hast mitgemacht.* Und dann damit aufgehört. *Aber das wolltest du nicht.* Was kann ich bitte dafür, dass er so gut küsst? *Und das unter der Dusche? War das etwa auch seine Schuld?* Ist ja gut, verdammt! Ich habe verstanden. Ich werde verschwinden. Ich reiße die Tür auf und gehe zielstrebig – wenn auch mit einem leichten Drall nach links – zu unserem Tisch zurück. Als ich dort ankomme, sehe ich Andrew an und in der Sekunde, als sich unsere Blicke treffen, weiß ich, dass die kleine Stimme in meinem Kopf recht hat. Ich muss hier weg. Und das bitte schnell. *Los, sag es. Verabschiede dich. Und such dir am besten schon mal eine neue Wohnung.*

Ich hole einmal tief Luft. So, als würde ich jeden Moment untertauchen wollen, dann sage ich: „Ich muss jetzt gehen."

„Wieso?" Andrew steht auf. „Was ist los?"

„Gar nichts“, antworte ich kühl. „Ich sollte jetzt einfach gehen, das ist alles.“

„Aber du wolltest doch, dass wir dir noch etwas bestellen?“, sagt Jake verständnislos und zeigt auf ein Bier und die zwei Tequila-Shots, die unberührt auf mich warten. „Los, jetzt setz dich schon wieder hin.“ Er zeigt grinsend auf den Stuhl. „Lass uns das noch zusammen trinken.“ Ich zögere. „Komm schon, wir wollen sowieso nicht mehr lange bleiben.“

Ich merke, dass Andrew mich ansieht, spüre seine Blicke auf meiner Haut. Er zieht den Stuhl zurück und ich schaue ihm tief in die Augen. Viel tiefer als ich sollte. Dann setze ich mich. Und während ich das tue, frage ich mich, ob das gerade ein Fehler ist.

Andrew und Jake greifen nach dem ersten Tequila und heben ihre Gläser.

„Und worauf trinken wir?“, frage ich und strecke ihnen meines entgegen.

„Auf heute Nacht“, sagt Andrew lächelnd.

„Und auf all das, was noch kommt ...“, fügt Jake zwinkernd hinzu. Bei dem Funkeln in seinen Augen bin ich mir plötzlich sicher, dass es ein Fehler war, zu bleiben. Doch anstatt zu gehen, hebe ich mein Glas und stoße mit ihnen an.

„Auf heute Nacht“, flüstere ich, suche Andrews Blick und setze das Glas an.

Andrew

Ich bin ziemlich angetrunken. Mehr als angetrunken. Wenn man es genau nimmt, schlingere ich gefährlich nah am Betrunkensein entlang. Ich kneife ein Auge zu und versuche auf dem Display meines Handys die Uhrzeit zu erkennen. Es ist kurz nach zwölf und Amy ist noch da. Ihr lautes Lachen steckt mich an. Ich will ihre Hand nehmen und sie an mich ziehen. Und dann will ich sie küssen und nicht mehr damit aufhören. Jake und Amy unterhalten sich, aber ich höre nicht mehr zu. Ich starre sie nur an. Sie ist so völlig anders als andere Frauen. Sie ist keine von denen, die versuchen mir zu gefallen. Sie macht mir keine schönen Augen – sie hat sie einfach. Klar wie zwei Bergseen. Es gibt so viele von diesen schüchternen, naiven Dingern, die nur darauf warten, dass ein Kerl ihnen zeigt, wo's langgeht. Aber Amy scheint ihren Weg zu kennen – und sie geht ihn auch.

Mit einem schiefen Lächeln und einem Herzschlag, der mir bis in die Ohren dröhnt, beobachte ich sie, wie sie gestikuliert und sich bewegt. Ich höre ihre Stimme und ihr lautes Lachen, versinke in ihren strahlenden Augen. Ich bin da und doch auch wieder nicht.

Bis Amy ihre Hand auf meinen Unterarm legt und fragt: „Hat er wirklich eine Freundin? Oder verarscht er mich wieder nur?“ Meine Haut kribbelt unter ihrer Berührung. Ich schlucke.

„Warum sollte ich dich bitte verarschen?“, fragt Jake irritiert. „Ich habe wirklich eine Freundin!“

Amy ignoriert ihn und sieht mich weiter an. „Und? Hat er eine?“

Ich nicke. „Ja, das hat er."

„Echt jetzt?", lallt Amy.

„Ja", sage ich schroff, obwohl ich sie am liebsten fragen würde, warum sie das so interessiert.

„Okay, und wo ist sie? Hast du sie etwa im Keller eingesperrt, bis du nach Hause kommst?"

Jake runzelt die Stirn. „Natürlich nicht." Er nimmt einen großen Schluck Bier. „Sie ist in New York ... sie hat Sommerkurse belegt." Jake stützt sich auf dem Tisch ab und sieht ihr direkt in die Augen. Für meinen Geschmack etwas zu lang. „Und was ist mit deinem Freund, hm?"

„Was soll mit dem sein?"

„Na, der ist doch auch nicht hier."

„Das stimmt", sagt Amy grinsend. „Keine Ahnung, was der gerade macht."

Ich bin außen vor. Überflüssig. Und bei diesem Gedanken spüre ich, wie Wut in mir hochsteigt. Ich spüre, wie sich meine Halsschlagader ausdehnt und wieder in sich zusammenfällt. Mein Blick streift die vielen leeren Schnapsgläser und Bierflaschen, die vor uns auf dem Tisch stehen. Wenn ich jetzt nicht verschwinde, werde ich heute noch Scheiße bauen. Und ich weiß nicht, was es sein wird. Vermutlich mache ich mich an Amy ran. Oder aber ich haue Jake eins in die Fresse, wenn er sie weiter so ansieht.

„Du scheinst ihn nicht besonders zu vermissen", sagt Jake lachend.

„Ist das so offensichtlich?"

Es reicht. Ich habe genug. Genug vom Bier und vom Schnaps, aber vor allem von diesem Abend. Ich sollte gehen, bevor ich etwas tue oder sage, was ich hinterher bereuen würde. Ich stehe unvermittelt auf.

„Andrew, ist alles okay?"

„Alles bestens", antworte ich möglichst gelassen, beiße wütend die Zähne aufeinander und tippe auf eine imaginäre Uhr an meinem Handgelenk. „Es wird Zeit ... ich glaub, ich hau dann mal ab."

„Was?", fragt Jake verständnislos. „Wohin?"

„Zu seiner Freundin", sagt Amy bissig. „Ist doch so, oder?" Ein paar Sekunden sehen wir einander nur an. „Wie war noch gleich ihr Name? Michelle?"

„Ja", antworte ich. „Sie heißt Michelle."

„Sie sah echt nett aus", sagt Amy und mustert mich einen Moment. „Und? Ist sie nett?"

„Das ist sie."

Ich denke an Michelle und an die vielen Nachrichten, die sie mir geschrieben hat. Ich habe keine davon beantwortet. Und ich habe sie auch nicht verdient. Und damit meine ich nicht nur ihre Nachrichten.

„Du weißt, dass sie zu gut für dich ist, oder?"

„Ja, das weiß ich", antworte ich.

„Derek ist auch zu gut für mich."

„Blödsinn", sage ich ohne nachzudenken.

Amy greift nach ihrem Bier und nickt. „Doch, das ist er... er ist viel zu gut für mich." Sie lächelt schief. „Und deine Kleine" – sie nickt zu Jake hinüber – „ist vermutlich auch zu gut für dich..."

„Viel zu gut", antwortet Jake grinsend.

„Komm schon, Andrew", sagt Amy, nimmt meine Hand und zieht mich zu sich runter. Ihre Lippen sind nur noch Zentimeter von meinen entfernt. Ich spüre ihren Atem.

„Einen sollten wir noch trinken, findest du nicht?" Sie schluckt. „Ich meine, zum Abschied?"

„Okay“, flüstere ich heiser. „Und worauf?“
„Auf die Liebe.“

Amy

Er ist geblieben und ich kann kaum in Worte fassen, wie froh ich darüber bin. Ich weiß, dass ich das nicht sein sollte, aber ich bin es. Ich genieße jede Sekunde in seiner Gegenwart. Jedes kleine Lächeln, das er mir schenkt und jeden Windhauch, der seinen Duft zu mir hinüberträgt.

Es wird immer später und die Gespräche immer besser. Andrew bringt mich zum Lachen. Und damit meine ich so richtig. Ich lache so sehr, dass es durch meinen gesamten Körper vibriert. Heiße Tränen laufen über meine Wangen und ich kann kaum noch atmen. Und jedes Mal, wenn ich abrupt Luft hole, rieche ich wieder, wie nah er mir ist. Ich rieche ihn und das Bier und den Pfefferminzkaugummi. Ja, dieser Augenblick ist vollkommen. Die ausgelassene Stimmung, sein ansteckendes Lachen. Sogar die Musik. *High Hopes* von Kodaline spricht mir aus der Seele, während ich neben ihm sitze, die Wärme seines Arms an meinem spüre, und sein warmes Lachen durch die Tischplatte. Ja, in dieser Sekunde bin ich unbeschreiblich glücklich.

Jake erzählt eine Geschichte nach der anderen. Und jedes Wort zeigt mir, dass ich Andrew eigentlich gar nicht kenne. Ich kenne nur den Andrew aus der Schulzeit. Ihn und seine diversen Fehltritte. Er sieht noch genauso aus wie damals – um ganz ehrlich zu sein, sogar noch besser – und sein Blick ist nach wie vor eine Waffe, doch dieser beinahe schon schüchterne Ausdruck in seinem Gesicht ist neu. Ich kenne nur den alten Andrew. Den Womanizer und Bad-Boy – an den ich eigentlich denken sollte, weil der, der mich in diesem Moment von der Seite anschaut, mir noch viel gefährlicher werden könnte, als die vielen Fantasien. Dieser Andrew ist anders. Und dieses anders ist nicht gut. Also, im Grunde ist es verdammt gut, aber genau das ist auch das Problem. Ich habe *Jahre* gebraucht, um mir klarzumachen, dass Andrew nicht mehr ist als eine gutaussehende Hülle. Als ein schmieriger Typ, der von seinem eigenen Spiegelbild nicht genug bekommt ... Aber Andrew ist so viel mehr als das. Er ist klug und witzig. Er hört zu. Und ist aufmerksam. Ich habe versucht, ihn zu hassen. Doch mit jeder weiteren Minute, die ich mit ihm verbringe, wird das schwieriger.

Andrew

Es ist bereits kurz vor eins und das Vibrieren in meiner Hosentasche verrät mir, dass gerade wieder eine Nachricht angekommen ist. Vermutlich ist sie von Michelle. Sie wird fragen, ob ich noch komme, und ich bringe es nicht fertig, Nein zu sagen. Aber ich will nicht zu ihr. Ich bin genau da, wo ich gerade sein möchte. Dieser Abend ist kurz vor perfekt. Das Einzige, was ich ändern würde, wäre der Abstand zwischen Amy und mir. Sie sollte in meinen Armen liegen und ich sollte ihr Lachen an meiner Brust spüren – diesen Klang, den ich in so kurzer Zeit schon so liebgewonnen habe, dass es mir tatsächlich ein bisschen Angst macht.

„Dann seid ihr beiden also die besten Freunde?“, fragt Amy und nickt grinsend.

„Ja, so kann man das sagen“, antwortet Jake. „Ist doch so, Andrew, oder?“

„Auf jeden Fall.“

„Wieso nur wundert mich das nicht?“

„Na ja, vielleicht, weil man mit uns so eine *verdammt gute Zeit* hat?“, schlägt Jake vor.

„Oder aber, weil ihr beide an unserer alten Schule die größten *Frauenvernichter* wart.“ Sie sieht zwischen uns hin und her. „Ich könnte mir vorstellen, dass so etwas unheimlich verbindet ...“ Ihre Stimme trieft vor Sarkasmus.

„Autsch“, sage ich und halte mir theatralisch mit beiden Händen die Brust. „Also, wenn ich ein Herz hätte, wäre ich jetzt echt verletzt.“

„Ich auch“, stimmt mir Jake zu. „Das war hart.“

„Und wahr!“ Amy schaut uns mit hochgezogenen Augenbrauen an. „Alle Mädels waren in euch verliebt, und was habt ihr gemacht? Ihr habt sie flachgelegt!“

„*Alle* Mädels? Wirklich?“, frage ich grinsend. „Du etwa auch?“

Sie verdreht nur die Augen. „Im Ernst jetzt“, sagt sie und schüttelt den Kopf. „Was *genau* verbindet euch? Was macht Andrew zu deinem besten Freund?“

„Das ist einfach“, antwortet Jake. „Keiner ist wie er. Keiner ist so loyal.“ Er schaut kurz zu mir rüber und dann wieder zu Amy zurück. „Keine Ahnung, wie ich das erklären soll. Er ist einfach Andrew.“ Er lacht und zuckt mit den Schultern. „Ich weiß auch nicht, wir können einfach über alles reden.“

„Tatsächlich“, sagt Amy erstaunt. „Und worüber redet ihr da so? Frauenprobleme?“

„Unter anderem, ja.“

„Ach was.“

„Wenn du ihn wirklich kennen würdest, wüsstest du das. Dann wüsstest du, dass Andrew nicht wertet. Und dass keiner so gut zuhört wie er.“ Er deutet zu mir. „Es gibt Freunde und es gibt Andrew.“

Ja, wir haben getrunken und ja, er übertreibt, aber trotzdem tut es gut, das zu hören. Es tut gut, dass mich nicht alle so sehen wie mein Dad.

Amy

„Das klingt so, als wäre Andrew ein Heiliger", sage ich sarkastisch.

„Nein, das wohl eher nicht", entgegnet Jake lachend, „dafür hatte er zu viele Frauen ..."

„Ich weiß", antworte ich. „Eine davon war meine Schwester."

Andrew sieht mich an und bei dem Ausdruck in seinem Gesicht ziehen sich meine Eingeweide abrupt zusammen.

„Okay, ja, wir waren ziemliche Arschlöcher", stellt Jake trocken fest, „aber damals wussten wir auch noch nicht, was Liebe ist."

„Ach, und das wisst ihr jetzt?"

„Ja", sagt Andrew bestimmt und sieht mir dabei tief in die Augen. Ich schlucke angestrengt. „Das tun wir."

Ich atme unruhig. Dann hole ich plötzlich Luft und höre mich fragen: „Tatsächlich? Wen hast du bitte je geliebt?"

„Ich glaube nicht, dass du sie kennst."

„Was denn, *ehrlich?*", sage ich ohne nachzudenken. „Du? Verliebt?"

Ein paar Sekunden mustert er mich eindringlich, dann sagt er: „Ihr Name ist Katie."

„Und? Wo ist sie jetzt?"

„Sie ist auch in Boston."

Einen Moment sehen wir einander nur an, dann frage ich: „Liebst du sie noch?"

Habe ich das gerade etwa wirklich gefragt?

„Nein“, antwortet er.

„Nein?“ Der Tequila und das viele Bier scheinen die Verbindung zwischen meinem Gehirn und meiner Zunge gekappt zu haben. Sie macht, was sie will.

„Nicht mehr.“

„Dann hast du meine Schwester also nicht geliebt?“ Mein Herz schlägt gegen meine Rippen, als wollte es um jeden Preis aus meinem Brustkorb ausbrechen. „Dann war sie wohl nur gut fürs Bett?“

Andrews Blick ist dermaßen intensiv, dass ich ihn kaum aushalte, aber ich kämpfe gegen den Impuls, wegzuschauen.

„Im Grunde ja“, sagt er nach einer Weile und fügt dann hinzu: „Das zwischen uns ging nicht lang. Und ich war erleichtert, als es vorbei war ... wenn sie es damals nicht beendet hätte, hätte ich es getan.“

„*Sie* hat es beendet?“, frage ich ungläubig.

„Ja“, antwortet er, „wegen einem anderen Kerl.“

„Das ist doch Blödsinn! Was für ein anderer Kerl?“

„Keine Ahnung.“ Er zuckt mit den Schultern. „Das hat sie mir nicht gesagt.“

„Ich glaube dir nicht.“

„Aber genauso war es ...“

Die Luft knistert. Ich sollte ihm vorwerfen, dass er meine Schwester nicht geliebt hat, ich sollte ihn dafür hassen. Und das tue ich auch. Aber gleichzeitig bin ich *unendlich* erleichtert darüber.

Jake räuspert sich kurz, steht auf und zeigt zum Ausgang. „Ich bin kurz telefonieren.“ Andrew und ich schauen ihn an, als wüssten wir nicht, wer er ist. So, als hätten wir vergessen, dass es ihn überhaupt gibt. „Ja, ich bin noch da", sagt er laut lachend, dann verschwindet er.

Als Jake weg ist, finden Andrews und mein Blick wieder zueinander. Wie zwei Magnete, die sich gegenseitig unwiderstehlich anziehen.

„Warst du mit dieser Katie lange zusammen?" Er schüttelt den Kopf. „Aber ihr wart zusammen?"

„Nein."

„Echt nicht?", frage ich und klinge dabei viel zu erleichtert. „Und warum?"

Er seufzt. „Weil sie einen anderen geliebt hat."

„Wie bitte?"

„Kaum zu fassen, huh?" Andrew befeuchtet sich die Lippen und nickt. „Das nennt sich dann wohl ausgleichende Gerechtigkeit."

Am liebsten würde ich sagen, dass sie nicht ganz dicht gewesen sein kann, frage aber stattdessen: „Und was war so besonders an ihr?"

„Alles", antwortet er ohne nachzudenken und ein kalter Stich der Eifersucht bohrt sich tief zwischen meine Rippen.

„Wow, wie präzise."

Er lacht. „Es waren viele kleine Dinge."

„Zum Beispiel?"

„Ich habe geliebt, was sie in mir gesehen hat." Er sieht mich an. „Mit ihr war ich ein anderer Mensch."

„Inwiefern?"

„Ich weiß auch nicht", sagt er und atmet tief ein. „Durch sie wurde ich zu einer besseren Version von mir." Andrew lächelt mich an. „Ich weiß, das klingt verdammt kitschig, aber genauso war es ... Katie ist nicht von Anfang an davon ausgegangen, dass ich versagen werde. Sie war wie ein Neustart für mich." Er zuckt mit den Schultern. „Sie hat mir gezeigt, dass ich mehr sein kann."

„Aber sie hat dir das Herz gebrochen."

„Ja, das hat sie", sagt er nickend, „aber sie war es wert."

Ich versuche mir nicht anmerken zu lassen, wie rasend eifersüchtig ich bin, und versuche krampfhaft, gelassen zu wirken. „Dann ist sie mit diesem anderen Typen zusammengekommen?" Er nickt. „Das muss hart für dich gewesen sein."

„Das war es ... ziemlich sogar", antwortet er, „aber wenn man es genau nimmt, habe ich mir das selbst zuzuschreiben."

„Wie das?"

„Wenn du so willst, habe ich sie letzten Endes zusammengebracht ..."

„Das verstehe ich nicht", sage ich kopfschüttelnd. „Warum hast du das getan?"

„Weil ich sie geliebt habe ..."

Ich starre ihn an. Mehrere Sekunden lang. Meine Augen sind leer. Ich möchte antworten, aber das, was ich sagen will, darf ich nicht sagen. Ich dachte, ich bin verliebt in sein Aussehen. Ich dachte, ich liebe diese sexy Ausstrahlung und diesen Wahnsinns-Blick und seinen definierten Körper. Die Art, wie er sich das Haar aus der Stirn streicht und wie er riecht. Und das tue ich, aber das alles ist nur die Kirsche auf der Torte. Die Wahrheit ist: Ich liebe *ihn*. Ich liebe alles an ihm. Diese Schwere in seinen Augen, seine Gedankengänge und wie ich mich fühle, wenn ich in seiner Nähe bin.

Andrew lächelt mich an und mein Körper antwortet mit einer Gänsehaut. „Ich habe mich in meinem Leben sicher oft für das Falsche entschieden, aber *in diesem Fall* habe ich das Richtige getan."

Einen Moment lang denke ich an Louisa. *Ob er diese Entscheidung vielleicht auch manchmal bereut?* Die Frage liegt mir auf der Zunge, aber ich stelle sie nicht, weil ich das nicht darf. Und es kostet mich all die Kraft, die ich in mir habe. Aber ich habe es Jane *versprochen*. Ich habe ihr versprochen, niemals darüber zu reden.

„Was ist?", fragt er leise. „Was geht dir durch den Kopf?"

„War da etwas zwischen euch?"

Er sieht mich lange an. „Du meinst, ob ich mit ihr im Bett war?"

„Nein, das meinte ich nicht." Also, wenn ich ganz ehrlich bin, meinte ich das schon, aber das würde ich so niemals zugeben.

„Sondern?" Ich schweige, weil ich nicht weiß, was ich darauf antworten soll. Und gerade, als ich das Thema wechseln will, sagt er: „Bis auf einen Kuss ist nie etwas zwischen uns passiert."

„Ja und wieso bitte hat sie dich geküsst, wenn sie einen anderen hatte?" In der Sekunde, als ich die Frage laut ausspreche, wird mir erst klar, was ich da eigentlich sage.

„Es war wie bei uns", flüstert er heiser und sein Blick brennt auf meiner Haut.

„Wie bei uns?"

Er kommt näher und es ist, als würde ich die Minze schmecken. Wir atmen dieselbe Luft. „Ich habe sie geküsst und sie hat mich weggestoßen." Ich beiße mir auf die Unterlippe. „So ... du bist dran", sagt er und grinst breit. „Ich habe dir von meinen Dämonen erzählt, jetzt will ich deine kennenlernen."

„Wie bitte?“, frage ich atemlos.

„Na los ... wer war deine erste große Liebe?“

Was soll ich bitte sagen? *Für mich gab es immer nur dich und diese Katie muss völlig geisteskrank sein, wenn sie dich nicht wollte.* In meiner Welt war Andrew ein Arschloch und hatte keine Gefühle. Ich bin davon ausgegangen, dass es keine Frau gab, die ihm wirklich etwas bedeutet hat. Und ich muss zugeben, dass ich diese Vorstellung irgendwie lieber mochte.

Er mustert mich. „Ich warte.“

„Was möchtest du denn wissen?“

„Wie er hieß, was passiert ist ... solche Dinge.“

„Eigentlich ist nie etwas passiert.“

„Eigentlich? Warum eigentlich?“

„Es war so wie bei dir ... nur ein Kuss und der hat nichts bedeutet.“

„Dann war es nicht wie bei mir“, sagt er und mustert mich. „Bei mir hat er ja etwas bedeutet.“

Bei mir auch, denke ich bitter, sage aber nichts.

„Wie heißt er?“

„Das...“ Ich presse kurz die Lippen aufeinander. „Das kann ich dir nicht sagen.“

Andrew rückt noch näher zu mir und ich höre mich angestrengt schlucken. „Und warum nicht?“

„Weil du ihn kennst.“

„Interessant.“ In den Tiefen seiner Augen funkelt etwas. „Und wie gut?“

„Kann ich euch noch was bringen?“, dringt Deans dunkle Stimme in unser Gespräch.

Ich atme erschrocken ein, dann schüttle ich den Kopf. „Für mich nichts, danke.“

„Und für dich? Noch ein Helles?“

„Im Moment nicht, nein“, sagt Andrew ohne seinen Blick von mir zu lösen. Da war ein Unterton. Kaum zu hören, doch er war da. Andrews Blick verrät, dass er Dean am liebsten ungespitzt in den Boden rammen würde, doch ich bin dankbar für diese Unterbrechung. Sie hat mich gerettet.

Als Dean sich gerade umdrehen will, halte ich ihn am Arm fest.

„Dean, warte“, sage ich hastig. „Ich nehme doch noch etwas.“

„Das war so klar“, antwortet er lachend. „Lass mich raten. Noch zwei weiße Tequila, richtig?“

„Du kennst mich einfach zu gut.“

Mit diesem Satz verschwindet er und lässt mich mit Andrew allein. Mit ihm und diesen Gefühlen, die so groß sind, dass sie mich fast umbringen. Andrew hat ein Herz. Bis heute Abend wusste ich das nicht. Und vielleicht wäre es besser gewesen, es niemals zu erfahren. Denn je mehr ich über ihn weiß, desto schneller schlägt meines für ihn.

Andrew

Wir schweigen, aber unsere Blicke reden weiter. Ich könnte sie ewig ansehen. Ihre großen Augen und dieses klitzekleine Lächeln, das in ihren Tiefen schimmert, bevor es auf ihre Lippen findet. Die langen Wimpern und diese makellose Haut. Amy ist auf eine fast schon erdrückende Art schön. Nicht *perfekt* schön, sondern viel schöner als das. Sie hat eines von diesen Gesichtern, die man einfach nicht mehr aus dem Kopf bekommt. Wie ein Lied, das man nicht einmal eine Sekunde lang hört, dann aber den ganzen restlichen Tag ununterbrochen summt.

„Warum schaust du mich so an?“, flüstert sie.

„Wie schaue ich dich denn an?“

„So, als wäre ich etwas zu essen.“

Ich breche in schallendes Lachen aus und kann gar nicht mehr aufhören. Erst lache ich allein, aber dann stecke ich sie an. Es ist schön, mit ihr zu lachen. Als ich mich endlich wieder einkriege, räuspere ich mich und frage: „Ist dieser Dean eigentlich ein Freund von dir?“

„Ein Freund? ... So weit würde ich nicht gehen.“

„Sondern?“

„Er arbeitet auf vielen der Festivals, bei denen wir auftreten“, antwortet sie und zuckt mit den Schultern. „Irgendwann kennt man sich und sagt Hallo.“

„Wie heißt eure Band eigentlich?“

„The Prancing Ponys“, sagt sie grinsend, „aber die nächsten paar Male trete ich alleine auf.“

„Warum allein?“

„Die Jungs sind den Sommer über in LA", sagt sie und fügt dann hinzu: „Außerdem weiß ich nicht, ob ich die Band überhaupt noch will."

„Aber du willst hoffentlich noch singen?"

Sie lächelt. „Unbedingt."

„Und wo ist dein nächster Auftritt?", frage ich und greife nach meinem Bier.

„Warum willst du das wissen?"

„Weil ich nur hinkommen kann, wenn ich weiß, wo du singst."

Amy mustert mich fragend. „Warum solltest du das wollen?"

„Ich habe gehört, dass du ganz gut bist."

„Ganz gut, also ...", sagt sie grinsend.

„Also, wo trittst du auf? Oder ist es dir lieber, ich komme nicht?"

„Ich weiß nicht, ob du zwischen meinen ganzen Groupies noch einen Platz findest."

Ich muss lachen. „Gibt es denn noch mehr außer Derek und Dean?"

„Die sind doch nur die Spitze des Eisbergs", sagt Amy lächelnd. Einen Moment schweigen wir, dann sagt sie: „Ich trete erst in drei Wochen wieder auf. Im *Pink Rabbit*." Sie sieht mich eine Weile an, dann fügt sie hinzu: „Wenn du willst, kann ich Michelle und dich auf die Gästeliste setzen."

„Es reicht, wenn du mich auf die Liste setzt."

„Du ... du kommst allein?"

„Michelle fährt in zwei Wochen zu ihrer Mom nach North Carolina."

„Ach so ... verstehe."

Sie wirkt enttäuscht, aber nur für den Bruchteil einer Sekunde, dann ist ihr Blick wieder gewohnt undurchdringlich, als wäre das hier ein Pokerspiel, das sie unbedingt gewinnen will. Ich wünschte, ich wüsste, was der Ausdruck in ihren Augen bedeutet hat. Ob er *überhaupt* etwas bedeutet hat. Doch bevor ich es herausfinden kann, lässt sich Jake mir gegenüber auf seinen Stuhl fallen und sagt: „Also, ich weiß ja nicht, wie es euch beiden geht, aber ich habe Hunger." Er schaut fragend zwischen uns hin und her. „Komme ich etwa ungelegen?"

„Nein, gar nicht", lüge ich und grinse ihn an. „Lass mich raten, du willst Thai-Nudeln?"

„Was auch sonst?", antwortet Jake lachend.

„Warum Thai-Nudeln?", fragt Amy irritiert.

„Weil Jake die *immer* will, wenn er getrunken hat."

„Sehr gut. Es ist ohnehin viel besser, wenn ich diese zwei Tequila nicht mehr trinke."

„Ihr habt noch was bestellt?"

„Jep", sagt Amy, „aber mein Groupie hat das wohl vergessen." Sie schüttelt den Kopf und macht ein abschätziges Geräusch. *„Versager."*

„Dein was?", fragt Jake lachend.

„Das kann Andrew dir erklären, während ich auf dem Klo bin."

Mit diesem Satz verschwindet sie in Richtung der Toiletten und ich sehe ihr nach.

„Fuck, Alter, ich kenne diesen Blick. Ich kenne ihn nur nicht an dir."

„Ich auch nicht."

Als Amy nicht mehr zu sehen ist, schaue ich zu Jake hinüber und fahre mir durch die Haare.

„Verdammt! Dich hat es ja so *richtig* erwischt“, sagt Jake grinsend.

„Diese Frau macht mich fertig.“

„Du solltest die Sache mit Michelle beenden.“

„Ich weiß.“

„Sie liebt dich.“

„Ja, ich weiß“, antworte ich seufzend. „Und ich werde es beenden.“ Ich weiß nur noch nicht wie.

Amy

Ich stehe auf dem Gehweg und halte mich an einer Straßenlaterne fest, weil sich alles dreht. Die Luft ist noch warm, vielleicht ist aber auch nur mir warm. Ich weiß nicht, wie spät es ist, aber es muss spät sein. Mein Handy-Akku hat vor Ewigkeiten aufgegeben. Und selbst da hatte ich schon vier Nachrichten und drei Anrufe in Abwesenheit von Derek. Ich weiß, ich sollte gehen, das Problem ist nur, dass ich nicht mehr gehen kann. Zumindest nicht mehr geradeaus. *Merke: Eine schlaflose Nacht kombiniert mit zu viel Alkohol und einer Überdosis Andrew ist zu viel für mich – vor allem, wenn ich fast nichts gegessen habe!*

„Und wo bekommen wir jetzt bitte noch Thai-Nudeln her?", frage ich und schaue mich suchend nach Jake und Andrew um.

„Ich kenne da einen Imbiss", antwortet Andrew. „Mit dem Taxi brauchen wir keine fünf Minuten."

Ich zeige auf mein Fahrrad. „Sag mir einfach, wie ich hinkomme, dann treffen wir uns dort."

„Blödsinn...", sagt Jake und schüttelt den Kopf. „Wir gehen einfach zu Fuß."

Als ich gerade widersprechen will, legt Andrew seinen Arm um meine Schultern und schiebt mich zu meinem Rad. Und bei dieser plötzlichen Nähe und seinem Duft bleiben mir die Worte im Hals stecken.

„Beeilung, kleine Hastings", brummt Jake. „Ich hab echt Hunger."

Wir gehen gemeinsam durch die Sommernacht. Und mein schlechtes Gewissen begleitet mich auf Schritt und Tritt. Es sagt mir immer und immer wieder, dass ich nicht hier sein sollte, es sagt mir, dass das gerade falsch ist, auch, wenn es sich noch so richtig anfühlt. Mein Kopf weiß, dass es ein Fehler ist, aber mein Herz gibt die Richtung vor. Und ja, mir ist sehr wohl klar, dass ich irgendwann aufwachen muss. Ich weiß, dass ich die Realität nicht ewig ignorieren kann. Aber *noch* kann ich es. Denn noch ist es Nacht. Und die Nacht ist schließlich für unsere Träume reserviert.

Jake erzählt etwas von seiner Freundin und bei der Art, wie er über sie spricht, wird mir klar, dass ich ein völlig falsches Bild von ihm hatte. Und wie sehr ich ihn mag. Und das hätte ich wirklich nicht gedacht. Für mich war Jake immer ein Ungeheuer. Ein – zugegebenermaßen gutaussehendes – Monster, das Frauen nach Strich und Faden ausnutzt. Aber sind diese Frauen nicht eigentlich selbst daran schuld? Also, zumindest teilweise? Ich meine, es hat sie schließlich keiner dazu gezwungen, mit Jake oder Andrew ins Bett zu gehen. Kurz denke ich an Jane. *Sie hätte Nein sagen können.* Moment – was denke ich denn da?! *Ist doch wahr! Ich wurde noch nie benutzt.* Mag sein, aber du hast dich auch immer nur auf die Männer eingelassen, die dir nichts anhaben konnten. Der Einzige, der dir wirklich hätte wehtun können, geht gerade neben dir her.

„Alles okay bei dir, Amy?“, fragt Andrew und seine dunkelblauen Augen scannen mich schon wieder mit diesem Blick. „Du siehst so nachdenklich aus.“

„Alles bestens. Ich brauche nur etwas zu essen.“

„Das trifft sich wirklich gut“, antwortet er. „Wir sind nämlich da.“

Ein paar Minuten später sitzen wir auf einer der Grünflächen des Kensington Colleges und verschlingen unsere Thai-Nudeln, als wären wir völlig ausgehungerte Raubtiere, die seit Tagen nichts zu essen bekommen haben. Ich kaue zu wenig und schlucke zu schnell, aber ich kann nicht anders. Sie sind einfach zu lecker.

Zwischendurch beobachte ich Andrew aus dem Augenwinkel und bin ziemlich beeindruckt, wie gekonnt er mit den Stäbchen umgeht. Er hat geschickte Finger, denke ich und versuche nicht daran zu denken, was er mit ihnen noch so alles kann.

Andrews Handy vibriert, aber er ignoriert es. Genauso wie ich die Stimme in meinem Kopf. Im sanften Licht der Laternen scheinen seine Augen fast schwarz und seine gebräunte Haut wirkt noch dunkler. Eigentlich fehlt ihm nur noch ein Surfbrett, dann wäre das Bild perfekt. Ich denke an Andrews nackten Oberkörper und diesen winzigen Moment, als seine Haut meine berührt hat. Ich denke an das warme Gefühl von seinen Lippen auf meinen und an die Welle, die mich innerlich umgeworfen hat. Jake erzählt irgendetwas, aber ich höre nicht wirklich zu. In meinem Gehirn läuft wieder dieser Film, der mich blind und taub werden lässt. *Hör auf damit!* Ich schüttle kurz den Kopf und zwinge mich in die reale Welt zurück, in der Jake wieder mal etwas von Julie erzählt und in der ich hoffe, dass mein Deo noch wirkt. Mein Blick schweift über die Wiese zu all den anderen Nachtschwärmern, die den Moment noch ein wenig länger festhalten wollen. Vielleicht geht es aber auch nur mir so. Ich will die Zeit anhalten und mit Andrew auf der Wiese liegen. Ich möchte seinen Herzschlag hören und der Sonne beim Aufgehen zusehen. Doch mit dem Licht kommt leider auch die Wahrheit. Und mit der Wahrheit die Erinnerung daran, dass ich Andrew hassen muss. Bald wird der Traum enden. Wir werden uns verabschieden und ich werde wieder so tun, als wäre er mir egal, obwohl ich ihn eigentlich küssen möchte. Mit jeder Minute, die vergeht, wird die Stimme in meinem Kopf lauter. Sie sagt mir, dass es an der Zeit ist zu gehen. Erst war es nur ein Flüstern, doch inzwischen schreit sie aus vollen Lungen. Kurz denke ich an den Song, den ich heute geschrieben habe. An die Worte, die einfach so aus mir herausgesprudelt sind und in diesem Augenblick wünschte ich, wir wären einfach ein paar Studenten, die das Leben zu sehr genießen und nicht an Morgen denken. Ich wünschte, es gäbe keine Vorgeschichte, sondern nur das Jetzt. Ich sehe möglichst unauffällig zu Andrew hinüber. *Mein Gott, dieser Ausdruck in seinem Gesicht macht mich fertig.* Er sieht glücklich aus. Frei. Ungefähr so, wie ich mich gerade fühle.

Sein Blick findet meinen und hält mich fest. Er durchbricht meine Fassade, zieht mich langsam aus. Ich spüre, wie sich unsichtbare Funken zwischen uns entladen, spüre das Knistern und wie meine Hände zittern. Dann schaue ich schnell weg, weil ich ihn sonst küssen würde. Weil ich in seiner Gegenwart nicht klar denken kann. Und weil ich immer öfter vergesse, warum ich ihn verachte. Ich konzentriere mich auf die Leute, die um uns herum auf der Wiese liegen. Beobachte, wie sie in den Himmel schauen und reden, wie sie lachen und trinken und Spaß haben. Mein Herz rast und mein Hals ist noch immer trocken, aber meine Maske sitzt wieder. Erst jetzt bemerke ich, wie eine Gruppe hübscher Mädchen meine beiden Begleiter begutachtet. Sie hören *Want To Want Me* von Jason Derulo und schmachten Andrew an, als wünschten sie, dass er dieses Lied gerade nur für sie singt. Sie trinken Dosenbier und flirten hemmungslos – so, als wäre ich gar nicht da. Mit Augenaufschlag und Schmollmund

und allem, was dazugehört. Wut steigt in mir auf. Ja, das ist Andrews Welt. Ein endloses Meer aus willigen Frauen, die er flachlegen kann, wann immer er möchte. Als ich gerade Luft holen und mich mit irgendeiner fadenscheinigen Ausrede verabschieden will, räuspert sich Jake und steht auf.

„Ich muss ...“, sagt er und lächelt entschuldigend, „sonst verpasse ich meinen Flieger.“

„Was?“, frage ich erstaunt. „Du fliegst echt heute Nacht schon wieder zurück?“

Er grinst. „Vorsicht, kleine Hastings, bei diesem Tonfall könnte man fast auf die Idee kommen, dass du mich ein bisschen magst.“

„Stimmt, das könnte man“, gebe ich nickend zu und stehe auf. „Es war echt schön, dich mal wirklich kennenzulernen.“

„Dann bin ich also gar kein ...“ Er zögert und sieht hilfesuchend zu Andrew. „Wie hat sie uns noch gleich genannt?“

Er rappelt sich auf und klopft sich das Gras von der Jeans. „Ich glaube, es war Frauenvernichter.“

„Richtig. Das war es“, sagt Jake und sieht wieder zu mir. „Also?“

„Du scheinst rehabilitiert“, antworte ich lächelnd.

„Nur ich?“

Ich nicke in Andrews Richtung. „Bei ihm weiß ich es noch nicht so recht ...“

„Aber ich“, antwortet Jake im Flüsterton. „Glaub mir ... er ist einer von den Guten.“

„Ähm, hallo?“, sagt Andrew irritiert. „Ihr wisst schon, dass ich euch hören kann.“

„Mensch, Alter, jetzt sei nicht so unhöflich, wir verabschieden uns doch gerade.“

„Pass auf dich auf, Jake“, sage ich lächelnd. „Und grüß Julie von mir.“

„Das mache ich ... Beides.“ Er nimmt mich kurz in den Arm, dann wendet er sich Andrew zu. „Andrew.“

„Jake.“

Sie umarmen sich. Es ist eine ehrliche Umarmung unter Männern. Innig und ganz ohne dieses alberne Gehabe. So etwas sieht man selten. Wenn man es genau nimmt, habe ich so etwas noch nie gesehen. Jake weicht einen Schritt zurück.

„Du hast doch noch die Schlüssel, oder?“

„Willst du sie wieder haben?“, fragt Andrew und greift in seine Hosentasche.

„Nein. Ich will, dass du sie benutzt, wann immer du sie brauchst.“

Andrew grinst. „Danke, Alter.“

„Und überleg dir das wegen New York, okay?“

New York??

„Hör zu, Jake, ich ... “

„Ja, ja, ich weiß, das Geld, aber die Wohnung, von der ich erzählt habe, ist bezahlbar und echt zentral.“

„Und wahrscheinlich voller Ratten“, sagt Andrew sarkastisch.

„Es ist eine Bruchbude, aber Ratten habe ich dort keine gesehen.“ Andrew will gerade widersprechen, da hebt Jake nur abwehrend die Hände. „Komm schon, Alter, denk wenigstens drüber nach ... du und ich in New York?“

Andrew seufzt. „Ist gut“, sagt er schließlich. „Ich denke darüber nach.“

Wir machen uns auf in Richtung Straße. Und ich glaube, wir gehen deswegen so langsam, weil wir insgeheim wissen, dass uns dort der Abschied auflauern wird. Wenn Jake erst einmal weg ist, muss ich mich in Sicherheit bringen. Ohne einen menschlichen Puffer ertrage ich Andrews Nähe nicht. Er wird mich küssen. Oder ich ihn. Und dieses Mal werde ich nicht mehr die Kraft haben, damit aufzuhören.

„Da ist ein Taxi“, sagt Andrew grinsend und Jake grinst zurück. „Es hat gut getan, dich zu sehen.“

„Ja, das hat es“, antwortet Jake. Er nickt kurz in meine Richtung, dann steigt er ein. „Wir sehen uns ... hoffentlich bald.“ Er zieht die Tür hinter sich zu und salutiert mit zwei Fingern, dann verschwindet das Taxi und mit ihm unser Puffer.

Andrew und ich stehen etwas verloren auf dem Gehweg und das Knistern zwischen uns ist ohrenbetäubend. In diesem Moment gibt es nur noch uns. Und genau deswegen muss ich gehen.

Andrew

Amy geht in großen Schritten auf ihr Rad zu. Es wirkt fast wie eine Flucht. So, als könnte sie gar nicht schnell genug von mir weg kommen. „New York, also?“, sagt Amy. „Das wusste ich gar nicht.“ Sie bückt sich nach ihrem Schloss. „Wann soll es denn losgehen?“

Ich zucke mit den Schultern. „Wenn ich das Geld zusammen habe, schätze ich.“ Das ist gelogen, aber es klingt besser als: wahrscheinlich nie.

„Dein Dad zahlt das doch sicher gern für dich.“

Ich ignoriere den sarkastischen Unterton und sage: „Wenn es dir nichts ausmacht, möchte ich lieber nicht über meinen Dad sprechen.“

„Was denn?“ Amy schaut mich über ihre Schulter hinweg an. „Hängt im Hause MacDougall etwa der Haussegen schief?“

Ich mache ein abfälliges Geräusch. „Einen Segen gab es im Hause MacDougall nie.“

„Und das lag an deinem Vater?“

„Er würde sagen, es lag an mir.“

„Und wer hat recht?“

„Keine Ahnung“, sage ich nachdenklich. „Ich weiß es ehrlich gesagt nicht.“

„Was hat dein Dad falsch gemacht?“

„Einfach *alles*“, antworte ich kalt, „aber ich möchte wirklich nicht mehr darüber reden.“

„Ist gut“, sagt Amy, wendet sich ab und stellt die vierstellige Zahlenkombination von ihrem Schloss ein.

Und zum ersten Mal habe ich genug Zeit, mir die Tätowierung hinter ihrem Ohrläppchen anzusehen.

„Warum eine Katze?“, frage ich und zeige auf die Stelle an ihrem Hals.

Amy schaut hoch, weicht aber meinem Blick aus. Sie überlegt, ob sie es erzählen will, und gerade als ich mir sicher bin, dass sie es nicht tun wird, holt sie Luft und sagt: „Ich habe vor Jahren mal ein Zitat gelesen, das mir nicht mehr aus dem Kopf gegangen ist.“

„Und das Tattoo steht für dieses Zitat?“

„So ist es.“

„Jetzt musst du mir aber verraten, was das für ein Zitat ist...“

„Ich kann es nicht mehr genau wiedergeben.“

„Ungefähr reicht mir.“

„O-kay...“ Sie sieht überall hin, nur nicht in meine Augen. „Es war so etwas, wie *Ich bin eine Katze, eine Streunerin... Ich schleiche nachts durch die Straßen, distanziert und gemein...*“ Sie zuckt kurz mit den Schultern. „Ich weiß nicht, irgendwie hat es mir gefallen. Vielleicht, weil ich auch so bin.“

„Was?“, frage ich erstaunt. „So bist du überhaupt nicht.“

„Du kennst mich nicht, Andrew, du hast keine Ahnung, wie ich bin.“

„Doch, das tue ich“, flüstere ich heiser.

Sie schaut hoch und unsere Gesichter trennen nur noch Zentimeter. Mein flacher Atem trifft ihren. Ich will meine Hände ausstrecken und sie festhalten, will sie an mich ziehen und küssen, aber ich weiß, dass sie das nicht zulassen würde. Sie würde mich wieder wegstoßen, genauso wie sie es letzte Nacht getan hat. Die Luft zwischen uns brennt. Ich will sie, aber vor allem will ich nicht, dass sie geht. Mein Herz hämmert in meinem Brustkorb, meine Hände werden feucht und ich hart. Ich zittere überall. Wenn sie nicht sofort aufhört, mich so anzusehen ...

„Andrew?" *Michelle?!* Mein Blick folgt der Stimme und da steht sie: mit Pferdeschwanz und Jogginghose. „Dachte ich mir doch, dass du das bist!" Sie strahlt mich an. „Und du bist Amy, richtig? Die Sängerin?"

„Na ja, wohl eher die Bald-Mitbewohnerin", sagt Amy mit einem steifen Lächeln. „Freut mich."

„Mich auch."

„Was ... was machst du hier draußen?", frage ich, während Amy mich anfunkelt und die Erektion sich gegen den Reißverschluss meiner Jeans stemmt. „Ich meine ... ich dachte, du schläfst sicher schon."

„Das wollte ich auch, aber bei dem ganzen Lärm im Wohnheim ..." Sie zuckt mit den Schultern. „Erst dachte ich, ich schaue einen Film, aber dann hätte ich am Ende auch noch Katie geweckt, also bin ich laufen gegangen."

„Katie?", fragt Amy und schaut zwischen Michelle und mir hin und her. Ich weiß genau, was sie denkt, aber Michelle hat keine Ahnung – und ich bin froh, dass es so ist. „Ist das deine Mitbewohnerin?"

„Mitbewohnerin und beste Freundin, ja", antwortet Michelle lächelnd.

Amy sieht mir direkt in die Augen und ihr Blick ist unmissverständlich. Er fragt, ob Michelles Katie auch *meine* Katie ist. Ich möchte lügen, nicke aber kurz.

„Wo ist eigentlich Jake?", fragt Michelle etwas kühl. „Ich dachte, du wärst mit ihm unterwegs?"

„Der ist eben ins Taxi gestiegen", sagt Amy.

„Ach so, dann warst du auch dabei?"

„Na ja, so würde ich das nicht sagen ...“

„Wie würdest du es dann sagen?“

„Wir sind uns vorhin beim Thai-Imbiss über den Weg gelaufen.“

„Was für ein Zufall.“ Ich weiß, dass sie Amy kein Wort glaubt. Ich höre es an dem eisigen Unterton, den sie zu verbergen versucht. „Also“, sagt Michelle und zeigt auf die Unterkünfte, „wollen wir dann?“ Ich weiß nicht, was ich sagen oder tun soll, stehe einfach nur da.

„Ich sollte besser auch mal los“, antwortet Amy, steigt auf ihr Fahrrad und schaut mir tief in die Augen. „Derek wartet.“

vier Tage später…

Amy

Vier Tage. Vier *unendlich lange* Tage. Anfangs dachte ich noch, es wäre gut, ihn nicht zu sehen, doch das war es nicht. Jede einzelne Minute davon ist unerträglich und all meine Gedanken schwirren um ihn wie die Motten um das Licht. Ich habe im Internet recherchiert. Nach Studiengängen geforscht, die mit Musik zu tun haben. Kurse herausgesucht. Die, die mir am besten gefallen, sind natürlich an der Columbia. Was für ein Zufall. Ich habe versucht, mir einzureden, dass ich meine Suche nur deswegen auf New York ausgeweitet habe, weil ich mich dort auskenne, aber die Wahrheit klingt mehr nach Jakes Stimme in meinem Kopf, die Andrew sagt, er soll sich das mit New York noch einmal überlegen.

Die letzten Tage waren unwirklich. Sie haben sich hingezogen wie Kaugummi. Und die Nächte waren noch schlimmer. Derek hing wie eine Zwangsjacke an mir. Zwei Mal hat er mir eindeutige Zeichen gegeben, dass er mit mir schlafen möchte, beide Male bin ich ihm ausgewichen. Mein Körper will, aber eben leider nicht ihn. Alles in mir schreit nach Andrew.

Derek hat nicht gefragt, wo ich neulich Nacht war. Ich habe auf eine filmreife Szene gewartet – die aber nie kam. Vielleicht habe ich sogar darauf gehofft, weil ich dann einen guten Grund gehabt hätte, die Sache zwischen uns endlich zu beenden. Als ob es nicht genügen würde, dass ich ihn nicht liebe.

Es ist so absurd. Ich habe Andrew und Jake immer dafür verachtet, weil sie mit den Gefühlen von anderen spielen, aber wenn man es ganz genau nimmt, habe ich nichts anderes getan. Ich habe Derek auch nur benutzt. Ich wusste, dass er total verrückt nach mir ist. Und ich wusste, dass ich ihn nur mag – aber trotzdem bin ich mit ihm zusammengekommen. Trotzdem habe ich mit ihm geschlafen.

Zum ersten Mal wird mir so richtig klar, wie sehr ich mich selbst belüge. Und das seit Jahren. Ich war dermaßen damit beschäftigt, Andrew zu hassen und nicht verletzt zu werden, dass ich mich – ohne es wirklich zu bemerken – komplett verbarrikadiert habe. Ich habe mich von Derek lieben lassen und so getan, als würde ich ihn auch lieben. Wir hatten Sex und ich habe es genossen. Aber es war keine Liebe. Und deswegen habe ich mich von ihm einengen lassen. Weil ich mich insgeheim deswegen schuldig gefühlt habe. Weil ich genau wusste, dass ich ihn ausnutzte. Weil es für mich nie wirklich um ihn ging.

Derek ist nicht dumm. Er merkt, dass etwas nicht stimmt. Und je mehr er das tut, desto fester wird sein Klammergriff. Und je fester der wird, desto dringender will ich weg.

Das Klopfen an der Badezimmertür reißt mich aus meinen Gedanken und in die reale Welt zurück. In eine Welt, in der ich so weit gesunken bin, dass ich mich vor meinem eigenen Freund verstecke.

„Amy?"

Echt jetzt? Er folgt mir bis aufs Klo?!

„Was?", frage ich gereizt.

„Ist alles okay bei dir?"

Das gibt es doch nicht!

„Amy?"

„Ja!", antworte ich, verdrehe genervt die Augen und stelle das CK One Duschgel wieder auf seinen Platz zurück. „Ich komme gleich!"

Wenn er nicht sofort verschwindet, dann...

„Ist gut, ich warte in deinem Zimmer..."

Als ich höre, wie seine Schritte sich entfernen, atme ich erleichtert aus. So kann es einfach nicht weitergehen. So kann es nicht bleiben. Das ist alles falsch. Und vor allem bin das nicht ich.

Seit vier Tagen ignoriere ich jetzt bereits Janes Anrufe, flüchte vor Derek oder schnauze meine Mitbewohner an, während ich insgeheim nur auf den erlösenden Augenblick warte, in dem ich Andrew endlich wiedersehe. Ich bin wie ein Junkie, der auf seinen nächsten Schuss wartet. Ich schlafe zu wenig und wenn ich mal schlafe, dann schlecht, weil ich andauernd an Andrew und an den Abend in der Bar denken muss. Ich versuche mich abzulenken und auf meine Zukunft zu konzentrieren, aber es scheint fast so, als würde sie sich hinter beschlagenen Scheiben vor mir verstecken. Ich bin launisch und gemein. Doch der Tiefpunkt war, als ich mich letzte Nacht neben Derek selbstbefriedigt habe. Seine Erektion an meinem Bein war eindeutig, aber ich habe lieber so getan, als würde ich schlafen. Als ich dann eine halbe Stunde später an seinem Atem erkannt habe, dass er endlich schläft, bin ich in Gedanken über Andrew hergefallen und habe es mir selbst gemacht ... Derek lag keine *zwanzig Zentimeter* von mir entfernt! Ich muss mit ihm reden. Ich muss die Sache zwischen uns beenden. Und zwar sofort.

Ich reiße die Badezimmertür auf und stürme in den Flur. Doch nach ein paar Schritten bleibe ich stehen, denn da ist Andrew. Und in seinen Armen Michelle.

Andrew

Amy steht barfuß und mit nichts als einem weißen T-Shirt mitten im Flur und starrt uns an. Michelle und mich. Und meinen Arm, der wie ein fremdes Wesen um Michelles Schultern liegt. Ich will etwas sagen, aber ihre nackten Beine und dieser brennende Blick bringen mich zu sehr aus dem Takt. Jeder Muskel in meinem Körper ist angespannt. Wäre Amy mein Mädchen, würde ich genau jetzt über sie herfallen. Ich würde sie küssen und nicht mehr damit aufhören. Und dann würde ich mit ihr schlafen. Immer und immer wieder.

Michelle räuspert sich und ich schlucke. Aus dem Augenwinkel sehe ich, wie Nate zwischen uns hin und her sieht und ziemlich kläglich versucht, sich sein Grinsen zu verkneifen.

„Was ist so komisch?", faucht Amy wütend.

„Nichts", sagt Nate schnell und hebt abwehrend die Hände.

„Ach, und warum grinst du dann bitte so blöd?"

„Du hast ja wieder eine Laune ... Was ist in letzter Zeit nur los mit dir?" Nate grinst. „Warte! Sag es nicht! ... Derek war nicht brav." Amy funkelt Nate zornig an, ihr Brustkorb bebt. „Hab ich recht?"

Amy will gerade zum Gegenschlag ausholen, als die Tür zu ihrem Zimmer plötzlich aufgeht und auf einmal Derek neben ihr steht – in seinen *beschissenen* Boxershorts! Bei diesem Anblick könnte ich *ausrasten!* Ich spüre, wie sich meine Hände zu Fäusten ballen und zuschlagen wollen, wie meine Schlagader sich ausdehnt und mein Atem schneller geht. *Reiß dich bloß zusammen, reiß dich verdammt noch mal zusammen!* Ich atme tief ein, dann sage ich: „Ah, hi, Derek."

Er schaut in meine Richtung und in der Sekunde, als er erkennt, wer ihn da eben begrüßt hat, legt er reflexartig den Arm um Amy und zieht sie an sich. „Hi, Andrew ... hi, Michelle."

Und in diesem Augenblick wird mir klar, dass das alles ein gewaltiger Fehler ist. Amy und ich in einer Wohnung – das *kann nicht* gutgehen. Was habe ich mir nur dabei gedacht? Vermutlich gar nichts. Der Einzige, der sich auf den frischen Wind in seiner WG zu freuen scheint, ist Nate, denn der hört nicht auf zu grinsen.

Amy

Tag eins in derselben Wohnung mit Andrew und ich sitze genervt in der Küche. Mein Handy vibriert und ich muss nicht hinsehen, um zu wissen, dass es schon wieder Jane ist. Vor ziemlich genau vier Tagen bin ich von der Bildfläche verschwunden und ungefähr genauso lang versucht sie jetzt schon mich zu erreichen. Mein Blick fällt auf das Display. Jep, Jane Collins. Das war so klar. Wenn ich nicht bald mal ans Telefon gehe, wird sie mich als vermisst melden und die Polizei einschalten. Wenn sie aber wüsste, dass zwischen Andrew und mir etwas gelaufen ist, würde sie mich wahrscheinlich erwürgen, meine Leiche in Stücke hacken und sie dann verschwinden lassen.

Ich will eigentlich nicht drangehen, aber je länger ich es vor mir herschiebe, desto schlimmer wird es. Ein paar Sekunden warte ich, weil ein naiver Teil in mir darauf hofft, dass sie vielleicht doch noch auflegen wird – was sie aber natürlich nicht tut. Jane wäre nicht Jane, wenn sie es nicht bis *zum bitteren Ende* versuchen würde. Okay, dann mal los. Ich schließe einen Moment die Augen, dann nehme ich ab.

„Amy? Endlich!", sagt sie und ihre Stimme klingt zu gleichen Teilen erleichtert und vorwurfsvoll. „Wo zum Teufel hast du gesteckt? Ich versuche jetzt schon seit vier Tagen dich zu erreichen!"

„Ich weiß", antworte ich seufzend, „tut mir leid."

„Was war denn los?"

„Ach, frag nicht. Probleme mit dem Handyvertrag."

„Okay, aber es geht dir gut?"

Auslegungssache, denke ich, höre mich aber sagen: „Alles bestens. Was gibt's?"

„Ich habe die Stelle."

Ich setze mich ruckartig auf.

„Nein!? Echt jetzt? Es hat geklappt?"

„Ob du es glaubst oder nicht – es gab knapp neunhundert Bewerber, aber sie haben sich letzten Endes für mich entschieden! Ist das zu fassen?"

„Das wundert mich nicht", sage ich ernst. „Jane, du hast dir das verdient, hörst du?"

„Klar habe ich dafür gearbeitet, aber das haben die anderen sicher auch."

„Kannst du bitte ausnahmsweise einmal nicht so abartig nett sein und einfach sagen, dass du die Beste für den Job warst?"

Sie lacht. „Denkst du?"

„Los, sag es." Jane lacht noch immer. „Sag: Ich war die Beste für den Job. Komm schon ..."

„Na gut." Sie atmet tief ein. „Ich war die Beste für den Job. Zufrieden?"

„Die können froh sein, mich zu haben."

„Amy!"

„Ich will es hören."

Einen Moment ist es still, dann räuspert sie sich. „Die können froh sein, mich zu haben."

„Du hast vollkommen recht, das können sie."

„Auf diese Chance habe ich so lange gewartet!"

Okay, ich kann es ihr nicht sagen. Es würde ihr nur wehtun. Und sie ist gerade so glücklich. Das will ich ihr nicht verderben. Andererseits ist das vielleicht der perfekte Zeitpunkt. Vermutlich ist sie weniger wütend, weil sie so glücklich ist. Es würde ihr schließlich immer wehtun. Ich will gerade Luft holen, da schießt mir die Frage durch den Kopf, ob es nicht eigentlich idiotisch wäre, es ihr zu sagen, wo es doch ohnehin nie wieder vorkommen wird. Es war *ein* Kuss. Und wenn man es genau nimmt, nicht mal ein ganzer. Immerhin habe ich Andrew abgewiesen. Das ist doch fast so, als wäre es gar nicht passiert.

„Ams? Bist du noch dran?"

„Ja, bin ich", sage ich schnell und bevor sie mich fragen kann, warum ich so schweigsam bin, füge ich hinzu: „Ich will die Details. Wann zieht ihr um?"

„Die Kisten sind schon gepackt", antwortet sie und ich höre ein Lächeln in ihrer Stimme. „Die Wohnung in Boston habe ich übrigens über Kristen – ich weiß nicht, ob du dich an sie erinnerst – wir haben vor ein paar Jahren mal zusammen gearbeitet."

„War das die, deren Mann so schrecklichen Mundgeruch hatte?"

„Nein, das war Catherine ...", sagt Jane lachend. „Kristen ist die mit der kleinen Tochter und dem Haus in Mexico."

„Ich erinnere mich", antworte ich nickend. „Die mit den erdbeerblonden Haaren."

„Genau die. Kristen zieht nach San Francisco und hat mich als Nachmieterin vorgeschlagen."

„Anders bekommt man hier auch nichts. Und wo ist die Wohnung?"

„Beacon Hill, direkt am Park."

„Wow, nicht schlecht."

„Es wird noch besser", sagt Jane triumphierend. „Rate, wie die Straße heißt ..."

„Keine Ahnung, wie?"

„Joy Street!“

„Na, wenn das nicht der perfekte Name für einen Neuanfang ist ...“

Eine Stunde später weiß ich alles. Ich weiß, wo das Büro ist (22 Lagrange Street) und wo Lou schon bald zur Schule gehen wird (die Eliot Elementary in der 16 Charter Street). Ich weiß, mit welchem Zug sie in Boston ankommen werden und dass ich sie nicht abholen soll, weil George – ein Typ, den sie vor kurzem kennengelernt hat, und der ihr ganz offensichtlich gefällt, auch wenn sie das niemals zugeben würde – bereits Bescheid weiß. Ich weiß, dass ihr eine alte Schulfreundin – ich glaube Izzy – dabei helfen wird, Lou und den Job unter einen Hut zu bringen, dass Jane und Lou sich schon unheimlich auf mich freuen und dass es unserer Mom gut geht.

Ich gehe in mein Zimmer und lasse mich aufs Bett fallen. Der Sommer liegt drückend in der Luft und die Decken sind angenehm kühl – ganz im Gegensatz zu meinen Gedanken. Viele wirre Fetzen schwirren mir durch den Kopf. Andrew ist nebenan. Michelle ist bei ihm. Uns trennen nur eine Wand und ein paar Meter. Ich will ihn sehen, aber ich muss mich von ihm fernhalten. Ich will wissen, was er gerade macht, doch zur selben Zeit bin ich froh, dass ich es nicht weiß. Ob Michelle wohl über Nacht bleiben wird? Vermutlich. Aber doch wohl bitte nicht jede Nacht? So wie Derek? Bloß nicht. Wäre Michelle nicht Andrews Freundin, würde ich sie wahrscheinlich mögen. Dann könnte sie wegen mir auch gern übernachten. Immer. Überall. Eben nur nicht in Andrews Bett. Aber sie ist nun mal seine Freundin und genau dort wird sie schlafen. Mit ihm. Und allein die Vorstellung macht mich wahnsinnig. Ich will sie nicht hier haben. Michelle muss weg.

Die Decken unter mir sind inzwischen warm und meine Haut verschwitzt. Ich versuche krampfhaft, mich zu entspannen, aber mein Herz rast und mein Mund ist trocken. *Entspann dich einfach, Amy. Denk an etwas Schönes. Denk daran, wie oft du Andrew von nun an leicht bekleidet sehen kannst – vielleicht sogar nackt, wenn er mal vergisst das Bad abzusperren.* Ich muss grinsen. *Denk an die vielen Situationen, in denen du ihm total ungezwungen über den Weg laufen wirst.* Ich atme tief ein und mein Puls beruhigt sich. Doch gerade als ich die Augen schließen will, höre ich es. Das kann nicht sein. Ich schnelle hoch und lausche. Ein Seufzen, dann ein Stöhnen. Erst ist es kaum zu hören, aber dann wird es lauter. Mein Brustkorb wird auf einmal entsetzlich eng und mein Magen zieht sich zusammen.

„Hey Babe" – Derek steckt den Kopf ins Zimmer – „wollen wir duschen?" Die Einladung in seinem Blick ist eindeutig. „Komm schon."

Ich höre Andrew schwer atmen, dann lächle ich und sage: „Gute Idee, mir ist sowieso zu heiß."

Michelle

Andrew berührt meine Haut und es ist mir egal, wie verschwitzt sie ist. Seine Fingerkuppen prasseln auf meinen Körper wie Regentropfen, dann schiebt er meine Beine auseinander. Ich öffne die Augen und sehe ihm dabei zu, wie er das Kondom abrollt, und bei diesem Anblick zieht etwas ganz tief in meinem Bauch. Ich weiß, was er gleich tun wird. Das tut er immer. Ich schlucke und befeuchte meine Lippen. Dann gleitet Andrew mit der Hand zwischen meine Schenkel und dringt mit zwei Fingern in mich ein. Ich ziehe scharf die Luft ein, halte aber seinen Blick. Er steht darauf, wie feucht ich bin, und ich stehe darauf, wie er mich anschaut. Er bewegt seine Finger in mir, massiert mich ganz sanft, weil er weiß, wie sehr ich das mag. Mein Seufzen hallt durch den fast leeren Raum und ich vergrabe meine Hände in den Decken, halte mich an ihnen fest, winde mich unter Andrews Bewegungen und vergesse alles um mich herum. Jeden Augenblick werde ich kommen. Ich werfe den Kopf in den Nacken, bäume mich auf. Ich atme erst lauter, dann gar nicht mehr. Andrew hört nicht auf. Er treibt mich immer weiter, bis es nicht mehr weiter geht.

Ich bin noch wie im Rausch, als ich endlich sein Gewicht auf mir spüre. Sein Duft umgibt mich und ich berühre sanft seine warme Haut. Ich sehne mich nach seinen Lippen auf meinen, doch er küsst mich am Hals, was einen prickelnden Schauer über meinen Rücken treibt und meine Brustwarzen zusammenzieht. Ich atme schwer, warte auf den erlösenden Augenblick, in dem ich ihn in mir spüre. Und in der Sekunde, als ich das denke, dringt er endlich in mich ein. Andrew hält mich fest, seine Hände streicheln mich und ich verliere mich in seinen Bewegungen. Und in meinen Gefühlen für ihn.

Andrew

Vielleicht hätte ich Nein sagen sollen. Aber das habe ich bereits die letzten drei Male, als Michelle mit mir schlafen wollte. Okay, da habe ich nicht wirklich Nein gesagt, sondern Ausflüchte gefunden, aber es läuft auf dasselbe hinaus. Ich muss es beenden. Bald. Genau genommen, hätte ich es nie so weit kommen lassen dürfen. Denn völlig egal, wie verdammt gut es mit geschlossenen Augen auch sein mag, es ist trotzdem eine Lüge. Irgendwann muss man sie schließlich wieder aufmachen.

Michelle zieht mich fester an sich. Ich spüre ihre Hände und ihren heißen Atem. Aber in meinem Kopf sind es Amys Hände und Amys Atem. Ich weiß, dass es falsch ist, aber es ist einfach zu gut um aufzuhören. Die Wahrheit ist, ich könnte nicht mal aufhören, wenn ich es wollte.

Ich werde schneller, halte sie fester, dringe noch tiefer in sie ein. Die Bilder in meinem Kopf bringen mich um den Verstand und das verzweifelte Seufzen, das durchs Zimmer hallt, gibt mir den Rest. Ich sehe Amys Gesicht, sehe diesen flehenden Ausdruck in ihren Augen, spüre, wie feucht sie ist. Ihre Brüste wippen, ihre Lippen sind geöffnet. Dann schließt sie die Augen. Jeder Muskel in ihrem Körper ist angespannt. Gleich wird sie kommen. Jeden Moment. Ich bewege mich in ihr, schiebe mich in sie und ziehe mich wieder zurück. Als Amy dann auch noch meinen Namen seufzt, stöhne ich auf. Ich spüre wie sich ihr Körper ganz eng um meinen Schwanz legt, dann zieht sich alles in mir zusammen und ich komme so heftig, dass ich am ganzen Körper zittere.

Ich liege noch immer schwer atmend auf Michelles Brust. Ihr Herz schlägt gegen meine Schläfe.

„Ich liebe es, wie du dich in mir anfühlst", haucht sie in die Stille. *Ich hätte wirklich Nein sagen sollen. Ich hätte das nie tun dürfen.* „Weißt du, was ich besonders mag?"

„Nein, was?", flüstere ich heiser.

„Dieses Pulsieren, wenn du gekommen bist."

Und als hätte mein beschissener Schwanz gehört, was sie eben gesagt hat, zuckt er und sie lächelt. *Ich bin so ein verdammter Idiot.*

Amy

Ich spüre Dereks Hände an meinem Hintern, die nassen Fliesen im Rücken und ihn in mir. Das Wasser läuft zwischen unseren Körpern hindurch. Der Wannenrand unter meinen Füßen ist rutschig, aber er hält mich fest. Ich will die Augen noch nicht öffnen. Vielleicht, weil ich noch nicht sehen will, mit wem ich gerade wirklich geschlafen habe. Es war wieder nicht Andrew, sondern nur die Realität.

„Babe, das war der Wahnsinn", raunt mir Derek ins Ohr. „Und keine Angst, ich weiß, dass du noch mal willst." *Was heißt denn da bitte noch mal?* In dem Moment, als Derek wieder anfängt, sich in mir zu bewegen, stelle ich mir Andrew vor. Ich stelle mir vor, wie er nackt auf dem Bett liegt. Wie sich seine gebräunte Haut von den weißen Laken abhebt. Mit der Hand umschließe ich seinen steifen Schwanz und gleite langsam auf und ab. Seine Bauchmuskeln spannen sich an. Ich hole ihm einen runter, genieße das Gefühl dieser unendlich weichen Haut kombiniert mit dieser Härte.

Ich spüre, wie Derek mit der rechten Hand von meinem Hintern zwischen meine Beine gleitet und mich mit den Fingern massiert. Mein Stöhnen hallt durchs Bad. Ich denke ja gar nicht daran, mich zusammenzureißen. *Andrew soll ruhig hören, wie Derek es mir besorgt,* denke ich. Doch bei diesem Gedanken verwandelt sich der Andrew in meiner Fantasie auf einmal in Derek. *Nein! Stopp!* Ich versuche, mich zu konzentrieren, versuche wieder an Andrew zu denken, daran, wie es sich anfühlt, ihm einen runterzuholen. Aber da ist nicht Andrew. Sondern Derek. Und ganz egal, wie sehr ich mich auch bemühe, Andrew ist weg. Und mit ihm das Verlangen. Das hält mich aber nicht davon ab, laut zu sein. Jetzt erst recht.

Andrew

„Andrew“, sagt Michelle leise, als ich die Zimmertür öffne und in den Flur verschwinden will.

„Hm?“ Ich drehe mich noch einmal um.

„Kannst du mir bitte ein Glas Wasser mitbringen, wenn du geduscht hast?“ Sie liegt nackt im Bett, und die Art, wie sie mich ansieht, wirkt wie ein Brandbeschleuniger auf mein Gewissen.

„Natürlich“, antworte ich lächelnd, dann mache ich die Tür hinter mir zu und gehe den Flur hinunter.

Ich stehe vor dem Bad. Die Tür ist abgesperrt, aber Amys Stöhnen dringt gnadenlos zu mir, so wie Derek in sie. Ich umklammere den Türknauf so fest, dass meine Knöchel weiß hervortreten. *Beruhige dich, Andrew.* Wie soll ich mich bitte beruhigen, wenn dieser Wichser da drin gerade mein Mädchen vögelt?! *Sie ist nicht dein Mädchen.* Doch, das ist sie. *Du hast eine Freundin und sie wartet in deinem Zimmer.* Ja, ich weiß, aber ich liebe Amy. *Was du tust, ist Michelle gegenüber nicht fair.* Ich weiß. *Das hat sie nicht verdient.* Fuck, ich weiß es ja!

Meine Hände zittern und jeder Muskel in meinem Körper ist angespannt. Er fasst sie in dieser Sekunde an, küsst sie. Er berührt ihre Haut, bewegt sich in ihr. Mir bricht der Schweiß aus, ich atme flach. Wenn ich nicht *sofort* gehe, trete ich die Tür ein. Ihr Seufzen wird lauter und mein Herzschlag schneller. Ich kann das nicht. Ich kann nicht hier stehen. Und erst recht nicht hier wohnen.

Das Stöhnen erreicht seinen Höhepunkt und kurz darauf Amy auch ihren. Die böse Stimme in meinem

Kopf fragt sich, der wievielte das wohl gerade war, aber ich bin froh, dass ich es nie erfahren werde. Ich hätte diesem Vollidioten echt nicht zugetraut, dass er weiß, wie man es einer Frau so richtig besorgt. Aber ganz offensichtlich tut er das.

Ich höre, wie erst das Wasser abgestellt und dann der Duschvorhang aufgezogen wird. Dicht gefolgt von Amys lautem Lachen. Und ich glaube, dieser Klang ist tatsächlich noch schlimmer als das Stöhnen eben. Wenn Derek es ihr nämlich nicht nur besorgt, sondern sie auch noch glücklich machen kann, muss mehr an dem Typ dran sein, als ich gedacht hätte. Gerade als ich mich frage, ob sie diesen Penner am Ende vielleicht tatsächlich liebt, höre ich, wie der Schlüssel im Schloss umgedreht wird, und trete schnell einen Schritt zur Seite. Dann lehne ich mich an die Wand, als würde ich einfach nur geduldig warten und nicht jeden Moment Amok laufen.

Derek öffnet die Tür einen Spalt breit und schiebt sich hindurch. Er trägt eine von diesen total eng anliegenden Boxershorts. Die, bei denen man alles sehen kann. Die Tür lässt er angelehnt.

„Hey, Andrew“, sagt er breit grinsend. „Wartest du schon lange?“

„Nein, gar nicht“, entgegne ich emotionslos.

„Gleich kannst du rein.“ Derek zeigt hinter sich. „Meine Kleine muss sich nur noch was überziehen“ – er zwinkert mir zu – „du verstehst...“

„Sicher“, antworte ich und hoffe, dass er mir mein künstliches Grinsen abkauft, während ich mich davon abhalten muss, ihm seinen selbstgefälligen Ausdruck aus dem Gesicht zu prügeln.

„Also dann, Andrew...“ Derek fasst sich in den Schritt, als wollte er mir zeigen, was für einen großen er hat. Zugegeben, ich wünschte, sein Schwanz wäre kleiner, aber im direkten Vergleich hat er trotzdem keine Chance. Immerhin etwas. „Bis morgen dann."

„Ja, bis morgen."

Endlich ist er weg. Ich schließe die Augen und atme ein paar Mal tief ein und aus. Was für ein Idiot. Ich frage mich, wie lange ich den Kerl ertrage, bevor ich ausraste. Drei, vier Tage? Ich bin dermaßen in meine Gedanken vertieft, dass ich nicht bemerke, wie die Tür zum Bad aufgeht. Erst der Duft der Lindenblüten lässt mich die Augen öffnen. Und was ich dann sehe, verschlägt mir den Atem. Amy steht vor mir in nichts als einer leicht transparenten Panty. Das passende Top hält sie in der Hand. Sie lächelt mich an. Ich möchte etwas sagen, aber ich bin viel zu sehr damit beschäftigt, ihrem Blick standzuhalten und ihr nicht auf die Brüste zu starren. Ich bemerke dennoch, wie rund und fest sie sind und dass sich ihre Brustwarzen zu kleinen Knospen zusammengezogen haben.

„Andrew", sagt sie gespielt überrascht und zieht das Top über. Es ist nicht blickdicht und hat viel zu große Armausschnitte, die einen beträchtlichen Teil ihrer Brüste zeigen. „Ich wusste nicht, dass du wartest."

Ja klar, als ob sie Derek und mich eben nicht gehört hat. „Kein Thema", antworte ich, während ich spüre, wie ich hart werde. Meine Erektion presst sich gegen den Stoff der Boxershorts. Amy kommt einen Schritt auf mich zu. Ich spüre ihre Wärme und rieche diesen Duft.

„Was tust du da?", flüstere ich heiser.

„Wieso? Was meinst du?"

Ihr Bauch berührt meinen Schwanz und ich atme abrupt ein. Dann ziehe ich sie in einem Ruck an mich.

„Wenn du nicht sofort aufhörst, kann ich für nichts garantieren."

Ich spüre ihren heißen Atem im Gesicht, ihr Herz rast, meine Hände zittern. *Fuck, ich will sie. Ich will sie sofort.*

„Babe, was ist?", ruft Derek zu uns in den Flur. „Kommst du?"

Amy schluckt hart und befeuchtet ihre Lippen. Bei diesem Anblick pulsiert mein Schwanz und sie schließt einen Moment die Augen.

„Bin gleich so weit", flüstert sie angespannt gegen meinen Mund, dann schaut sie mir tief in die Augen.

Ich weiß, was sie gleich tun wird, aber dieses Mal komme ich ihr zuvor. Ich drücke sie von mir weg und gehe ein paar Schritte rückwärts. Als ich im Bad stehe, ziehe ich mir langsam die Boxershorts runter, lächle sie lasziv an und flüstere: „Träum schön, Amy." Dann mache ich die Tür zu.

Amy

Sein Blick geht mir nicht aus dem Kopf. Und auch nicht sein Lächeln. Ich bin sonst nicht der Typ Frau, der beim bloßen Anblick eines nackten Mannes feucht wird, aber *O mein Gott, dieser Körper!*

Ich liege in Dereks Armen und versuche einzuschlafen, aber immer, wenn ich die Augen schließe, sehe ich Andrews gloriose Nacktheit. Und wie provokant er mich ansieht. In meiner Fantasie zieht er mich aus und dann ganz fest an sich. Ich spüre seine Erektion am Bauch, klammere mich an ihm fest und lasse ihn in mich eindringen. Sein Anblick reicht als Vorspiel. Andrew packt mich und drückt mich gegen die Wand. Er schläft nicht nur mit mir. Er nimmt mich. Ich spüre Andrew ganz tief in mir, spüre seinen heißen Atem im Gesicht und sein heiseres Raunen, das dumpf durch meinen Körper dringt.

Ich winde mich aus Dereks Umarmung. Erst hält er mich fest, dann murmelt er irgendetwas und dreht sich schließlich weg. Ich warte einen Moment, um sicherzugehen, dass er wirklich schläft, dann gleite ich mit der Hand langsam in meinen Slip. In meinen Gedanken sieht Andrew mir dabei zu und grinst mich dreckig an. Er beobachtet mich, während ich mich selbst befriedige und ich weiß nicht, was ich mehr genieße: seinen brennenden Blick oder die Tatsache, dass er anfängt sich einen runterzuholen. Wir stehen zusammen unter der Dusche. Das Wasser prasselt auf unsere Körper. Ich setze mich auf den Wannenrand und spreize die Beine. Andrew lehnt an den Fliesen. Die Adern an seinem Hals treten hervor, er atmet schwer. Und dieser Anblick macht mich fertig. Die Anspannung in seinen Muskeln, wie schnell er seine Hand auf und ab bewegt und das Verlangen in seinen Augen. Ich könnte ihm ewig dabei zusehen, wie er es sich selbst macht. Ich unterdrücke mein Seufzen, bewege meine Finger schneller. Jeden Moment wird Andrew kommen ... und ich mit ihm ...

„Babe?“

Ich erstarre, halte den Atem an. Ich atme so leise wie möglich aus, dann raune ich gespielt verschlafen: „Hm?“

„Hast du geschlafen?“

Mein Herz rast und ich schwitze. „Was denkst du denn?“, antworte ich patzig, während ich die Hand aus meinem Slip ziehe.

„Keine Ahnung“, flüstert er. „Irgendwie hat das Bett so komisch gewackelt.“

Ich war so kurz davor. So kurz.

„Also ich habe nichts bemerkt“, sage ich genervt. „Und wenn es dir nichts ausmacht, würde ich jetzt gern weiterschlafen.“

„Gute Nacht, Babe“, antwortet er schuldbewusst. „Tut mir leid, dass ich dich geweckt habe.“

Michelle

Ich liege auf Andrews Schulter, aber er scheint nicht wirklich da zu sein. Ich spüre, wie sein Brustkorb sich hebt und senkt, aber seine Gedanken sind unendlich weit weg. Na ja, vielleicht nicht unendlich. Vielleicht sind sie auch nur nebenan. Ich schließe die Augen und genieße Andrews Nähe und seinen warmen Atem in meinem Gesicht. Ich weiß, dass man sich nicht aussuchen kann, in wen man sich verliebt. Solche Dinge passieren einfach. Es ist Chemie und die kann man nicht erzwingen. Und als ich gesehen habe, wie Andrew Amy ansieht, wusste ich es. Da wusste ich, dass er mich nie so ansehen wird. Andrew liebt mich nicht und er hat mich nie geliebt. Ich habe versucht, die Funken zu leugnen, aber sie sind da. Sie sprühen wie ein Feuerwerk. Sie sind überall. Auch, wenn ich sie nicht sehen will.

Ich weiß, was ich tun sollte, was ich tun müsste. Ich weiß, was das Richtige wäre, aber irgendwie bringe ich es nicht fertig. Der Moment ist zu schön, um ihn einfach so gehen zu lassen. In dieser Sekunde bin ich genau da, wo ich hingehöre, da, wo ich sein will: auf Andrews Schulter. Das Problem ist, dass das nicht stimmt. Ich würde gern hierher gehören, aber das tue ich nicht. Denn, wenn es so wäre, würde es sich nicht so falsch anfühlen. Dann wäre ich glücklich. Sollte ich nicht glücklich sein? Ich öffne die Augen und das Licht der Straßenlaternen wirft lange Schatten an die Wand. Doch sie verschwimmen, als mir Tränen in die Augen steigen. Ich atme tief ein und wische sie weg, bevor sie seine Haut berühren können.

„Ist bei dir alles in Ordnung?“, flüstert Andrew gegen meine Schläfe.

„Alles okay“, flüstere ich zurück. „Schlaf schön.“

„Du auch.“ Er küsst mich sanft auf die Stirn und ich spüre, wie sich seine Bauchmuskeln bei dieser Bewegung anspannen.

Ich sollte etwas sagen, aber der Kloß in meinem Hals lässt mich nicht. Manchmal können wir nur die Tränen zurückhalten und so tun, als wären wir okay.

Und darauf hoffen, dass die Stimme ganz tief in unserem Inneren sich täuscht. Ich liebe Andrew. Ich liebe ihn. Und ich werde nicht kampflos aufgeben.

Andrew

Tag zwei in der WG. Ich stehe unter der Dusche – ja, schon wieder. Und nein, normalerweise dusche ich nicht ganz so oft. Ich weiß nicht, was ich tun soll. Ich weiß nur, dass es so nicht weitergehen kann. Ich habe eine Freundin. Und ich betrüge Michelle andauernd – wenn auch nur in Gedanken. Während ich gestern mit ihr geschlafen habe, habe ich an Amy gedacht, dann, nach dieser Aktion im Flur, habe ich mir unter der Dusche erst mal einen runtergeholt, und jetzt stehe ich wieder hier mit einem Ständer. Doch dieses Mal ignoriere ich ihn. Ich werde einfach nur duschen und hoffen, dass diese Gedanken aufhören.

Zehn Minuten später bin ich porentief sauber, doch der Film in meinem Kopf ist leider unverändert dreckig. Na gut, scheiß drauf. Ich schließe die Augen und fange an, meine Hand auf und ab zu bewegen. In meiner Fantasie ist es Amys.

Es klopft an der Tür.

„Brauchst du noch lang?"

Das waren weder Amy noch Michelle. Ich schlucke angestrengt, dann frage ich: „Jess? Bist du das?"

„Jep."

„Ich bin in fünf Minuten fertig. Okay?"

„Klar, lass dir ruhig Zeit", flötet sie und fügt dann kichernd hinzu: „Wenn du Hilfe brauchst, gehe ich dir gern zur Hand."

„Jess!", zischt eine zweite Stimme und mein Schwanz zuckt in meiner Hand. Amy.

„Was denn?", flüstert Jess.

„Er hat eine Freundin."

„Na und?"

Ich mache die Augen wieder zu und konzentriere mich auf Amy. Die Vorstellung, dass sie vor der Tür steht, während ich an sie denke und mir einen runterhole, macht mich an. Ich atme schneller. Mit der linken Hand stütze ich mich an der Wand ab, die rechte wird erneut zu ihrer. Das Wasser läuft mir über den Rücken, meine Beine zittern. *O Fuck, gleich!* Amy gleitet mit den Fingerspitzen über ihre Brüste und bei diesem Anblick komme ich.

Ein paar Sekunden bewege ich mich nicht, spüre nur das Pulsieren in meiner Hand und den Rausch, der wie Strom durch meinen Körper fließt. Wenn Amy in meiner Nähe ist, bin ich elektrisch geladen. Sie ist der Funke, der mich zum Explodieren bringt. Ich öffne die Augen und sehe, wie mein Sperma zäh die Fliesen hinunterläuft.

Ich nehme den Duschkopf aus der Halterung und spritze sie ab, dann schalte ich das Wasser aus und greife nach meinem Handtuch. Ich würde sagen, besser kann ein Tag nicht starten.

Na ja, wenn da nicht das schlechte Gewissen wäre.

Michelle

„Da bist du ja endlich“, sage ich, als Andrew in die Küche kommt. „Ich habe Frühstück gemacht.“ Ich zeige strahlend auf die Pfannen mit den Pancakes, den Spiegeleiern und dem Speck. „Sogar der Bacon ist mir dieses Mal gelungen!“ Ich nehme seine Hand und ziehe ihn zum Tisch. „Ich hoffe, du hast Hunger.“

„Ich ... doch, ja“, stammelt er und zieht einen der Stühle zurück. „Das ... das sieht toll aus.“ Sein Blick wandert über die Gedecke und den frischgepressten Orangensaft.

„Ich habe es übertrieben, oder?“, sage ich und seufze schwer. „Es ist zu viel, richtig?“

„Was? Nein!“ Er schüttelt den Kopf. „Gar nicht. Es ist toll, wirklich toll!“

Ich weiß nicht, ob ich ihm glauben soll, aber seine Augen leuchten. „Ehrlich?“

„Es sieht hervorragend aus.“

„Dann ist’s ja gut.“ Ich atme erleichtert aus. „Willst du ein Spiegelei oder lieber zwei?“

„Zwei“, antwortet er lächelnd.

Ich verteile gerade die Pancakes, als Nate zur Tür hereinkommt und neidisch auf den Teller blickt, den ich vor Andrew abstelle.

„Wow!“, sagt er begeistert, stellt sich neben mich und schaut mich an wie ein trauriger Hundewelpe, den man an der Raststätte ausgesetzt hat. „Wenn was übrigbleibt, darf ich es dann haben?“

„Ich habe extra mehr gemacht“, antworte ich und zeige auf die beiden Pfannen. „Nimm dir einfach, was du willst.“

„Im Ernst?“, fragt Nate mit großen Augen.

„Ja“, sage ich lachend.

„Michelle, ich liebe dich!“

Genau diesen Satz wünsche ich mir jetzt bereits seit zwei Jahren – nur nicht von Nate.

Amy

Die Küche scheint viel enger als früher, obwohl wir nicht mehr Leute sind. Michelle braucht für meinen Geschmack etwas zu viel Raum, auch wenn ich zugeben muss, dass ihr Frühstück wirklich gut ist. Eine Schleimerin ist sie trotzdem. Doch bei den meisten scheint das anzukommen. Sogar Jess ist nett zu ihr, obwohl ich gerade von ihr gedacht hätte, dass sie auf meiner Seite wäre – oder anders ausgedrückt: nicht auf Michelles. Wie kann sie vor nicht einmal einer Stunde noch mit Andrew durch die Badezimmertür flirten und sich dann über das Frühstück hermachen wie ein verdammter Schwarm Heuschrecken? Okay, zugegeben, im direkten Vergleich zu meiner Aktion gestern war der Spruch von Jess harmlos, aber immerhin bin ich nicht so dreist, mir auch noch den Bauch vollzuschlagen. *Nein, du befriedigst dich nur selbst, wenn dein Freund neben dir schläft.* Das eine Mal! *Ein Mal, wirklich?* Na gut, dann eben zwei Mal.

„Schmeckt es dir nicht, Amy?“, bricht Michelles Stimme in meinen inneren Konflikt. Sie schaut mich verunsichert an.

„Doch, tut es.“

„Dann nimm dir doch bitte noch was. Es ist noch ganz viel da.“

„Wenn sie es nicht will, ich nehme es gern!“, sagt Nate schmatzend. Verräter.

„Ich auch“, stimmt Will ihm zu.

Sogar Derek scheint sie zu mögen, denn er nimmt sich noch einen Pancake. Andererseits, natürlich mag er sie. Sie ist schließlich der perfekte Puffer zwischen Andrew und ihm. Oder Andrew und mir?

Ich schiele zu den Spiegeleiern und dem Speck. *Na, gut riechen tut es schon.* Der Duft von Gebratenem schlängelt sich in meine Nase, doch ich widerstehe der Versuchung und lege demonstrativ das Besteck zur Seite. Vielleicht sind meine Mitbewohner ja käuflich – ich bin es nicht. Ich stehe auf, hole eine Tasse aus dem Schrank und schenke mir Kaffee ein. Und der schmeckt anders als sonst. Besser.

„Lass mich raten“, sage ich und schaue Michelle direkt in die Augen, „den hast auch du gemacht?“

„Wieso? Ist er zu stark?“

„Nein, er ist perfekt.“

Sie lächelt erleichtert. „Das freut mich.“

Ich erwidere ihr Lächeln und nehme noch einen Schluck, dann sage ich: „Wir beide scheinen einen ähnlichen Geschmack zu haben.“

Andrew

„Okay, das da ist mein Fach“, sage ich und schiebe meinen Kram ein Stück zur Seite. „Du kannst deine Sachen hier hintun“, – ich zeige auf die rechte Seite im Regal – „und da“, sage ich, ziehe den Duschvorhang auf und deute auf die Stelle, wo auch mein Shampoo steht. „Da ist Platz für alles, was du zum Duschen brauchst.“

„Und es stört dich sicher nicht, wenn ich meine Sachen hierlasse?“

„Natürlich nicht“, sage ich abwinkend und hoffe insgeheim, dass sie nicht die ganze Zeit hier sein wird.

„Das bedeutet mir wirklich viel“, flüstert sie, stellt sich auf die Zehenspitzen und küsst mich. *Oh nein, war das jetzt etwa eine von den großen Gesten?*

„Es macht doch auch keinen Sinn, wenn du dein ganzes Zeug immer hin- und herschleppen musst.“

Ihr Blick verrät, dass sie die Botschaft verstanden hat. Sie schaut mich an, als hätte ich ihr ins Gesicht geschlagen.

„Da hast du recht.“ Sie lächelt verkrampft. „Mehr als eine Zahnbürste, ein Shampoo und ein Deo brauche ich auch nicht.“

„Tut mir leid, so habe ich das nicht gemeint“, sage ich, obwohl ich es genau so gemeint habe, „was ich eigentlich sagen wollte, war ...“

„Ignoriert mich einfach“, fällt mir Amy ins Wort. „Ich bin gleich wieder weg.“

Ich drehe mich zu ihr um. Warum läuft die Frau eigentlich *andauernd* in Unterwäsche durch die Gegend?

Manchmal frage ich mich, ob sie das alles nur tut, um mich zu reizen.

„Suchst du etwas?“

„Nur die Sonnenmilch“, murmelt sie und beugt sich vor. *Mein Gott, was für ein Hintern.* Ich schlucke hart und spüre Michelles Blick wie einen Stich in der Seite, dann schaue ich weg.

„Was ist es denn für eine?“, fragt sie und ich höre einen leicht säuerlichen Unterton in ihrer Stimme. „Vielleicht können wir dir ja helfen?“

„Keine Ahnung“, antwortet Amy patzig, „es ist einfach eine stinknormale Sonnencreme.“

Ja, mag sein, dass ich ihretwegen schon wieder hart werde. Mag sein, dass meine Finger taub sind und mein Mund staubtrocken. Und ja, es gibt nichts, was ich in diesem Augenblick lieber tun würde, als Amy auszuziehen und sie von hinten zu nehmen – trotzdem hat sie nicht das Recht, in diesem Tonfall mit Michelle zu reden. Wenn ich es sogar hinbekomme, einigermaßen zivilisiert mit Derek umzugehen, sollte Amy das mit Michelle auch schaffen. Immerhin ist Michelle liebenswert und freundlich. Derek dagegen ist einfach nur ein blödes Arschloch.

„Komm, Süße, lass uns abhauen“, sage ich und lege meinen Arm um Michelles Schultern, „wir stehen hier nur im Weg rum.“ Als Michelle mich fragend anschaut, füge ich hinzu: „Amy wird ihre Sonnencreme bestimmt auch ohne unsere Hilfe finden.“

Amy

Dieser Tag will einfach nicht enden. Derek ist mir nicht eine Sekunde von der Seite gewichen. Als wäre er mein verdammter Schatten. Jetzt ist er endlich zu seinem Kurs nach Chicago gefahren und es fühlt sich so an, als hätte man mir eine Bleiweste abgenommen. Es könnte alles so schön sein, wenn nicht die ganze Wohnung nach Andrew stinken oder seine blöde Freundin andauernd an mir vorbeirennen und mir mit ihrer beschissenen Freundlichkeit auf die Nerven gehen würde. Kann sie nicht einfach ein bisschen mürrisch sein? Oder einfach nicht da? Und dann die Aktion im Bad. Was meint der eigentlich, wer er ist? *Blödmann.* Okay, ja, ich war nicht besonders nett zu Miss Pancake, aber so richtig gemein war ich nun auch wieder nicht.

Ich klettere die letzten Sprossen der Leiter hinauf. Was, wenn er sie liebt? Ich erstarre kurz. Ach Quatsch. Wenn er sie wirklich lieben würde, hätte er mich doch niemals geküsst. Oder? Ach, und sogar wenn er sie liebt, mir doch egal. Ich habe schließlich einen Freund. Auch, wenn ich gerade feiere, dass er nicht da ist.

Ich steige durch die offene Luke aufs Dach, setze mich auf das große Handtuch und schmiere mich mit Sonnencreme ein. Und während ich das tue, versuche ich mir einzureden, dass mir Andrew egal ist. Manchmal habe ich den Eindruck, als würde ich dieses blöde Spiel schon seit Jahren spielen. Wie eine Runde Solitär, die einfach nicht enden will.

„Wusste ich doch, dass ich dich hier finde."

Ich schrecke zusammen. *Gibt es denn wirklich keinen Ort, wo man mal für sich sein kann?*

„Ah, Nate...“, ich setze mich auf, „du bist es.“

„Wer sollte es auch sonst sein? Immerhin habe ich dir diesen Platz gezeigt“, sagt er grinsend, als er sich zu mir auf das Badetuch setzt und mir ein Bier reicht. „Hier, für dich.“ Ich nehme es.

„Danke.“ Ein paar Sekunden schweigen wir, dann hole ich Luft und sage: „Wir haben eine Weile nicht geredet ... wie ist das Leben so zu dir?“

„Freundlicher als du“, antwortet er grinsend.

„Blödmann“, sage ich und stoße ihn in die Seite.

„Nein, im Ernst“ – er legt mir seinen Arm um die Schultern – „es geht mir sehr gut.“

Ich lege den Kopf schräg und schaue ihn an. „Hat das vielleicht etwas mit Lilian zu tun?“

„Keine Ahnung ... auch ...“ Er trinkt einen Schluck Bier. „Aber das zwischen uns ist nichts Ernstes.“

„Wer weiß, vielleicht wird es das ja noch?“

„Wohl eher nicht“, entgegnet er und zuckt mit den Schultern. „Aber ganz ehrlich, es macht mir nichts aus ... und bei dir? Soweit alles okay?“

„Hm, geht so“, brumme ich.

Nate lacht auf. „Ja, ich merke schon, zur Zeit ist es noch schlimmer als sonst.“

„Noch schlimmer als sonst?“, frage ich mit hochgezogenen Brauen. „Nett. Wirklich nett.“

„Süße, du weißt, dass ich dich liebe, als wärst du meine Schwester“ – das stimmt, das weiß ich – „aber deine Launen wechseln in den letzten Tagen so verdammt schnell, dass man fast ein Schleudertrauma davon bekommt.“

„Ich weiß“, sage ich und verstecke mein Gesicht in den Händen. „Und es tut mir leid.“

„Also, was ist los?“

„Keine Ahnung“, murmle ich und weiche seinem Blick aus. „Ich bin einfach nur mies drauf.“

„Ach was, wirklich?“ Ich schaue ihn verärgert an. „Guck nicht so böse, Ams, das macht nur Falten.“

Ich muss lachen. „Du bist so ein Arsch!“

„Sag schon.“ Seine Augen funkeln. „Was ist es?“

„Es ist nichts.“

Er nimmt noch einen Schluck Bier. „Ich denke ja, ich weiß ohnehin, worum es geht ...“

„Da bin ich jetzt aber gespannt, Doktor Freud ...“

Nate grinst schelmisch. „Beginnt es mit einem A und endet mit einem W?“

Ich spüre, wie mir der Ausdruck aus dem Gesicht fällt und mein Herz plötzlich viel zu schnell schlägt. „Ich habe keine Ahnung, wovon du redest ...“ Mein Versuch, überzeugend zu klingen, scheitert kläglich an meiner Stimme. Sie zittert und bricht.

„Ams, es ist okay, wenn du auf ihn stehst.“

„Das tue ich aber gar nicht!“, sage ich viel zu laut.

Nate mustert mich. „Ach nein?“

„Nein.“ Ich befeuchte meine Lippen und schlucke angestrengt.

„Ich weiß, dass du lügst“, entgegnet er leise. „Willst du wissen, woher?“

Ich räuspere mich. „Woher?“

„Weil ich weiß, wie du normalerweise mit Typen bist.“ Er zuckt mit den Schultern. „Und mit ihm ist es anders.“ Ich spüre, wie der Kloß in meinem Hals immer weiter anschwillt und blinzle gegen das verräterische Brennen in meinen Augen. Nates Gesicht verschwimmt trotzdem und nicht einmal eine Sekunde später rollen heiße Tränen über meine Wangen. „Wir kennen uns jetzt schon seit acht Jahren", sagt Nate leise, „aber ich habe dich noch nie weinen sehen." Er nimmt meine Hand. „Du liebst ihn, hab ich recht?"

Ich schlucke und presse die Lippen aufeinander, dann schließlich nicke ich und das Schluchzen bebt durch meinen Körper.

„Hey", flüstert Nate und rutscht noch näher an mich heran, „komm her..." Ich kuschle mich an ihn, vergrabe mein Gesicht ganz tief in der warmen Kuhle zwischen seinem Hals und seiner Schulter und weine. Und mit jeder Träne fällt meine Fassade ein Stückchen mehr in sich zusammen.

Ich habe noch nie jemandem davon erzählt. Aber bisher hat mich auch noch nie jemand durchschaut.

Andrew

„Hey Jess, hast du zufällig Amy gesehen?", frage ich leise, während Michelle ihre Sachen zusammenpackt.

„Nein, schon seit dem Frühstück nicht mehr", antwortet sie und löffelt gemahlenen Kaffee in den Filter.

„Okay, danke."

„Soll ich ihr etwas ausrichten, wenn ich sie sehe?"

„Ach was", entgegne ich und mache eine abwinkende Handbewegung, „das brauchst du nicht." Ich denke kurz an die Sonnenmilch und dann automatisch daran, wie Derek sie damit einreibt. „Vermutlich ist sie mit Derek unterwegs." Als ich das sage, schrammt meine Stimme gefährlich nah an einem herablassenden Unterton vorbei.

„Das ist sie sicher nicht", antwortet Jess. „Derek hat sich vorhin von mir verabschiedet – allein."

„Sag bloß, er ist nach Hause gegangen?", sage ich gehässig.

„Pfft, welches zu Hause?", sagt Jess lachend. „Abgesehen davon würde er da doch niemals ohne Amy hingehen ... also, wenn es eines *gäbe.*" Sie grinst. „Der ist doch so etwas wie ein zusätzlicher Körperteil."

„Ja, das trifft es ziemlich gut."

„Wenn ich es richtig verstanden habe, ist er bei irgendeinem Kurs in Chicago."

„Was denn für ein Kurs?"

„Hat etwas mit seiner Weiterbildung zu tun", sagt Jess, „aber was genau, weiß ich auch nicht."

„Ich dachte, er studiert?"

„Was, Derek? Nein, der ist Koch."

„Was du nicht sagst."

„Doch, und er ist echt richtig gut." *Ganz toll. Noch etwas, das dieser Wichser gut kann.* „Er macht gerade eine Weiterbildung zum Konditor oder Bäcker oder so – hab nicht so genau zugehört."

„Gute Entscheidung."

Jess nimmt eine Tasse aus dem Schrank. „Willst du auch Kaffee?"

„Nein, danke, lieber ein Bier."

„Das hab ich heute Morgen aufgefüllt" – sie zeigt zum Kühlschrank – „kannst dir gern eins nehmen."

„Das ist meine Rettung", brumme ich und hole eine Flasche heraus. Jess schenkt sich Kaffee ein, dann setzt sie sich an den Tisch.

„Irgendwie wundert es mich, dass Derek einen Job hat."

Jess sieht mich fragend an. „Warum?"

„Ich dachte, er wäre hauptberuflich Amys Freund."

„Ich glaube, das ist er", flüstert Jess kichernd, doch dann fügt sie ernst hinzu: „Eigentlich kann er einem leidtun."

„Warum?"

„Ich weiß nicht," – Jess zuckt mit den Schultern – „vielleicht täusche ich mich, aber ich finde, es wirkt nicht so, als würde Amy ihn wirklich lieben."

„Ach nein?" Ich setze mich zu ihr.

„Ich bitte dich, schau dir doch nur mal an, wie sie ihn behandelt." Jess trinkt einen Schluck. „Ich bin sicher auch nicht immer nett zu ihm, aber ich bin ja auch nicht mit ihm zusammen."

„Für die beiden scheint es zu funktionieren."

„Ja, weil Derek alles für sie tun würde, und damit meine ich wirklich *alles.*"

„Und warum tut er das?"

„Na ja, ich nehme mal an, weil er sie liebt" – sie macht eine kurze Pause – „und weil ..."

„Ja?", frage ich neugierig.

„Weil sie sonst wahrscheinlich schon längst mit ihm Schluss gemacht hätte."

„Das ist hart."

„Das ist Amy", sagt Jess lachend. „Versteh mich bitte nicht falsch, ich mag sie echt gern – Amy ist eine meiner besten Freundinnen – aber ihre Männer tun mir leid."

„War sie denn zu allen so?"

„Soweit ich das beurteilen kann, ja." Sie mustert mich einen Moment, dann sagt sie: „Kann es sein, dass du auf sie stehst?" Sie grinst. „Oder auf Derek?"

Ich pruste los. „Nein", antworte ich noch immer laut lachend, „ganz bestimmt nicht."

„Ach, und warum interessierst du dich dann so für die beiden?"

„Tue ich gar nicht", lüge ich ziemlich überzeugend. „Es kotzt mich nur an, dass er dauernd da ist und keine Miete zahlt ... Ich bin komisch bei sowas."

„Bei mir rennst du da offene Türen ein. Ich sage *seit Ewigkeiten*, dass er auch einen Teil zahlen sollte."

„Eben, sehe ich genauso." Als ich höre, wie die Tür zu meinem Zimmer geöffnet wird, stehe ich auf. „Will und ich machen jetzt dann Pasta. Willst du auch was?"

Sie lächelt mich lasziv an. „Wie könnte ich dazu bitte Nein sagen?"

Michelle

„Sehen wir uns morgen?", frage ich leise und inhaliere seinen Duft. *Gott, er riecht so gut. Er riecht immer gut. Sogar sein Schweiß.*

Andrew nickt und lächelt mich an. „Gern", antwortet er leise und drückt die Klinke der Wohnungstür nach unten. „Schreib mir, wenn du im Wohnheim bist, okay?"

„Mach ich." *Bitte sag es. Jetzt sag es schon! Ich darf nicht die erste sein, die es sagt.* Ich gehe in den Hausflur.

„Ach ja, und Michelle", – hoffnungsvoll drehe ich mich noch einmal um – „sag Katie liebe Grüße."

„Natürlich", entgegne ich und schlucke. „Richte ich aus."

Wann begreifst du es endlich? Andrew liebt dich nicht. Das hat er nie und er wird es auch nie tun. Das weißt du nicht! *Doch, das tue ich. Und ganz tief in dir drin weißt du es auch.*

Andrew

Auf dem Weg zurück in die Küche komme ich an Amys Zimmer vorbei. Die Tür steht weit offen. Ich schaue mich kurz um, aber es ist niemand zu sehen. Sie sind in der Küche. Zumindest Will und Jess. Wo Amy und Nate hinverschwunden sind, weiß ich nicht.

Als ich ihr Zimmer betrete, knarrt der Holzboden. Meine Handflächen sind feucht, meine Finger taub. Ich schaue mich um, betrachte ihre Sachen, die Kleider, die sie über den Stuhl geworfen hat und das zerwühlte Bett. Dafür, wie lange sie schon hier wohnt, ist ihr Zimmer ziemlich leer. Als hätte sie nie wirklich vorgehabt zu bleiben. Wie jemand, der aus dem Koffer lebt, weil er schon bald wieder abhauen wird. Da sind keine Bilder an den Wänden, kein Schrank. Nur ein hohes Regal und eine Kleiderstange. Mein Blick fällt auf ein gerahmtes Foto auf dem Nachtkästchen. Ich greife danach und muss sofort lächeln. Auf dem Bild sind Amy, Jane und ein kleines Mädchen mit hellbraunen Haaren. Aber alles, was ich wahrnehme, sind Amys Gesicht und diese strahlenden Augen. Ich könnte sie mein Leben lang ansehen. Nur sie und keine andere. Und das nicht nur, weil sie schön ist. Und auch nicht, weil sie diese denkenden Augen hat. Sondern weil es sich so anfühlt, als würde sie mich verstehen. Richtig verstehen. Als wären wir auf eine seltsame Art und Weise miteinander verbunden. Sie ist eine Herausforderung und keines von diesen Mädchen, die vielleicht alle ein bisschen anders aussehen, aber alle gleich ticken. Amy ist anders. Wenn sie in meiner Nähe ist, höre ich auf zu denken. Dann fühle ich nur noch. Es ist, als wäre ihr Name in mein

Herz geschrieben und als würde das, was ich für sie empfinde, meine Lungen mit Luft füllen.

Als ich Schritte im Flur höre, stelle ich das Foto schnell wieder auf seinen Platz zurück und verlasse Amys Zimmer. Und in der Sekunde, als ich die Tür zur Küche öffne, wird mir plötzlich klar, warum es mit ihr so anders ist. Warum ich mich in ihrer Gegenwart so lebendig fühle. Weil Amy die Antwort auf eine Frage ist, die ich mich nach Katie nicht mehr getraut habe zu stellen. Nämlich, ob es die eine Frau auch für mich gibt.

Amy

„Komm schon, Andrew und Will haben gekocht..."

„Aber sicher nicht für mich."

Nate lächelt mich aufmunternd an. „Ams, etwas zu essen wird dir guttun."

„Ich habe keinen Hunger."

„Jetzt hab' dich nicht so, du kannst schließlich nicht ewig hier oben bleiben."

„Ich kann es versuchen."

„Außerdem hast du immer Hunger." Ich schaue in meinen Schoß. „Es gibt Spaghetti Bolognese", sagt er mit einem lockenden Unterton.

„Ist mir egal."

Nate hält mir beide Hände hin. „Los, genug jetzt. Du kommst mit, keine Widerrede." Ich mache ein mürrisches Geräusch, lasse mich aber von ihm hochziehen. „Siehst du, das war doch gar nicht so schwer, oder?"

„Hast du 'ne Ahnung."

Wir packen das Handtuch und unsere leeren Bierflaschen in den Rucksack, dann klettere ich die Leiter hinunter und Nate reicht ihn mir.

„Okay, wir brauchen ein Codewort", sagt er verschwörerisch, als er von der letzten Sprosse springt.

„Was denn für ein Codewort?"

„Ganz einfach, wenn du es in seiner Gegenwart nicht mehr aushältst, sagst du unser Codewort und wir gehen."

Ich muss lachen. „Ist das dein Ernst?"

„Meine Mutter leidet an Panikattacken", sagt er und zuckt mit den Schultern. „Wir hatten immer eins."

„Das wusste ich gar nicht."

„Aber jetzt weißt du es." Wir gehen die Stufen bis in den ersten Stock hinunter. „Es sollte unbedingt ein Wort sein, das man nicht versehentlich benutzt, sonst springe ich auf, obwohl nichts passiert ist."

„Okay", murmle ich. „Wie wäre es denn mit ... ich weiß auch nicht ..." Mir schießen tausend blöde Wörter durch den Kopf. Schlingpflanze, Karpfen, Kettensäge, Verlängerungskabel, Leuchtstoffröhre.

„Was hältst du von ‚Wurzelbehandlung'?"

„Wurzelbehandlung? Wie soll ich das denn bitte *beiläufig* erwähnen?"

„Es ist ganz einfach." Wir bleiben stehen und Nate legt seine Hände auf meine Schultern. „Du musst nur sagen: ‚O Mann, nächste Woche habe ich eine Wurzelbehandlung'."

„Echt jetzt?", frage ich und schüttle den Kopf. „So völlig aus dem Zusammenhang?"

„Okay, dann eben: ‚Ah, Nate, bevor ich es vergesse, kannst du mich nächste Woche zum Zahnarzt bringen? Da habe ich eine Wurzelbehandlung'."

„Ja", sage ich nickend, „das ist gut." In dem Augenblick, als er sich wegdrehen will, halte ich ihn am Arm fest. „Nate?"

Er sieht mich an. „Hm?"

„Danke."

„Aber wofür denn?"

Fürs Zuhören und Verstehen. Fürs In-den-Armnehmen und dafür, dass du nicht gefragt hast, was so schrecklich daran ist, dass ich Andrew liebe. Für die

Idee mit dem Codewort und für deine Freundschaft. Ach, eigentlich für alles.

Ich lächle ihn an. „Du weißt, wofür."

„Klar weiß ich das." Er grinst. „Ich bin doch dein Nate."

Andrew

„Da seid ihr ja!“, sagt Will, steht vom Tisch auf und holt zwei Teller aus dem Schrank. „Ich hoffe, ihr seid hungrig!“

„Und wie!“, sagt Nate und geht zu ihm rüber, während Amy sich ans andere Ende des Tisches setzt. Sie weicht meinem Blick aus, aber es ist offensichtlich, dass sie geweint hat. Ihre Augen sind aufgedunsen und rot. Sie schimmern glasig.

„Süße, alles okay?“, fragt Jess. „Deine Augen sind so rot.“

„Amy und ich haben auf dem Dach einen durchgezogen“, sagt Nate grinsend.

„Was denn? Ohne mir was zu sagen?“, antwortet Jess beleidigt. „Ihr solltet euch schämen.“

Ich glaube kein Wort. Amys Gesicht ist fleckig und ihre Augenlider geschwollen. Sie hat geweint.

„Du hast ab morgen deine Prüfungen, Jess“, sagt Nate. „Danach feiern wir.“

„Okay, na gut.“

„Aber es sind doch Semesterferien“, stelle ich nur halb interessiert fest.

„Nicht, wenn man eine von den Streberinnen ist.“

„Das bin ich gar nicht!“, protestiert Jess und wirft ein Geschirrtuch nach Nate, verfehlt ihn aber. „Ich habe nur ein paar Sommerkurse belegt.“

„Sag ich doch – Streberin.“

„Amy?“, fragt Will und zeigt auf den Topf mit den Spaghetti. „Kommt Derek eigentlich auch noch? Ich habe ihm etwas übrig gelassen.“

„Das ist nett von dir, aber Derek ist in Chicago.“

„Hier“, sagt Nate und reicht Amy einen Teller. „Mit extra viel Bolognese-Soße – so wie du es magst.“

Sie dankt ihm mit den Augen. Und ihr Lächeln sieht so verletzlich aus, dass es mir zusetzt, sie anzusehen. So kenne ich Amy nicht. Sie ist tough, schlagfertig und launisch, manchmal sogar boshaft, aber sie ist niemals unsicher. Oder ist sie es eben doch – nur, dass man es sonst nicht bemerkt? Sie mischt die Soße unter die Nudeln und rollt sie geschickt mit der Gabel auf.

„Schmeckt es euch?“, frage ich in die Runde, will aber eigentlich nur Amy dazu kriegen, mich endlich anzusehen.

„Wenn ich mal nicht rede, muss es echt gut sein“, antwortet Nate mit vollem Mund.

„Was ist mir dir, Amy?“

„Es ist wirklich lecker“, sagt sie und starrt weiter in ihren Teller. *Verdammt noch Mal, jetzt schau mich schon an!* Und während ich krampfhaft darüber nachdenke, wie ich sie aus der Reserve locken könnte, vibriert mein blödes Handy. Eine neue Nachricht.

Michelle LaRoche: Ich bin eben zu Hause angekommen, und du fehlst mir jetzt schon.

Auch das noch. Ja, ich weiß, dass sie mir fehlen sollte, aber das tut sie nicht. Alles, was ich will, ist, dass Amy aufhört mich zu ignorieren. Ich tippe irgendeine nichtssagende Antwort ein und drücke auf Senden. Als ich wieder hochschaue, treffen sich für den Bruchteil einer Sekunde unsere Blicke. Dann schaut sie weg.

Michelle

Ich stehe vor der Tür zu meiner Unterkunft, krame das Handy aus meiner Tasche und schreibe Andrew eine Nachricht.

Michelle LaRoche: Ich bin eben zu Hause angekommen, und du fehlst mir jetzt schon.

Nur ein paar Sekunden später bekomme ich seine Antwort.

Andrew MacDougall: Danke für deine Nachricht. Ich wünsche euch einen schönen Abend. Schlaf gut.

Ich schaue ungläubig auf das Display. Bin ich seltsam, weil alles, was ich sehe, das fehlende *Du fehlst mir auch* ist? Einen Moment schließe ich die Augen, dann öffne ich die Tür zu unserer Unterkunft.

„Hallo Fremde!“, sagt Katie grinsend und springt von ihrem Bett auf. „Wie war es bei Andrew?“

„Ganz gut“, sage ich und lege meine Sachen ab.

„Wieso nur ganz gut?“ Katie mustert mich von der Seite. „Ist alles okay?“

Ich lasse mich seufzend auf ihr Bett fallen, dann sage ich: „Wenn ich ehrlich bin, weiß ich das nicht so genau.“

„Warum? Was war denn?“, fragt sie und setzt sich neben mich.

„Ach, nichts Bestimmtes“, lüge ich. „Es ist nur so ein Gefühl.“

„Was für ein Gefühl?“

Ich will es nicht laut aussprechen. Denn wenn ich es erst einmal gesagt habe, kann ich nicht mehr so tun, als hätte ich es nicht bemerkt.

„Michelle?“

„Ach, wahrscheinlich bilde ich mir nur was ein“, sage ich ausweichend.

Katie nimmt meine Hand und drückt sie. „In den letzten Jahren hast du mir jedes Mal zugehört, wenn zwischen Dillen und mir mal wieder irgendwas war. Jetzt bin ich mal dran.“

„Nimm es mir bitte nicht übel, aber ich weiß nicht, ob du dafür die richtige Person bist.“ Sie sieht mich verletzt an. „Ich meine das wirklich nicht böse, ehrlich nicht.“

„Das weiß ich doch“, winkt sie ab und steht auf.

„Hey, Katie, warte.“ Ich halte sie am Handgelenk fest.

„Es ist okay, Michelle.“

„Nein, ist es nicht“, antworte ich kopfschüttelnd. „Du bist meine beste Freundin.“

„Das heißt aber nicht, dass du mir alles erzählen musst.“

„Ich glaube nicht, dass Andrew mich liebt“, sage ich, bevor ich es mir anders überlegen kann. „Da, hab’ es gesagt.“

Einen Moment lang sieht sie mich verdutzt an, dann setzt sie sich wieder neben mich. „Wie kommst du darauf?“

„Er ... er hat nicht diesen bestimmten Blick, wenn er mich ansieht.“ Ich schlucke. „Den, den er immer hatte ...“, fahre ich fort, breche den Satz jedoch ab.

„Wenn er mich angesehen hat?“

Ich nicke. „Ich weiß einfach, wie Andrew jemanden anschaut, den er wirklich liebt. Und so sieht er mich nicht an. Nie."

„Wäre es nicht möglich, dass es dir nur nicht so auffällt? Ich meine, weil du nicht den nötigen Abstand hast?"

„Katie", sage ich traurig. „Du weißt, wie er dich angesehen hat."

„Okay, ja, das weiß ich", gibt sie zu, „aber das tut er schon eine ganze Weile nicht mehr." Sie streicht sanft über meinen Handrücken. „Michelle, er hat *drei* Nächte hier bei uns verbracht und die ganze Zeit über hatte er nur Augen für dich."

„Ja, das stimmt schon."

„Aber?" Sie mustert mich. „Ist da noch etwas anderes?"

„Es ist nicht nur, dass er mich nicht so ansieht, wie er dich immer angesehen hat."

„Sondern? Was dann?"

„Dass er eine andere schon so ansieht."

Andrew

Als Amy die letzte Nudel aufgegessen hat, steht sie schnell auf, hält ihren Teller unter das laufende Wasser und räumt ihn dann in den Geschirrspüler. Bevor sie sich verabschieden und in ihr Zimmer verschwinden kann, räuspert sich Jess und sagt: „Nicht so schnell, Amy, hast du nicht etwas vergessen?"

Amy dreht sich um. „Etwas vergessen?"

„Du hast Küchendienst. Ich habe bereits gestern und vorgestern alles aufgeräumt."

Amy schließt kurz die Augen und ich sehe ihr an, dass sie einfach nur weg will. Vermutlich von mir, auch wenn ich nicht weiß, was ich ihr getan haben könnte.

„Will und ich räumen das weg", höre ich mich sagen, und beim Klang meiner Stimme öffnet sie die Augen und schaut mich an. Endlich.

„Das ist nicht nötig", antwortet sie kühl.

„Ab morgen bin doch sowieso ich dran." Ich zucke mit den Schultern. „Was macht es da für einen Unterschied?"

„Danke ... aber das mache ich schon."

„Seit wann schlägst du es bitte aus, wenn dir jemand anbietet, den Küchendienst für dich zu machen?", fragt Jess spitz.

„Hört mal", mische ich mich ein und zeige auf die Arbeitsflächen, das total verschmierte Ceranfeld und die Fettspritzer an den Fliesen. „Für dieses Schlachtfeld sind Will und ich verantwortlich."

„Andrew hat recht", sagt Will. „Ich würde keinem von euch zumuten, diesen Saustall aufzuräumen."

„Sicher?“, fragt Amy. „Ich kann helfen.“

„Das musst du aber nicht“, antworte ich. „Haut einfach alle ab. Will und ich erledigen das.“

Nicht einmal eine halbe Stunde später erinnert nichts mehr an unseren kreativen Kochausbruch. Da merkt man, wie gut Will und ich zusammen funktionieren. Das haben wir auch schon im Wohnheim am College. Manchmal bereue ich schon ein bisschen, dass ich die ganzen Chancen, die ich hatte, nicht besser genutzt habe. Doch dann denke ich kurz daran, wie mein Vater dieses Geld verdient. Nein, das ist nicht meine Welt.

„Auch noch ein Bier?“, fragt Will und macht den Kühlschrank auf.

„Ach, warum nicht ...“ Ein paar Sekunden später wirft er mir eine Flasche zu und ich fange sie mit einer Hand auf. Ich muss grinsen. „Wie am College.“

„Ja“, sagt er und setzt sich zu mir an den Tisch. „Das war eine gute Zeit ... ohne dich ist es dort nicht mehr dasselbe.“ Eine Weile sitzen wir nur da und trinken unser Bier, dann fragt Will plötzlich: „Stehst du auf Amy?“

„Was?!“, frage ich ein bisschen zu erstaunt und Will bricht in schallendes Lachen aus.

„Das ist dann wohl ein Ja.“

„So offensichtlich, huh?“

„Nur, wenn man dich echt gut kennt.“

„Das ist beruhigend“, sage ich seufzend.

Will lacht leise vor sich hin, dann trinkt er einen Schluck Bier. „Ich verstehe nicht ganz, warum ihr nicht zusammen seid.“

„Na ja, vielleicht deswegen, weil wir beide eine Beziehung haben?“

„Ganz genau. Mit Leuten, die ihr nicht liebt." Will schaut mich an und ich weiß, was gleich kommt. „Es geht mich ja nichts an, was du machst, und du kennst mich – ich bin wirklich der Letzte, der dich verurteilen würde – aber Michelle ist eine tolle Frau." Er schüttelt kurz den Kopf. „Das hat sie nicht verdient."

„Das stimmt, das hat sie nicht", sage ich so leise, dass man es kaum hören kann und massiere mir mit den Fingerkuppen die Stirn. „Ich weiß ja selbst, dass es scheiße ist."

„Aber?"

Ich schaue hoch. „Aber ich weiß nicht, wie ich aus der Nummer wieder rauskommen soll." Als er Luft holt, um etwas zu sagen, hebe ich schnell die Hände. „Und wehe, du sagst jetzt, ich soll einfach Schluss machen. Das ist nämlich nicht einfach."

„Nein, das ist es nicht."

„Danke." Ich nehme einen großen Schluck Bier.

„Aber es ist das Richtige."

Einen Moment lang schaue ich Will nur an, dann sage ich: „Manchmal kann ich dich nicht ausstehen."

„Ich weiß", sagt Will grinsend, „aber das, was ich dir gleich sagen werde, wird dich so sehr freuen, dass du mich wieder magst."

„Das kann ich mir nur schwer vorstellen."

„Und wenn ich dir sage, dass ich was zu rauchen da habe?" Ich setze mich auf. „Wusste ich es doch."

Amy

Ich sitze auf dem Dach und schaue in den Nachthimmel. Ich mag es hier oben und das nicht nur, weil die Luft kühler ist als in meinem Zimmer. Hier kann ich in Ruhe denken und mich vor Derek verstecken. Freitags kiffen Nate und ich ab und zu und stopfen uns danach mit Chips und Haselnussschokolade voll oder löffeln Nutella aus dem Glas. Außer uns beiden kommt niemand hier hoch. Wir dafür andauernd. Bis auf die letzten vier Wochen – da wurde das Dach neu geteert.

Ich schaue auf den Zettel vor mir und muss über mich selbst lachen. Irgendwie ist es albern, dass ich dieses Ritual beibehalten habe. Es ist aus einer Serie gestohlen und die habe ich angesehen, als ich gerade mal vierzehn Jahre alt war. Ich weiß noch genau, wie Jane und ich die erste Folge *One Tree Hill* geschaut haben. Die, in der Haley und Lucas ihre Wünsche aufschreiben und dann in einer Blechdose hinter einem losen Ziegel auf dem Dach von *Karen's Café* verstecken. Wir waren so begeistert davon, dass wir auch damit angefangen haben, unsere Wünsche und Träume aufzuschreiben – auch, wenn wir keine so tolle Ziegelwand hatten.

Ich glaube, Jane hat irgendwann damit aufgehört zu träumen, aber ich habe an meinen festgehalten. Es sind mehr oder weniger dieselben geblieben. Gut, ein paar sind mit der Zeit verblasst und manche haben sich auch erfüllt, aber die Punkte *Andrew* und *Musik machen* finden jedes Mal wieder auf meine Zettel. Ich betrachte seinen Namen und das Herzchen daneben und schüttle resigniert den Kopf. Wie kann man nur so lächerlich sein? Ich sollte es wirklich besser wissen. In der Sekunde, als ich den Zettel gerade wutentbrannt in tausend winzige Stücke reißen will, vibriert mein Handy neben mir. Und es ist Jane.

„Amy? Bist du noch da?"

„Ja, bin ich", sage ich angespannt und stochere den Stift ins Papier. Mitten in das blöde Herz.

„Ach, Ams", seufzt sie sehnsüchtig. „Ich hatte ihn so lange nicht gesehen, dass es fast so war, als gäbe es ihn gar nicht ... weißt du? Ein bisschen so, als wäre er gestorben."

Ich halte inne. „Du ... du hast ihn gesehen?" Meine Stimme klingt fremd.

„Ja, ich habe ihn gesehen."

„Und wo?"

„In Oceanside."

Dann war Andrew wohl in den vier Tagen dort, als ich an nichts anderes denken konnte als an ihn. Vermutlich hat er Geld gebraucht. Oder eine von seinen Schlampen besucht. „Hattest du nicht gesagt, du willst nie wieder dort hin?"

„Ja, das habe ich."

„Aber?"

„Ich glaube, es war einfach an der Zeit."

Ein paar Sekunden schweigen wir, dann frage ich: „Habt ihr miteinander gesprochen?"

„Nein. Wir haben uns nur angelächelt."

„Wie meinst du das, ihr habt euch angelächelt?"

„Na ja, angelächelt eben."

„Wie kannst du ihn anlächeln, nach allem, was er getan hat?“ Ich versuche nicht daran zu denken, dass ich ihn nicht nur angelächelt habe.

„Amy, er ist Lous Dad.“ Tränen steigen in meine Augen. „Und ganz egal, wie weh er mir getan hat, er wird immer Lous Dad bleiben ... und meine erste große Liebe.“ Sie macht eine kurze Pause. „Vielleicht war er sogar die Liebe meines Lebens.“ Bei diesem Satz zieht sich alles in mir zusammen. Jeder Atemzug tut weh. „Hör mal, Amy, kann ich dich morgen wieder anrufen?“ Sie hält das Telefon kurz weg. „Ist gut, Süße, ich komme schon ...“ Ich höre ein Knacken. „Tut mir leid, Ams ... ich glaube, sie hat schlecht geträumt ...“

„Kein Problem“, krächze ich, „wir hören uns bald.“ Dann legen wir auf.

Ich versuche zu atmen, aber ich kann nicht. Lou ist das Ergebnis aus Andrew und Jane. Das Einzige, was von Andrew und mir existiert, sind Tagträume und erotische Fantasien. Uns hat es nie wirklich gegeben und doch ist es vorbei. Nur meine Gefühle für ihn sind echt. Sie und der Schmerz, der mir gerade die Luft zum Atmen nimmt und sich eng um meine Rippen legt. Jeden Moment werden sie brechen und mit ihnen mein Herz. Ich denke, es ist an der Zeit, sich von diesem Traum zu verabschieden. Ich nehme den Zettel und betrachte seinen Namen und das Herz daneben, dann zerreiße ich ihn in unendlich viele kleine Stückchen, beuge mich vor, hole aus und werfe meinen naiven Traum über die kleine Mauer. Als ich den winzigen Papierfetzen dabei zusehe, wie sie langsam in die Tiefe segeln, öffnet jemand neben mir die Luke zum Dach und ich springe auf.

Andrew zuckt zusammen. „Amy!“ Mein Herz rast. „Es ... es tut mir leid“, sagt er mit dem Anflug eines

Grinsens auf den Lippen, „wir wollten dich wirklich nicht erschrecken."

Ich schaue zwischen Will und ihm hin und her. So viel zu *niemand kommt hier hoch*.

„Geht's wieder?", fragt Andrew und grinst breit. Bei diesem Anblick breitet sich eine Gänsehaut auf meinem Körper aus.

„Sehr witzig", fluche ich leise.

„Ach Amy, jetzt sei doch nicht so ... wir konnten schließlich nicht wissen, dass du hier oben bist."

Ich schaue ihn wütend an.

„Komm schon, Andrew, lass uns gehen", sagt Will leise und steigt auf die oberste Sprosse der Leiter, dann wendet er sich mir zu. „Nacht, Amy."

Andrews und mein Blick treffen sich und ich kann kaum atmen. „Träum was Schönes."

„Wartet." Warum nur tue ich mir das an? Warum quäle ich mich so? Vermutlich, weil sein Name seit jeher ganz oben auf meiner Liste steht – ganz egal, in wie viele Stücke ich sie eben gerissen habe. Ich hasse es, wenn Andrew geht. Mein Verstand ist jedes Mal erleichtert, aber mein Herz wird schwer.

„Amy?", fragt Will und ich schaue zu ihm hinunter. Sein Kopf ragt aus der Luke, Andrew steht mir gegenüber. Und beide sehen mich fragend an.

„Was ..." – ich räuspere mich – „was wolltet ihr denn hier oben?"

„Kiffen", sagt Will grinsend.

Ich zögere, doch dann schaue ich Andrew zu tief in die Augen und höre mich fragen: „Gebt ihr mir etwas ab?"

Andrew

Wir sitzen zu dritt auf Amys großem Badetuch und kichern wie die Schulmädchen. Tränen laufen über mein Gesicht und ich kann nicht einmal mehr sagen, was der Witz war. Ich glaube, irgendein Wort, das unbeschreiblich lustig klang.

Will reicht Amy den Joint – den zweiten heute Abend. Sie zieht drei Mal daran, verschluckt sich, weil sie wieder lachen muss und gibt ihn dann mir. Das Ende ist feucht von ihren Lippen und als meine dieselbe Stelle berühren, schließe ich kurz die Augen. Ich atme tief ein, dann erinnere ich mich wieder an das witzige Wort und pruste plötzlich los, was Amy und Will sofort ansteckt. Ich schaue zu Amy hinüber – und ja, ich finde sie sogar dann heiß, wenn sie mich herablassend ansieht, aber ihr Lachen ist einfach der blanke Wahnsinn. Kehlig und rau wie ihre Stimme. Ich rieche ihre Haut, mein Finger streift ihren. Bei dieser Berührung treffen sich unsere Blicke. Ihre Lippen sind meinen so nah, dass ich mich nur kurz zu ihr hinüber beugen müsste, um sie zu berühren. Es fühlt sich an, als würde die Luft zwischen uns knistern. Ich versinke in den Tiefen ihrer Augen. Die Welt um uns herum existiert nicht mehr. Ich bemerke nicht, dass niemand mehr lacht, höre nur noch meinen schnellen Atem.

Will räuspert sich. „Oh, wow, schon fast eins." Ich weiß, warum er das tut, aber ich kann nicht aufhören sie anzusehen. Nicht, solange sie ihre Hand nicht wegnimmt. Nicht, solange sie so schaut, wie sie schaut. Nicht, solange sie es zulässt. „Andrew", sagt Will ernst.

„Was ist?", frage ich abwesend.

„Komm schon, es ist spät."
Amy zieht ihre Hand weg und schluckt.
„Du hast recht", sage ich und nicke, „das ist es."

Amy

Es ist schon fast halb vier, als ich auf Zehenspitzen den Flur hinunterschleiche. Und ja, ich habe wirklich versucht zu schlafen. Sogar Schäfchen habe ich gezählt. Nur, dass die meisten meiner Schäfchen höchst ungeschickt waren und andauernd gestolpert oder hingefallen sind. Die anderen waren leider keine Schäfchen, sondern lauter kleine Andrews, die auf allen Vieren gelaufen sind. Wer soll denn da bitte einschlafen?

Als ich die Tür zur Küche öffne, ist das Licht an und Andrew steht am Tresen. Als er mich bemerkt, nimmt er die Kopfhörer ab.

„Amy", flüstert er heiser. „Hi."

„Hi", flüstere ich zurück.

„Kannst du nicht schlafen?" Ich schüttle den Kopf. „Ich auch nicht." Er zeigt neben sich auf die Arbeitsfläche. „Auch ein Sandwich?"

„Schmeckt es denn?"

„Oh ja, das tut es."

Wieso nur klingt es so sexy, wenn er das sagt?

„Dann will ich eins." Andrew sieht mich an und antwortet mit diesem Lächeln, das im Bruchteil einer Sekunde den Hebel in meinem Gehirn umlegt.

„Mit allem?"

„Ja, mit allem." Ich lehne mich neben ihn. „Was hörst du da?"

„Nur zu." Er nickt zu den Kopfhörern.

Ich greife danach und setze sie auf. Und ich kann nicht glauben, dass er tatsächlich Kodaline hört. Und auch nicht irgendein Lied, sondern eines meiner beiden absoluten Favoriten.

„Magst du Kodaline?“, fragt Andrew, als ich die Kopfhörer wieder abnehme.

„Machst du Witze? Ich liebe diese Band.“

„Und welches Lied besonders?“

„*High Hopes*“ – er grinst breit – „und *Way Back When*.“

„Das mag ich auch“, sagt er, während er Tomaten schneidet und die Toastscheiben mit Mayonnaise bestreicht. Ich beobachte ihn von der Seite. Sein markantes Kinn, den Hals und die muskulöse Brust. Ich schlucke und schaue schnell weg. Als ich seine Arme ansehe, bemerke ich eine kleine Tätowierung an der Innenseite seines Oberarms. Ich versuche zu erkennen, was da steht, kann es aber nicht lesen. Als er die Sandwiches fertig hat, schaut er mich an.

„Ich wollte zum Essen aufs Dach hoch gehen. Hier drin ist es so stickig und heiß“, sagt Andrew. „Hast du was dagegen?“

Die kleine Stimme in meinem Kopf ist strikt dagegen. Und vermutlich hat sie recht. Wir zwei allein – nein, das ist gar keine gute Idee. Doch die Vorstellung, wie wir zusammen unter den Sternen essen, ist ein viel zu verlockendes Bild.

„Gar nicht“, antworte ich und gehe in den Flur. Ich bücke mich nach meinem Rucksack, nehme ihn, eine Flasche Wasser und die Schlüssel von der Kommode und wir verlassen die Wohnung. Der Hausflur ist dunkel und still, man hört nur unsere Schritte auf dem Holzboden und unseren Atem. Ich rieche Andrews

Nähe. Mein Hals ist staubtrocken, meine Hände sind feucht.

Als wir endlich an der Leiter ankommen, gibt Andrew mir lächelnd den Vortritt. „Ladies first", sagt er und ich klettere die Sprossen hinauf. Sein Blick brennt auf mir und jagt einen heißen Schauer über meinen Körper. Ich stoße die Luke auf und die laue Luft empfängt mich, als hätte sie schon auf uns gewartet.

Ich stelle die Flasche ab und breite das Badetuch aus, dann setze ich mich. Andrew reicht mir die beiden Teller, dann geht er hinter mir in die Hocke und schiebt mein Top ein kleines Stück nach unten. Und diese winzige Berührung stellt jedes noch so kleine Härchen an meinem Körper auf. Er gleitet mit den Fingern über die Tätowierung zwischen meinen Schulterblättern, dann atmet er ein. „People say: ‚There are other fish in the sea', I say: ‚Fuck you; he is my sea." Ich spüre seinen warmen Atem im Nacken. „Das ist schön. Ist es für jemanden Bestimmtes?"

Für dich, denke ich, höre mich aber sagen: „Nein, ich mochte einfach das Zitat."

„Aber heißt es nicht eigentlich ‚she was' anstelle von ‚he is'?" Andrew rückt mein Top wieder zurecht und setzt sich zu mir auf das Handtuch. „Es ist doch von Faulkner, oder?" Er lächelt mich an. „Also, zumindest das Original."

„Keine Ahnung", lüge ich. „Ich kenne es nur so." Sein Duft steigt mir in die Nase und ich atme ihn ganz tief ein. Die Blätter der Laubbäume rascheln im Wind und aus einer der umliegenden Wohnungen dringt Musik zu uns aufs Dach.

Andrew und ich sitzen einander gegenüber und ich versuche mir nicht anmerken zu lassen, wie gern ich ihn in dieser Sekunde küssen würde. Stattdessen beiße ich von meinem Sandwich ab. *Mein Gott, ist das gut.* Wäre die Art, wie er küsst, ein Sandwich, ungefähr so würde es schmecken.

„Und?“, fragt Andrew mit vollem Mund. „Gut?“

„Im Ernst jetzt?“, sage ich schmatzend. „So einer bist du?“

„So einer?“, fragt er kopfschüttelnd und greift nach der Wasserflasche. Dabei berührt er kurz mein Bein und etwas tief in meinem Bauch antwortet darauf mit einem sehnsüchtigen Ziehen.

Ich schlucke. „Na ja, einer der wissen will, ob er *gut war...*“

Ich weiß nicht, warum ich das eben gesagt habe. Ich habe keine Ahnung. War das überhaupt ich?

Andrew kommt näher und befeuchtet seine Lippen. „Wenn es um *Sandwiches* geht, dann ja“, flüstert er und seine Augen funkeln. „Wenn man im Bett nachfragen muss, hat man etwas falsch gemacht.“

„Du musst es ja wissen.“

„Siehst du das etwa anders?“

Mein Herz schlägt viel zu schnell. Wieso habe ich das überhaupt angeschnitten? *Los verdammt, jetzt wechsle schon das Thema.* „Um deine Frage zu beantworten: Das Sandwich ist wirklich gut.“

„Freut mich.“

Das Schimmern in seinem Blick verrät, dass er jeden Moment etwas Anzügliches sagen und mich damit sofort aus der Fassung bringen wird. Ich kann mit Andrew nicht über Sex reden. Ich kann ja kaum neben ihm sitzen. Meine Gedanken sind andauernd mit ihm im Bett und wenn man es genau nimmt, sind mir seine Blicke schon zu viel. Doch dieser heisere Tonfall und das Vibrieren in seiner Stimme geben mir endgültig den Rest. Bevor er also noch etwas sagen kann, zeige ich schnell auf seinen Arm und frage: „Du ... du hast ein Tattoo?"

„Ich habe sogar zwei ..." Er mustert mich einen Moment, dann legt er sein Sandwich zur Seite. „Du wirkst überrascht", stellt er grinsend fest. „Bin ich etwa nicht cool genug für ein Tattoo?"

„Doch, ich ... ach, keine Ahnung", sage ich verunsichert.

Andrew hebt seinen Arm so, dass ich die Schrift sehen kann. *We are all searching for someone whose demons play well with ours.* Kaum habe ich den Satz zu Ende gelesen, wandern meine Mundwinkel nach oben. Das stimmt. Ich glaube ja, sogar meine Dämonen sind in Andrew verliebt.

„Was denn? Gar kein sarkastischer Spruch?"

„Nein."

„Nein?", fragt er sichtlich irritiert.

„Nein."

Ich will ihn küssen. Ich will ihn so sehr küssen, dass ich mich an meinem Sandwich festhalten muss, um es nicht zu tun. Die Musik, die die ganze Zeit im Hintergrund lief, ist plötzlich zu Ende. Da sind nur noch das Rascheln der Blätter und unser Atem. Die Stille lässt meinen Herzschlag noch lauter erscheinen. Ich befeuchte meine Lippen und versinke in seinem Blick. Andrews Augen tasten mich ab, ziehen mich langsam aus. Meine Gedanken driften zurück zu diesem Kuss, der inzwischen schon so lange her ist, dass es sich fast anfühlt, als hätte es ihn nie gegeben. *Denk an etwas anderes.* Aber mein Kopf denkt nicht daran. *Gott, dieser Mund.* Ein neues Lied startet und der Beat ist wie mein Herzschlag: schnell und durchdringend. Es ist voll sexueller Spannung. Ich verstehe nur Bruchstücke, aber die sind eindeutig. *Are you thinking of me when you fuck her?* Ich atme unruhig und es kommt mir fast so vor, als würde die Sängerin mich dazu auffordern, den Moment zu nutzen. Mir zuflüstern, dass diese Chance vermutlich nie wieder kommen wird.

„Ich wüsste ja zu gern, woran du gerade denkst", sagt Andrew schamlos grinsend.

Ich räuspere mich. „Ich habe mich nur gefragt, was dein zweites Tattoo sein könnte."

Oh Mann, eine lahmere Lüge ist dir nicht eingefallen?

Andrew lacht. „*Das* hast du dich gefragt?"

Der Beat wird schneller. „Was denkst du denn, was ich gedacht habe?"

„Spielt keine Rolle", sagt Andrew, nimmt einen weiteren Schluck Wasser und hält mir die Flasche entgegen. Als ich ansetze, spüre ich noch die Wärme seiner Lippen und schließe die Augen. „Es ist ein Zitat ..."

„Hm?", frage ich abgelenkt und schaue ihn an.

„Das zweite Tattoo... es ist auch ein Zitat."

„Okay ... und was für eines?"

„Keine Chance. *Ich* bin dran."

Die Anspannung fließt wie Strom durch meinen Körper. „Kann ich dich erst noch etwas fragen?"

„Klar."

„Kennst du dieses Lied?"

Andrew grinst. „Du etwa nicht?"

„Nein", flüstere ich, während die Gänsehaut wie in Zeitlupe über meine Arme kriecht. „Wie heißt es?"

„*Goodbye* von Feder featuring Lyse", sagt Andrew, „aber der Text ist nicht besonders schmeichelhaft."

Ich versuche nicht an den Text zu denken und auch nicht daran, wie es wohl wäre, zu diesem Lied mit ihm zu schlafen, also räuspere ich mich und frage: „Also, was willst du wissen?“

„Über dich?“ Seine Augen funkeln.

„Über *meine Tattoos.*“

„Na gut ... warum das Segelboot?“

Ich taste über mein Schlüsselbein. „Weil es der Inbegriff von Freiheit ist.“

Wenn dieses Lied nicht bald aufhört, dann ...

„Und die Anker an deinen Fersen?“

„Die sollen mir dabei helfen, nie den Boden unter den Füßen zu verlieren.“ Er sieht mich skeptisch an. „Was ist?“

„Ist das nicht ein Widerspruch?“

„Was?“

„Na ja, das Boot und die Anker?“

„Ja, kann sein.“ *Würde zu mir passen.*

„Aber?“

„Nichts aber“, sage ich lächelnd. „Ich will eben beides ... ich will Flügel *und* Wurzeln.“ Andrews Blick jagt einen weiteren Schauer über meine Haut. „Also, zurück zu meiner Frage. Was ist dein zweites Tattoo?“

„Es ist privat.“

„Privat?“

„Die Stelle ist privat.“ Er grinst. „Aber wenn du es sehen willst, zeige ich es dir.“

Ich sollte Nein sagen, antworte aber: „Unbedingt.“

Andrew sieht mich einen Moment lang an, dann kniet er sich vor mich und schiebt sein Unterhemd ein kleines Stück nach oben. Dabei lässt er mich nicht eine Sekunde aus den Augen. Als ich schlucke, knackt es in meinen Ohren. Andrew greift nach dem Bund seiner Pyjamahose und zieht sie langsam nach unten. *O. Mein.*

Gott. Mein Blick fällt auf die Linie, die sich von seiner Hüfte seitlich nach unten zieht. Der Beat des Songs wird schneller. *Konzentrier dich, Amy.* Ich versuche zu lesen, was da steht, sehe Buchstaben und Wörter, aber sie ergeben keinen Sinn, denn alles, was ich wahrnehme, ist dieses nackte Stück Haut und die Linie aus Haaren. *Verdammt noch mal, Amy, jetzt konzentrier dich endlich.* Ich atme tief ein und beiße auf meine Unterlippe.

It is a risk to love.
What if it doesn't work out?
Ah, but what if it does.

„Fertig?", fragt er grinsend.

Ich nicke kurz und spüre, wie mir die Farbe in die Wangen steigt. Und während ich Andrew aus dem Augenwinkel beobachte, wie er sich die Hose wieder hochzieht und das Unterhemd glattstreicht, murmle ich: „Es ist wirklich schön."

Er kniet noch immer vor mir. „Was?", flüstert er heiser. „Das Zitat oder das Tattoo?"

„Beides", hauche ich.

Ein paar Sekunden lang sehen wir einander nur an, dann sagt er: „Amy, wenn du mich weiter so ansiehst, dann werde ich dich küssen."

Er darf mich nicht küssen, aber ich kann dennoch nicht wegsehen. Ich kann mich einfach nicht losreißen.

Andrew

Das Lied unterstreicht den Moment. Es passt zu der Aufforderung in ihrem Blick. „Ich meine es ernst, Amy“, sage ich angespannt und schlucke hart. „Du musst aufhören, mich so anzusehen.“ Ihre Augen schauen schnell zwischen meinen hin und her. Ich atme unruhig, mein Herz schlägt schnell und meine Handflächen kribbeln. Ich spüre, wie mein Schwanz sich gegen den dünnen Stoff der Hose stemmt und meine Versuche, klar zu denken, daran scheitern. Die Luft zwischen uns brennt. Amys Haut schimmert feucht, sie atmet schnell. Ich will sie ausziehen und anfassen. Ich will sie küssen, sie spüren.

Ich kann nicht sagen, was uns zurückhält. Vielleicht ist es das letzte bisschen Vernunft. Oder das schlechte Gewissen. Der Kuss schwebt zwischen uns wie ein Versprechen, direkt neben dem Wissen, dass wir das nicht tun dürfen.

Das Lied endet, startet aber sofort wieder von vorn. Ihre Brüste heben und senken sich mit jedem Atemzug, sie schluckt. Ich habe keinen Zweifel. Ich will sie. Alles in meinem Körper – vor allem mein Herz.

Amy

Andrew packt mich und zieht mich an sich. Ich atme scharf ein, spüre Andrews Atem im Gesicht und seine Erektion an meinem Bauch.

„Du machst mich fertig“, flüstert Andrew heiser. Seine Stimme fließt durch mich hindurch. „Sag mir, was du willst ...“ Ich kann nicht mehr denken. Meine Haut brennt und jeder einzelne Muskel in meinem Körper zittert vor Aufregung. „Soll ich aufhören?“

„Nein“, sage ich angespannt.

„Was willst du dann, Amy?“

Dich. Und bei diesem Gedanken küsse ich ihn. Es ist wie ein Kurzschluss, der mein Gehirn ausschaltet. Mein Mund trifft auf seinen und meine Zunge öffnet seine Lippen. Ich höre Andrew schwer atmen, inhaliere seinen Duft, schmecke ihn. In mir zieht sich alles zusammen. Wir küssen uns hektisch, halten einander fest. Ich höre das Klirren von Geschirr neben mir und wie die Wasserflasche umfällt. Ich greife mit der Hand zwischen unsere Körper. Mein Herz rast und ich schwitze. Die Musik geht plötzlich aus und alles, was übrig bleibt, sind die schmatzenden Geräusche unserer Lippen und mein leises Stöhnen.

Während meine Hand in seiner Hose verschwindet, gleitet er in meine. Und in dem Augenblick, als ich mit den Fingern seinen Schwanz berühre, zieht Andrew scharf die Luft ein. Ich lege meine Hand um den Schaft, bewege sie auf und ab, genieße, wie es sich anfühlt und wie schwer er atmet. Andrews Körper steht unter Strom. Er zittert. Sein Blick brennt. Dann dringt er mit zwei Fingern in mich ein und sein Griff um meine Taille wird fester. Ich halte den Atem an, während Andrew seine Finger in mir bewegt, seufze gegen seine Lippen, spüre seine Zunge in meinem Mund und seine Finger in mir, gleite mit der Hand weiter auf und ab.

„Nicht so schnell", stöhnt Andrew, aber ich will nicht aufhören. Jeden Moment werde ich fallen. Gleich sind wir schwerelos. „Amy, warte ..."

Aber ich warte nicht. Mein Atem wird schneller, meine Muskeln zucken. „Andrew ... ich komme ...", seufze ich, während er mich mit den Fingern immer näher an den Abgrund treibt. Noch eine Sekunde. Ich halte mich an ihm fest, werfe den Kopf in den Nacken, atme flach. Jeden Augenblick. Alles dreht sich, mein Herz rast, ich zittere. Und dann falle ich.

„Fuck, Amy ... oh fuck!"

Ich spüre das Pulsieren und wie Andrews Sperma warm über meine Hand läuft. Ich spüre, wie sich mein Körper eng um seine Finger legt und höre uns beide schwer atmen. Ein paar Sekunden bewegen wir uns nicht. Sein Herz schlägt gegen meine Brüste, einzelne Schweißperlen laufen langsam über meine Haut.

Gleich wird er seine Finger aus mir herausziehen. Jeden Augenblick wird es vorbei sein. Doch in der Sekunde, als mein Verstand sich gerade wieder einschalten will, spüre ich wieder die sanfte Bewegung von Andrews Fingern tief in mir, und mein Gehirn gibt auf.

Andrew

Ihre Hand umschließt noch immer meinen Schwanz, meine Finger bewegen sich in ihr. Amys Atem trifft auf mein Gesicht. Ich könnte das für immer tun. Ihr beim Kommen zusehen. Sie seufzt schwer, hält sich an mir fest. Ich sehe die Anspannung in ihrem Blick und wie ich in ihrer Hand wieder hart werde. Sie gleitet auf und ab und wir sehen einander an, während wir uns gegenseitig befriedigen. Noch nie hat mich etwas so angemacht.

„Ich will mit dir schlafen", flüstert sie.

Ich schlucke. „Bist du dir sicher?"

Sie nickt. Ich bewege meine Finger weiter und sie ihre Hand. „Lass uns in die Wohnung gehen..."

„Gleich." Ich massiere sie mit dem Daumen und sie drängt sich mir entgegen. Ihr Körper spannt sich an, sie stöhnt auf, ihre Muskeln zucken, aber sie hört nicht auf, mir einen runterzuholen. Jeden Moment wird sie kommen. Ich erkenne es in ihren Augen und daran, wie fest sie meinen Schwanz hält. Ihr Stöhnen wird lauter und dieser Ausdruck in ihrem Gesicht macht mich fertig. Amy schaut mir tief in die Augen. Es ist ein flehender Blick. So, als würde sie es nicht mehr lang aushalten. Dann plötzlich hält sie den Atem an und nicht einmal eine Sekunde später spüre ich, wie sich ihr Körper saugend um meine Finger legt.

„Schlaf mit mir", flüstert sie atemlos. „Bitte."

Amy

Wir stellen unser Zeug in die Küche, dann nehme ich Andrews Hand und ziehe ihn in mein Zimmer. Etwas in mir versucht mich davon abzuhalten, aber ich muss es einfach tun. Ich kann nicht anders. Andrew schließt die Tür hinter uns, dann packt er mich an den Armen und küsst mich. Ich seufze in seinen Mund, spüre dieses Ziehen zwischen meinen Beinen. Alles kribbelt, meine Haut brennt unter seinen Händen.

Ich schiebe ihn sanft von mir weg. Sein Blick ist fragend, wenn nicht sogar unsicher. Das Licht der Straßenlaterne legt sich sanft auf unsere Körper. Die Luft knistert und meine Hände zittern. Der Stoff reibt über meine Brustwarzen und sie ziehen sich langsam zusammen. Erst fällt mein Top zu Boden, dann die Pyjamahose. Ich stehe nackt im Halbdunkel und seine Blicke verschlingen mich. Sie berühren mich wie Hände. Ich höre ihn atmen. Andrew zieht sich das Unterhemd über den Kopf. Ich betrachte seine definierten Arme und seinen muskulösen Bauch. Die Hose sitzt tief auf seinen Hüften und wölbt sich stark im Schritt. Mein Blick wandert seine Leisten hinunter. Mein Mund ist trocken. Während Andrew sich die Hose auszieht, lässt er mich nicht aus den Augen. Dann kommt er näher. Erst spüre ich seine Wärme, dann seine Haut. Sie klebt leicht auf meiner. Ich schaue ihn an, dann schiebe ich ihn langsam zum Bett.

Dieser Moment ist anders als die Situation auf dem Dach. Er ist bewusster. Ich weiß genau, was ich tue. Und ich weiß auch, dass ich es nicht tun sollte. Doch das werde ich. Ich werde mit ihm schlafen. Ich werde ihn tief in mir spüren und mich unter ihm vergessen. Es wird passieren. Noch heute Nacht. Und es wird zum ersten Mal kein Traum sein.

Ich ziehe die Schublade meines Nachttisches auf und das raue Geräusch von Holz auf Holz läuft mir eisig über den Rücken. Meine Finger zittern, als ich ein Kondom herausnehme. Sie zittern als ich es ihm reiche und auch noch als ich mich hinlege. Die Decken sind kühl und knistern erwartungsvoll. Andrew setzt sich aufs Bett. Er reißt die Hülle auf, dann sieht er mich an. Er stülpt das Kondom über und rollt es langsam über die gesamte Länge ab. Und es macht mich an, ihm dabei zuzusehen.

Andrew kniet sich zwischen meine Beine. Ich sehe ihn an, dann spreize ich sie. Er schluckt und seine Schlagader vibriert. Mein Herz hämmert gegen meine Rippen. Andrew legt sich auf mich. Ich spüre seinen Atem, sein Gewicht auf mir und die Anspannung in seinem Körper. Er drängt sich ganz nah an mich, zieht mein Becken näher an sich heran. Und dann mache ich einen Fehler. Für den Bruchteil einer Sekunde schaue ich neben mich, weil ich mich beobachtet fühle. Und da sehe ich das Foto von Jane, Lou und mir. Ich sehe uns lachen und dieses Strahlen in Lous Augen.

„Andrew“, flüstere ich und meine Stimme bricht.

„Was ist?“

„Ich kann das nicht tun.“

Er schüttelt den Kopf. „*Was?*“

„Ich ...“

Andrew kniet sich wieder hin. „Ist das alles für dich nur ein krankes Spiel?“, fragt er laut.

„Nein, ist es nicht.“

„Was soll das? Warum tust du das?"

Ich setze mich auf. „Es wundert mich, dass ich dir das erklären muss." Meine Stimme klingt bitter.

Er massiert sich die Stirn und für einen Augenblick fällt mein Blick auf seinen Körper. Auf seinen steifen Schwanz. Genau so saß er vermutlich auch vor Jane. Nur, dass er damals kein Kondom benutzt hat.

„Was ist es?", fragt er und sieht mich an. „Sag mir den Grund."

„Als ob du den nicht wüsstest!", sage ich fassungslos.

„Ich habe keine Ahnung, wovon du redest!" Er steht auf, zieht das Kondom ab und schlüpft in seine Hose.

„Verdrängung scheint für dich ja echt gut zu funktionieren", flüstere ich abschätzig.

Andrew geht auf und ab. „Liegt es daran, dass ich mit Jane im Bett war, ist es das?"

„Das finde ich zwar ziemlich abartig, aber nein, das ist es nicht."

Plötzlich fühle ich mich nackt. Entsetzlich nackt.

„Hör verdammt noch mal auf, in Rätseln zu sprechen, und sag endlich, was dein Problem ist!"

„Was mein Problem ist?", schreie ich zurück.

„Ja, verdammt!" Sein Blick brennt auf mir, seine Hände sind zu Fäusten geballt.

„Okay, wie wäre es denn damit, dass du das Leben meiner Schwester ruiniert hast?"

„Moment", sagt er kopfschüttelnd.

„Für dich hat sich nichts geändert!", falle ich ihm ins Wort. „Aber für sie war nichts mehr so, wie es war! Und du hast sie noch nicht einmal geliebt!"

„Sie mich doch auch nicht!“, brüllt Andrew.

„Du bist die *verdammte Liebe ihres Lebens!*“

„Was?!“ Er sieht mich an und schüttelt den Kopf. „Wovon sprichst du?“

„Davon!“ Ich greife nach dem Bilderrahmen und reiche ihn ihm. Andrew betrachtet das Foto in seinen Händen, dann schaut er mich fragend an. „Willst du es etwa immer noch leugnen?“

„Was denn leugnen!?“, brüllt er aus Leibeskräften.

„Na, dass das deine Tochter ist!“

Andrew

Ich starre sie nur an, versuche zu begreifen, was sie da gerade gesagt hat. „Was?"

„Das auf dem Foto ist deine Tochter. Sie ist neun Jahre alt und sie heißt Louisa."

Mein Blick fällt auf das kleine Mädchen auf dem Bild und mein Magen zieht sich zusammen. Zeitlich kommt es hin. Ich war achtzehn. Jane siebzehn. Es waren nur ein paar Nächte. Nicht mehr als eine bedeutungslose Affäre.

„Du bist gut im Schauspielern, das muss man dir echt lassen."

Ich zittere. „Ich wusste es nicht."

„Ja, genau", sagt Amy abschätzig.

„Sie hat es mir nicht gesagt!", schreie ich sie an.

„Ich weiß, dass du es wusstest!"

Ich werfe den Rahmen aufs Bett und packe sie an den Oberarmen. „Denkst du, ich hätte sie einfach im Stich gelassen, wenn ich es gewusst hätte?"

„Was heißt da *hättest*?", fragt sie und reißt sich los. „Du *hast* sie im Stich gelassen! Sie hat Lou ganz alleine groß gezogen! Sie hat studiert und nebenher gearbeitet wie eine Geisteskranke! Und was hast du bitte währenddessen gemacht, hm? Gefeiert und gekifft!" Mir wird ganz plötzlich schlecht. Meine Eingeweide verkrampfen sich und mein Herz rast. „Andererseits, was hättest du schon groß beitragen können? Bis auf das beschissene Geld von deinem Dad hast du doch nichts zu bieten!" Meine Augen brennen und mein Hals ist trocken. „Du hast dein Studium geschmissen, hast keinen Abschluss und keine Pläne ... alles, was du kannst, ist feiern, Geld ausgeben und Frauen flachlegen!" Sie macht eine kurze Pause und sieht mich abschätzig an. „Du bist so ein Versager!"

Ich stoße Amy zur Seite, reiße die Zimmertür auf und renne ins Bad. Ich schaffe es gerade noch den Klodeckel hochzuklappen, dann übergebe ich mich. Ich würge alles aus mir heraus. Meine Arme zittern unter meinem Gewicht. Die Tränen fallen aus meinen Augen.

Fünf Minuten später bin ich leer und es fühlt sich so an, als wäre nichts mehr von mir übrig.

Michelle

Ich jogge. Weil ich nicht mehr denken will. Aber ich denke trotzdem. Und es wirkt so, als könnte sich der Himmel einfach nicht zwischen Tag und Nacht entscheiden. Er ist unentschlossen. Genau wie ich. Soll ich Schluss machen? Oder doch lieber darauf warten, dass er mich verlässt? *Und was, wenn er dich doch liebt?* Tut er nicht. *Aber was, wenn doch?*

So geht das schon die ganze Nacht. Stundenlang habe ich mich im Bett hin und her gewälzt und in meinem Kopf die Gedanken. Ich renne. Aber ich weiß nicht, ob ich vor einer Entscheidung wegrenne oder meiner Lösung entgegen. Was ist schlimmer? Belogen zu werden oder sich selbst zu belügen? Ich überquere die Straße in Richtung Park. Ich glaube, sich selbst zu belügen. Ich kann schließlich nicht beeinflussen, was jemand anderes tut.

Die Musik begleitet meine Schritte. *Sometimes I get so sad, sometimes you just make me mad.* Tränen sammeln sich in meinen Augen. Ich glaube, *Sparklehorse* haben recht. Es ist eine traurige und wunderschöne Welt. Bald wird sie aufwachen. Und vielleicht wache ich ja mit ihr auf. Aus diesem Traum, der keiner ist. Etwas ganz tief in mir hofft noch immer auf ein Happyend. Aber das wird es mit Andrew nicht geben. Jedenfalls nicht für mich. Die Reinigungsfahrzeuge fahren über die Gehwege und waschen die Spuren des vorherigen Tages weg. Nein, das Leben ist kein Märchen. Ich werde den Mann meiner Träume verlassen, weil es endlich an der Zeit ist, ehrlich zu sein. Mein Kopf hat es verstanden, mein Herz noch nicht. Ich hoffe, dass es irgendwann begreifen wird, dass ein Mann, der eine andere liebt, unmöglich der Richtige sein kann. Ich bleibe stehen und halte mir die Seite. Tränen laufen über meine Wangen. Ich lehne mich an eine Hauswand und versuche wieder zu Atem zu kommen, doch es endet im Schluchzen. Und plötzlich verstehe ich, warum man sich selbst belügt. Weil die Wahrheit manchmal so verdammt wehtut.

Amy

Ich sitze noch immer nackt auf dem Bett und stütze mein Gesicht in die Hände. Ich höre, wie Andrew sich nebenan übergibt. Wie konnte ich das tun? Wie konnte ich zulassen, dass es so weit kommt? *Zulassen? Du hast es darauf angelegt. Du hast fast gebettelt.* Stimmt. Ich wollte das alles. Und ein Teil in mir will es noch.

Ich spüre etwas an meinem Knie. Die Kondomhülle. Sie klebt auf meiner Haut. Ich atme tief ein und schließe kurz die Augen, dann ziehe ich sie ab und greife nach meinem Handy. Ich muss es Jane sagen.

Jetzt geh schon dran! Ich lege auf, dann versuche ich es noch einmal. Und noch einmal. Das darf nicht wahr sein. Ich wähle erneut ihre Nummer, rapple mich auf und hole mir frische Unterwäsche aus dem Regal. Keine Antwort. Ich lege das Handy weg und schlüpfe in den Slip. Dann höre ich plötzlich, wie ein Schlüssel in das Schloss der Wohnungstür gesteckt und umgedreht wird. Schritte im Flur. Und ich erkenne ihn schon am Gang.

„Babe, du bist schon wach?"

Ich kann mich nicht bewegen. Meine Beine sind wie Anker und mein Kopf leer. Woher zum Teufel hat er einen Schlüssel? Derek stellt seine Tasche ab, kommt auf mich zu und schließt mich in die Arme. Es fühlt sich so an, als wäre das nicht mein Körper. Als wäre ich in einem Albtraum, aus dem ich einfach nicht aufwache.

Als ich die Klospülung höre, komme ich wieder zu mir. Ich räuspere mich und schiebe Derek weg.

„Was machst du denn hier?", flüstere ich irritiert. „Ich dachte, du kommst erst morgen Nacht zurück?"

„Der Kurs wurde kurzfristig abgesagt", antwortet er seufzend. „Ist das zu fassen?"

„Abgesagt?"

„Ja, der Typ ist wohl krank." Als er mich wieder an sich ziehen will, schüttle ich nur den Kopf.

„Nein, nicht", sage ich mit zitternder Stimme und füge dann hinzu: „Woher hast du den Schlüssel?"

„Von Mike ... er hat mir seinen gegeben." Ich spüre Dereks Blick, kann ihn aber nicht erwidern. „Babe? Ist alles okay?"

„Nichts ist okay."

„Was ist denn los?", fragt er und legt liebevoll die Hände auf meine Schultern. „Geht es dir nicht gut?" Ich schließe kurz die Augen. „Jetzt komm schon, sag mir einfach, was passiert ist." Er mustert mich. „Was ist das Problem?"

„Wir, Derek." Ich weiche einen Schritt zurück. „Du und ich."

„Wie meinst du das?" Er stellt die Frage, aber in seinen Augen sehe ich, dass er es längst verstanden hat. Sein Blick durchdringt mich. „Du ... du machst Schluss mit mir?"

„Ja, ich mache Schluss."

„Aber warum?" Derek schaut mich verzweifelt an. „Ich liebe dich, Amy!"

„Ich weiß", flüstere ich.

„Sag mir wenigstens den Grund." Seine Stimme bricht und er räuspert sich. „Komm schon, so viel bist du mir schuldig."

„Was macht das für einen Unterschied?", frage ich und sehe ihm in die Augen.

Sein Blick fällt auf Andrews Unterhemd und dann auf die aufgerissene Kondomhülle. Er schließt kurz die Augen, dann schaut er hoch – direkt in meine. „Das gehört Andrew, oder?" Er zeigt auf das Shirt.

Ich presse die Lippen aufeinander und nicke.

„Du hast ..." – er deutet auf die Kondomhülle – „du hast mit ihm geschlafen?" Er stellt die Frage so leise, als wäre er sich nicht wirklich sicher, ob er die Antwort hören will.

„Nein", sage ich mit fester Stimme, „das habe ich nicht."

„Aber es lief etwas zwischen euch ..." Derek sieht mich an, als hätte ich ihn gerade tödlich getroffen. Als ich nicht antworte, schließt er die Augen. „Warum *er?*"

Ich atme einmal tief ein, dann sage ich: „Weil ich ihn liebe."

Dereks Blick ist wie ein Faustschlag. „Verstehe", sagt er verletzt und schüttelt den Kopf. Er bückt sich nach seinen Schuhen und der Reisetasche und geht in den Flur. Dann dreht er sich noch einmal zu mir um. „Weißt du, was mich echt fertig macht?"

„Nein, was?"

„Dass du lieber *seine Hure* bist als meine Freundin."

Andrew

Ich stehe am Straßenrand und weiß nicht, wo ich hin soll. Aber wenn man es genau nimmt, ging es mir eigentlich den Großteil meines Lebens so.

Ich suche in der Hosentasche meiner Jeans nach den verdammten Autoschlüsseln, aber sie sind natürlich nicht da. *Fuck!* Ich schaue zu meinem Zimmerfenster und spiele kurz mit dem Gedanken sie zu holen – zusammen mit ein paar Socken, einem frischen T-Shirt und einem Kaugummi – entscheide mich aber dagegen, weil ich mich sonst mit Derek prügeln würde. Und das ist wirklich das letzte, was ich gerade brauche.

Mein Blick fällt auf die letzten paar Geldscheine und das Handy in meiner Hand. Immerhin habe ich daran gedacht. Auch, wenn mir das Handy nicht mehr lang helfen wird. Der Akku ist bald leer und das blöde Ladekabel ist – ja, wo wohl? – in meinem Zimmer. Ich versuche, nicht an den Grund zu denken, warum ich es nicht aufgeladen habe, aber die Bilder der vergangenen Stunden verfolgen mich. Amys Gesicht kurz bevor sie kommt, ihr heißer Atem auf meiner Haut und ihr Blick, als sie mir sagt, dass ich ein Versager bin. Und ich weiß nicht, was schlimmer ist, dass sie mich dafür hält oder dass sie recht damit hat. Ich gehe auf und ab und die Sneakers reiben an meinen Füßen. Ich wünschte echt, ich hätte Socken. Und einen Kaugummi. Der saure Nachgeschmack in meinem Mund treibt mich in den Wahnsinn. Genauso wie diese verdammte Warterei. *Jetzt komm schon, Jake, ruf mich endlich zurück.* Und in diesem Moment klingelt es.

„Warte mal“, sage ich ungläubig. „Jane wohnt in *Boston?*“

„Sie ist gerade erst dorthin gezogen“, antwortet Jake. „Ich hab dir die Adresse geschickt. Mel hatte aber keine Telefonnummer.“

„Danke, Alter“, sage ich und atme tief ein.

„Kannst du mir bitte endlich sagen, was los ist?“, fragt er besorgt. „Warum brauchtest du plötzlich Janes Adresse? Und warum so dringend?“

„Ich kann dir das jetzt nicht erklären“, antworte ich, während ich nach einem Taxi Ausschau halte.

„Andrew, ich habe gerade deinetwegen eine Uralt-Flamme aus dem Bett geklingelt – und das um nicht mal sechs Uhr morgens.“

„Ich weiß“, sage ich und reiße den Arm hoch, als ich ein freies Taxi entdecke. „Ich verspreche auch, dass ich es Julie nicht sagen werde.“

„Hey, im Ernst jetzt ... kann ich etwas tun?“

Der Wagen hält neben mir an und ich öffne die hintere Tür. „Das hast du doch schon.“ – Ich halte das Telefon weg – „21 Joy Street, bitte.“ Als der Fahrer die Uhr startet, denke ich für den Bruchteil einer Sekunde an Ray. Er wollte, dass ich Amy einlade, stattdessen bezahle ich von dem Geld ein Taxi. Zumindest mit einem Teil davon.

„Andrew? Bist du noch da?“

„Ich melde mich wieder bei dir.“

„Geht es dir gut?“

Ich seufze. „Nein, nicht wirklich.“

„Pass auf dich auf, okay?“

„Das mache ich – und danke. Für alles.“

Amy

Es ist kurz vor sechs und die ersten Lieferwagen stehen bereits in der zweiten Reihe geparkt und laden die Ware für den Tag aus. Noch sind kaum Autos unterwegs. Nur ein paar Fußgänger mit Hunden – und Jogger natürlich. Die Stadt wacht langsam auf, und ich bin wie in Trance. Ich trete in die Pedale, meine Beine brennen wie Feuer. Ich bin total fertig, aber mein Kopf fährt Achterbahn. Ich denke in Fetzen. Fast hätte ich mit ihm geschlafen. Wenn ich das Foto nicht gesehen hätte, hätte ich es getan. Ich wollte es tun. Ich will es noch. Obwohl es falsch ist. Wie kann ich so sein? Wie kann ich Jane so verraten? Er ist die verdammte Liebe ihres Lebens! Aber eben nicht nur ihre.

Vor ein paar Wochen war ich noch ich und mein Leben noch normal. Es war so, wie ich es kannte. Es war berechenbar und ich nur teilweise erfüllt. Vor ein paar Wochen hat mir noch gereicht, was Derek mir geben konnte. Es war gut. Zumindest gut genug. Aber seit Andrew weiß ich leider, wie sich *fantastisch* anfühlt.

Seine Lippen auf meinen haben mehr bedeutet als jeder Mann, den ich je in mir gespürt habe, und sein Lächeln hat mich an Stellen berührt, die ich vor ihm noch nicht einmal kannte. Ich versuche zu atmen, aber jeder Atemzug tut weh und mein Herz schlägt gebrochen in meiner Brust. *Hat Andrew es gebrochen? Oder war ich es selbst?*

Ich radle die Essex Street hinunter, dann biege ich rechts ab. Ich muss ausziehen. Alles hinter mir lassen. Am besten in eine andere Stadt. Weg von allem. Mich auf mich konzentrieren und jemanden finden, den ich lieben darf. Vielleicht kann ich woanders endlich die Amy werden, die ich immer sein wollte. Auch wenn das Timing echt beschissen ist. Gerade jetzt, wo Jane nach Boston gezogen ist, will ich weggehen? Aber ich muss weg. Außerdem wird Jane ohnehin nie wieder mit mir sprechen, wenn sie erst einmal die Wahrheit kennt. Ich überquere die Straße und biege in den Park. Die Sonne legt ihr kaltes Licht auf die Welt und bei dem Gedanken, dass ich Jane gleich alles sagen muss, verkrampft sich mein Magen. Ich denke an Andrew und wie er mich vorhin angesehen hat. So, als hätte er wirklich nicht gewusst, wovon ich spreche. Ich denke daran, wie er sich übergeben musste und an all die hässlichen Dinge, die ich zu ihm gesagt habe. Ich denke an seine Hände auf meinem Körper und die Art, wie er mich geküsst hat. Andrew wird nie wissen, wie oft ich an ihn gedacht habe. Er hat keine Ahnung, wie oft mein Lächeln mit ihm begonnen hat. Vielleicht passieren wir ja in einem anderen Leben. In einem Leben, in dem er immer nur Augen für mich hatte. In einem Leben, in dem Lou die Tochter eines anderen ist und ich die Liebe seines Lebens.

Ich erkenne die Beacon Street und den Ausgang des Parks. Je näher ich meinem Ziel komme, desto tiefer frisst sich Anspannung in meine Eingeweide. Vielleicht gibt es auf einem anderen Planeten, der genauso aussieht wie dieser hier, eine Version von uns beiden, die glücklich ist. Vielleicht gibt es da draußen unzählige Andrews und Amys. Oder das ist alles totaler Quatsch und es gibt nur eine Erde – und das ist diese hier. Und auf dieser Erde gibt es für Andrew und mich kein Happyend.

Ein lautes Geräusch lässt mich hochschauen. Ich erkenne nicht, was genau da auf mich zurast, sehe nur, wie schnell es auf mich zukommt. Ich bremse, höre das Quietschen von Reifen, dann, wie jemand neben mir kreischt. Und dann höre ich nichts mehr.

Andrew

Wir stecken in der Beacon Street fest und es geht seit Ewigkeiten nichts voran.

„Was ist denn da vorn los?“, frage ich genervt.

„Da war wohl ein Unfall.“ Der Taxifahrer zeigt auf das Funkgerät. „Ein Kollege hat es eben durchgegeben.“

„Dann steige ich hier aus.“ Ich schaue kurz auf den Taxameter, ziehe zehn Dollar aus der Tasche und sage: „Stimmt so.“

Nach ein paar Schritten erkenne ich die Blaulichter. Die Straße ist komplett abgesperrt und die Sirenen heulen. Ich gehe an den stehenden Autos vorbei und beobachte, wie immer mehr Leute aussteigen und die Hälse recken. Und auch ich schaue zu dem Unfall, weil man einfach nicht *nicht* hinsehen kann.

Eine Menschentraube steht an der Absperrung und blockiert den gesamten Gehweg. Als ich versuche, an ihnen vorbeizukommen, bemerke ich einen ziemlich demolierten Lieferwagen und direkt daneben ein Fahrrad. Oder zumindest das, was davon noch übrig ist. Ich bleibe stehen. Und noch bevor mein Verstand wirklich begreift, was gerade passiert, schubse ich die Leute zur Seite. „AMY!“ Ich schreie ihren Namen. Immer und immer wieder.

Amy

Alles über mir ist blau. Da ist keine Wolke. Nichts. Ich höre das Heulen der Sirenen und dazwischen meinen Namen.

Das Sonnenlicht blendet mich. Ich will wegsehen, aber mein Körper reagiert nicht. Ich liege nur da und starre in das endlose Blau. Aber es ist nicht dunkel genug für Andrews Augen. Ein plötzlicher Schmerz schießt durch meinen Kopf. Wie ein Messer, das sich in mein Gehirn bohrt. Ich will schreien, bleibe aber reglos liegen. Mein Körper verkrampft sich. Ich zittere. Die Geräusche um mich herum werden leiser und der Schmerz lässt nach. Ich höre meinen Puls wie ein schwaches Klopfen. Meine Lider sind schwer. Ich kann sie kaum offenhalten, drifte immer weiter weg. „Du musst wachbleiben, hörst du?“ Ich erkenne die Umrisse eines Gesichts. Alles ist seltsam verwaschen. Grünbraune Augen. Dann ein grelles Licht. „Linke Pupille deformiert. Jane Doe muss so schnell wie möglich in den OP.“ *Jane,* denke ich. Vielleicht ist es ja besser, dass sie es nicht weiß. Vielleicht ist es gut so. „Verdacht auf ein Aneurysma.“

Mir ist kalt. Schrecklich kalt. Ich spüre, wie meine Unterlippe zittert. „Wo bleiben denn die verdammten Decken?“, höre ich eine Stimme, aber sie scheint unendlich weit weg. Was ist passiert? Ich erinnere mich an den Streit mit Andrew und daran, dass ich fast mit ihm geschlafen hätte. Ich erinnere mich noch an das Foto und dass Andrew sich übergeben hat. Derek. Ich habe mit ihm Schluss gemacht. Aber was war dann?

Ich erinnere mich, wie ich ins Bad geschaut habe und danach in Andrews Zimmer, aber er war weg. Dann bin ich losgefahren. Zu Jane. Ich wollte zu Jane und ihr alles sagen. Ich bin durch den Park. Und dann war da dieses laute Geräusch. Ich sehe, wie etwas auf mich zurast. Da war ein Windstoß. Und dann der Aufprall.

Ich versuche an nichts zu denken, denke aber an alles. An Jane und an Andrew und an die Dinge, die ich nicht gesagt habe. Und dann an die, die ich nicht mehr zurücknehmen kann. Ich spüre, wie jemand etwas Weiches um mich wickelt, aber ich höre nicht auf zu zittern. Mein Körper zuckt unkontrolliert.

Ich hätte Andrew sagen sollen, dass es bei dem Tattoo zwischen meinen Schulterblättern um ihn geht. Dass er mein Meer ist. Ich hätte ihm sagen sollen, wie wunderbar er riecht. Und dass er die schönsten Augen hat, die ich je gesehen habe. Wenigstens ein Mal. Ich wünschte, ich könnte mich entschuldigen. Und ich wünschte, ich könnte mich verabschieden.

Mein Puls wird schwächer. Ich spüre meinen Körper nicht mehr. Als ich schlucke, knackt es laut in meinen Ohren, dann wird alles still. Ich sehe Andrews Gesicht. Er wird nie wissen, wie sehr ich ihn geliebt habe. Wir werden immer unfertig sein.

siebzehn Stunden später...

Andrew

Ich halte Amys Hand so fest, als könnte ich sie so davon abhalten, diese Welt hinter sich zu lassen. Jane sitzt auf der anderen Seite des Bettes und ihr Gesicht ist genauso ausdruckslos wie meines. Sie streichelt über Amys Handrücken. Das monotone Piepen ist das einzige Zeichen dafür, dass Amy noch da ist. Das und die Tatsache, dass sie selbstständig atmet.

Es ist ein Wunder, dass sie noch lebt. Dr. Brysons Worte hallen wie ein endloses Echo durch meine Gedanken. Bis auf ein gebrochenes Handgelenk hat Amy noch ein paar blaue Flecken und Schürfwunden. Ihren Kopf hat es am schlimmsten erwischt. Und das alles ist meine Schuld. Wenn es mich nicht gäbe, hätten Amy und ich uns nicht gestritten. Sie hätte kein schlechtes Gewissen haben müssen und wäre nicht zu Jane gefahren. Amy wäre nicht mit dem Fahrrad unterwegs gewesen, sondern hätte tief und fest geschlafen. Wenn es mich nicht gäbe, hätte sie einen Freund, der sie liebt und ein Leben. Stattdessen halte ich ihre Hand und sie liegt im Koma.

Wir sind seit knapp achtzehn Stunden hier, aber ich habe längst mein Zeitgefühl verloren. Meine Augen brennen, aber ich kann nicht schlafen und ich weiß nicht, ob ich Hunger habe oder ob ich jeden Moment kotzen muss. Ich sitze einfach nur da und starre in Amys leeres Gesicht. Auf ihre spröden Lippen und ihren Brustkorb, der sich gleichmäßig hebt und senkt. Ich darf nicht daran denken, dass sie vielleicht nie wieder aufwacht. Dass sie vielleicht nie wieder lachen oder mich mit diesem Blick ansehen wird.

Als plötzlich die Tür zu Amys Zimmer aufgeht, schrecken Jane und ich hoch. Es ist schon wieder die Krankenschwester mit dem indischen Akzent. Sie war inzwischen schon vier Mal hier. „Ich muss Sie jetzt wirklich bitten zu gehen, die Besuchszeiten sind schon längst ..."

„Zum letzten Mal", faucht Jane. „Wir bleiben!"

Die Schwester zuckt zusammen, dann verlässt sie fluchtartig das Zimmer.

„Hast du ihr Gesicht gesehen?", frage ich und muss lachen. Und ich habe so lange nicht gelacht, dass es sich richtig fremd anfühlt. „Du hast ihr einen Heidenschreck eingejagt."

„Blöde Kuh", brummt Jane. „Ich hoffe, die hat es jetzt endlich kapiert."

Mein Blick fällt wieder auf Amy und das Lächeln stirbt von meinen Lippen. Ihre sind so trocken und farblos. Ihre Haut fahl. Der Verband um ihren Kopf lässt ihr Gesicht klein aussehen. Ihre zierlichen Arme liegen eng an ihrem Körper.

„Diese beschissene Warterei macht mich noch völlig wahnsinnig", flüstert Jane angespannt und steht auf.

In der Sekunde, als ich antworten will, geht die Tür erneut auf und Dr. Bryson betritt den Raum. Ihre Augen wirken müde, doch sie lächelt. Ich frage mich wirklich, wo sie noch die Energie dazu hernimmt.

„Ich möchte Amy untersuchen", sagt sie und zeigt zur Tür. „Würden Sie bitte draußen warten? Das kann ein bisschen dauern."

Jane

Andrew und ich gehen in den Flur. Er lehnt sich wieder an dieselbe Stelle an der Wand, ich setze mich auf denselben Stuhl und versuche ein weiteres Mal, diese Stimme in meinem Kopf zu ignorieren, die mir immer und immer wieder sagt, dass das alles schon viel zu lange dauert.

Ich will nicht hier sein. Ich hasse den Geruch und diese bedrückende Stimmung und die Allgegenwärtigkeit des Todes. Hier ist man völlig machtlos. Man kann nichts tun. Außer warten. Und ich bin nicht gerade gut im Warten.

Ich stehe auf und gehe ein paar Schritte. Man sieht auf dem grauen Fußboden genau, wo gewischt wurde. Überall sind Streifen. Ich hoffe, die operieren besser als sie putzen. Ich setze einen Fuß vor den anderen und konzentriere mich auf meine Schritte, damit ich nicht bemerke, wie viel Angst ich habe. Die Unsicherheit liegt um meinen Brustkorb wie ein viel zu enger Gürtel und meine geschwollenen Augen brennen im kalten Luftzug der Klimaanlage. Aber ich sage nichts, weil es einfach nicht wichtig ist. Ich gehe auf und ab und der Boden quietscht unter meinen Schuhsohlen. Wie ist das alles passiert? Vor siebzehn Stunden war alles noch in Ordnung. Ich habe mit Izzy einen Kaffee getrunken und Lou ihre Sachen für den Tag aus diversen Umzugskisten herausgesucht. Ich erinnere mich noch, wie ich aus dem Küchenfenster gesehen und mich über das schöne Wetter gefreut habe. Alles war gut. Zumindest, bis es an der Tür geklingelt hat.

Ich gehe bis zu der kleinen Luftblase an der Ecke, die die Bodenplatte leicht anhebt, dann drehe ich mich um und gehe wieder zurück zu den fünf Stühlen vor Amys Zimmer. Woher hatte Andrew überhaupt meine neue Adresse? Ich bleibe stehen. Und was wollte Amy bitte so früh bei mir? Sie hat vier Mal angerufen und es war noch nicht mal sechs Uhr an einem *Montagmorgen.* Ich schaue zu Andrew hinüber.

„Was ist gestern passiert?“ Er weicht meinem Blick aus und starrt auf den Fußboden. „Warum wollte Amy um diese Uhrzeit zu mir?“, frage ich und setze mich neben ihn. Er seufzt. „Andrew, woher hast du meine neue Adresse? Und warum warst du bei mir um die Ecke?“ Er fährt sich durch die Haare und atmet tief ein. „Komm schon, Andrew, sag mir, was passiert ist.“

Andrew

Was soll ich sagen? Die Wahrheit etwa? Dass ich alles weiß? Dass ich weiß, dass sie mich seit neun Jahren belügt? Janes Blick bohrt sich in meine Seite und ich schaue stur auf meine Hände.

„Hattet ihr Streit?“, fragt Jane und ich weiß, dass sie nicht lockerlassen wird, bis ich ihr erzähle, was vorgefallen ist. „Komm schon, Andrew, gib mir wenigstens irgendwas.“

Ich atme tief ein. „Ja, wir hatten Streit.“

„Und weswegen?“

Ich lache verzweifelt auf. „Wenn man es genau nimmt, dann, weil ich sie liebe.“

Sie starrt mich an. „Was?“

„Ich weiß, dass das eine komische Situation ist, weil du ihre Schwester bist und weil wir beide auch mal was miteinander hatten, aber ...“ Jane prustet los. „Was ist so komisch?“, frage ich irritiert.

„Na ja, wenn du mit keiner Frau etwas anfangen dürftest, die mit einer deiner Bettgeschichten verwandt ist, bliebe vermutlich keine mehr übrig!“

„Haha. Sehr witzig.“

„Tut mir leid, das war gemein ...“ Sie räuspert sich und schlägt die Beine übereinander. „Zurück zum Thema“, sagt sie ernst. „Weswegen genau habt ihr gestritten?“ Sie hat etwas von einem Staatsanwalt, der mich verhört. Ich schaue zu Boden. Da sind überall Schlieren. „Andrew?“

Ich schlucke. „In der Nacht von Sonntag auf Montag haben wir fast miteinander geschlafen.“ Ich schaue kurz zu Jane hinüber, aber ihr Blick verrät nicht, was sie denkt.

„Warum nur fast?"

„Weil sie einen Rückzieher gemacht hat." Ich denke daran, wie ich auf ihr lag. Ich erinnere mich an ihren schnellen Herzschlag und daran, wie weich sich ihre Haut unter meinen Händen angefühlt hat. „Ich habe sie zwei Mal gefragt, ob sie sich sicher ist und beide Male hat sie ja gesagt." Ich schüttle den Kopf und fahre mir durchs Haar. „Amy hat gesagt, dass sie mit mir schlafen will. Sie hat es *zwei Mal* gesagt." Ich schaue Jane direkt in die Augen. „Sie wollte es. Ich weiß genau, dass sie es wollte." Ich presse die Lippen aufeinander, dann sage ich: „Ich hätte sie nie dazu gedrängt."

„Das dachte ich auch nicht", flüstert Jane.

„Wir haben uns geküsst." Ich sehe uns zusammen auf dem Dach, spüre ihre Lippen auf meinen, denke an den Duft ihrer Haut. „Es hat sich richtig angefühlt." Meine Stimme bricht. „Na ja, wie auch immer", sage ich seufzend. „Plötzlich wollte sie es nicht mehr."

„Weißt du, warum?"

„Ich dachte, es läge daran, dass sie und ich beide in einer Beziehung sind ... aber das war es nicht."

„Dann ist Amy noch mit Derek zusammen?"

„Ich glaube, sie hat Schluss gemacht."

„Aber du bist in einer Beziehung?"

„Ja, noch." Ich denke einen Moment an Michelle und daran, wie oft ich sie belogen habe – sie und auch mich selbst.

„Was war dann?", fragt Jane im Flüsterton.

Ich schließe einen Moment die Augen. „Ich war so wütend auf Amy", antworte ich schließlich. „Ich war wütend, weil ich dachte, dass sie Spielchen spielt."

„Denkst du das immer noch?“

Ich schüttle den Kopf. „Nein, das tue ich nicht.“

„Dann hat Amy dir also gesagt, warum sie es nicht wollte.“

„Sie hat mir alles gesagt.“

Jane schaut mich ein paar Sekunden lang nur an. Mein Herz rast und meine Hände zittern. In dem Augenblick, als sie antworten will, vibriert ihr Handy und Janes Blick fällt auf das Display. „Tut mir leid, Andrew, aber das ist Izzy“, sagt sie und steht auf. „Da muss ich drangehen.“

Ich lächle matt. „Mach nur.“

„Tut mir ehrlich leid.“

„Das muss es nicht.“

Jane zuckt kurz mit den Schultern. „Ich weiß nicht, wie lange das dauern wird.“

„Kein Problem“, antworte ich. „Ich warte hier.“

Michelle

Die Wohnungstür geht auf und Will steht vor mir.

„Ist er da?“ Ich klinge eisig.

„Wer? Andrew?“, fragt er erstaunt.

„Ja, Will.“ Wut vibriert in meiner Stimme. „Ist er nun da?“

„Nein, ist er nicht.“

„Komm schon.“ Ich klinge verzweifelt. „Sag mir die Wahrheit.“

„Schau selbst“, antwortet er und zeigt in den Flur. „Er ist nicht da.“

„Aber ich muss dringend mit ihm reden“, sage ich, während ich an ihm vorbeigehe.

„Das glaube ich dir gern, aber er ist wirklich nicht hier.“ Will deutet auf Andrews Zimmer. Die Tür steht offen. „Ich habe Andrew seit Sonntagabend nicht mehr gesehen. Wir haben etwas gekocht und dann haben wir zusammen aufgeräumt.“ Er nickt kurz zur Küche. „Willst du vielleicht einen Kaffee?“

Eigentlich ist es viel zu spät für Kaffee, doch ich nicke. „Ja, ein Kaffee wäre gut.“

Will reicht mir eine Tasse. „Hier.“

„Danke.“ Ich inhaliere den warmen Duft und nehme einen Schluck, dann frage ich: „Ihr habt also zusammen aufgeräumt – und dann?“

„Dann haben wir auf dem Dach noch zwei Joints geraucht.“ Ich seufze genervt. „Ja, ich weiß, dass du das nicht gut findest“, sagt Will beschwichtigend, „aber du hast gefragt.“

„Okay, stimmt ...“ Ich mache eine Pause. „Nur ihr zwei?“

Er weicht meinem Blick aus. „Nein. Mit Amy.“

„Ich wusste es.“ Ich starre auf den Kaffee in meiner Hand. „Ist sie hier?“

„Keine Ahnung, aber wenn du möchtest, frage ich Nate.“

Ich sehe Will tief in die Augen. „Ja, bitte.“

Ein paar Minuten warte ich in der Küche, dann geht die Tür auf und Nate kommt herein.

„Michelle, hi“, sagt er und setzt sich zu mir. „Ich habe keine Ahnung, wo Amy ist.“

Andrew ist weg. Und Amy ist weg. Der Kloß in meinem Hals wächst an und meine Augen brennen. „Könntest du sie vielleicht kurz anrufen?“, frage ich mit zitternder Stimme.

„Das würde ich sofort“, antwortet Nate, „aber ihr Handy ist *hier*.“ Er zeigt auf einen Rucksack, der neben der Tür an der Wand lehnt. „Das ist Amys.“

„Und wo bitte sind sie?“, frage ich schrill.

„Ich weiß es nicht, Michelle.“ Nate zuckt mit den Schultern. „Ich habe Amy in den letzten zwölf Stunden mindestens zwanzig Mal angerufen.“

„Ja“, murmle ich, „ich Andrew auch.“

Will kommt wieder herein und setzt sich zu uns.

„Ich habe ihr mehrere Nachrichten auf der Mailbox hinterlassen, aber sie hat mich nicht zurückgerufen ... Dann habe ich ihren Rucksack bemerkt und nachgesehen. Ihr Geldbeutel, ihr Handy, es ist alles da. Nur ihre Schlüssel sind weg. Und ihr Rad.“

„Soll ich es mal bei Andrew versuchen?", fragt Will vorsichtig.

„Denkst du denn, dass er drangehen wird, wenn *du* ihn anrufst?"

„Nein, das nicht", stammelt er und schüttelt kurz den Kopf, „ ... es war eine blöde Idee ..."

„Gibt es vielleicht etwas, das du mir sagen willst?" Ich schaue ihm direkt in die Augen. „Will?"

„Nein."

„Sicher?"

„Ja, ganz sicher", sagt er und schaut zwischen Nate und mir hin und her. „Glaubt ihr, dass etwas passiert ist?"

„Meinst du den beiden oder zwischen den beiden?"

„Michelle!", sagt Nate entrüstet.

„Ist doch wahr ... wahrscheinlich sind die zwei inzwischen längst in Vegas", sage ich mehr zu mir selbst als zu den anderen.

Nate schüttelt den Kopf. „Ich versuche mal, Derek zu erreichen, vielleicht weiß ja der etwas ..." Und mit diesem Satz verschwindet er im Flur.

Andrew

Dr. Bryson ist noch immer bei Amy. Gut, sie hat gesagt, dass es etwas länger dauern könnte, aber langsam mache ich mir Sorgen. Der Flur ist leer, alles ist still – bis auf das Surren der Lampen und das Piepen der Geräte. Eines davon ist Amys Herz.

Ich strecke mich und reibe mir die Augen. Sie sind müde und brennen. Wen wundert's? Ich bin ja auch schon seit Ewigkeiten wach. Ich ziehe mein Handy aus meiner Hosentasche, weil ich nachsehen will, wie spät es ist, aber es ist nach wie vor leer – so wie die letzten zehn Male auch.

Als ich am Ende des Korridors die Schwester mit dem indischen Akzent entdecke, stehe ich auf und gehe auf den Tresen zu. Meine nackten Füße reiben an der Innenseite der Schuhe und die Plastiksohlen quietschen auf dem glatten Boden. Beim Auftreten spüre ich die Blasen an meinen Zehen. Ich hätte wirklich Socken anziehen sollen.

Als die Schwester das Quietschen hört, schaut sie auf. Erst guckt sie mürrisch, dann erkennt sie mich und lächelt. Ich glaube, sie dachte, ich wäre Jane.

„Ich habe eine Frage“, sage ich im Flüsterton.

„Ja?“

„Mein Handy ist leer.“ Ich halte es ins Licht. „Sie haben nicht rein zufällig ein passendes Ladekabel?“

Sie schaut es genauer an. „Da haben Sie Glück. Ich habe das gleiche Handy.“

„Ehrlich?“

„Das hat doch heutzutage jeder.“ Sie bückt sich und zieht das Kabel aus ihrer Handtasche. „Hier.“ Sie streckt es mir entgegen. „Bringen Sie es mir einfach zurück, wenn sie es nicht mehr brauchen.“

„Danke!“, sage ich viel zu laut, dann flüstere ich: „Vielen Dank.“

Sie lächelt. „Gern geschehen.“

Vierundzwanzig verpasste Anrufe, sechzehn neue Nachrichten und sieben E-Mails. Jake hat angerufen. Und Will. Und wieder Jake. Aber die meisten Anrufe sind von Michelle. Und auch die meisten Nachrichten.

Michelle LaRoche: *Ich versuche jetzt schon seit Stunden dich zu erreichen. Wo steckst du?*

Das war gestern Mittag um kurz nach eins. Dann drei Stunden später:

Michelle LaRoche: *Andrew, wir müssen dringend reden. Bitte ruf mich an.*

Weitere zwei Stunden später.

Michelle LaRoche: *Verdammt noch mal, wo bist du? Wir wollten uns doch heute sehen?*

Die nächste kam um 21.47:

Michelle LaRoche: *Ich fange an, mir echt Sorgen zu machen. Ich hoffe, es geht dir gut.*

22.14 Uhr:

Michelle LaRoche: *Hab ich irgendwas falsch gemacht? Bist du sauer?*

Fuck. Ich überfliege die restlichen Nachrichten. Die letzte kam vor knapp einer halben Stunde.

Michelle LaRoche: *Mir reicht's. Ich fahre jetzt zu dir.*

Ich sollte sie anrufen, aber ich weiß nicht, was ich sagen soll. Ich habe mich verhalten wie ein Arsch und das nicht erst seit gestern. Ich will ihr gerade eine Nachricht schreiben, als das Handy in meiner Hand vibriert.

„Will?“

„Na, endlich!“, sagt er erleichtert. „Wo bist du?“

„Ist er dran?“, höre ich Michelle im Hintergrund fragen.

„Ja, er ist dran“, antwortet Will.

„Kann ich ihn bitte kurz sprechen?“ Wut flackert in ihrer Stimme.

„Nein, Will, ich will nicht mit ihr reden“, flüstere ich schroff.

„Wenn ich mit Andrew gesprochen habe, gebe ich ihn dir“, sagt Will ruhig, dann fragt er mich: „Wo zum Teufel steckst du?“

„Im Krankenhaus“, antworte ich seufzend. „Amy hatte einen schweren Unfall.“

Michelle

Will erstarrt. „Einen Unfall?“, fragt er und sinkt auf einen der Stühle. Ich schließe die Augen. „Aber es geht ihr gut? ... Im Koma?!“ Ich schaue zu Will. Er ist blass. „Ja, und was jetzt?“

„Was ist passiert?“, flüstere ich ängstlich.

Will hält kurz das Telefon weg. „Amy hatte einen schweren Unfall. Sie liegt im Koma.“

Amy liegt im Koma, aber alles woran ich denken kann, ist die Frage, warum Andrew bei ihr ist und ob er auch bei ihr war, als es passiert ist. Wie kann ich so denken? Das bin doch nicht ich.

„Ja, natürlich ... Kann ich vielleicht irgendetwas tun?“ Will rauft sich die Haare. „Was ist mit Derek? Weiß er es schon oder soll ich ihm Bescheid geben?“, fragt er, dann legt er die Stirn in Falten. „Nein, das habe ich nicht mitbekommen.“

„Was hast du nicht mitbekommen?“, flüstere ich, aber er schüttelt nur den Kopf.

„Und wie stellst du dir das bitte vor?“ Will seufzt. „Du weißt, was ich davon halte ... okay ... ja, ist gut, mache ich.“ Er nickt. „Ja, weil du es bist.“ Es entsteht eine längere Pause. Ich wüsste zu gern, was Andrew gerade sagt. „Ich kann dir die Sachen auch jetzt vorbeibringen ... Es wäre echt kein Thema ... Gut, dann morgen.“ Will steht schnell auf und notiert sich etwas. „Ja, ich hab alles aufgeschrieben ... wenn du mich brauchst – du weißt schon.“ Er lächelt, dann sagt er: „Versuch ein bisschen zu schlafen ... ja, mach ich.“

In dem Moment, als er auflegt, hebe ich die Hand. „Halt!“, rufe ich verzweifelt, aber es ist schon zu spät. „Verdammt, Will, ich wollte doch auch noch mit ihm sprechen.“

„Ich weiß“, sagt er knapp.

Ich sehe ihn nur an, dann verstehe ich es. „Aber er nicht mit mir.“ Will schüttelt den Kopf. „Ich wusste es.“

„Michelle, ich verstehe, dass du wütend ...“

„Ach!“, falle ich ihm ins Wort. „Tust du das?“

„Ja, das tue ich.“ Will legt seine Hand auf meine. „Es ist nicht okay, wie Andrew mit dir umgeht. Er ist rücksichtslos und verletzend.“ Tränen steigen in meine Augen und als sie über meine Wimpern rollen, wische ich sie hastig weg. „Aber man sucht sich nicht aus, in wen man sich verliebt.“ Und bei diesem Satz brechen die Dämme. „Hey ...“ Er steht auf und zieht mich hoch, dann legt er die Arme um mich. „Michelle, ich weiß, dass du ihn liebst, und Andrew ist kein schlechter Typ, aber er ist nicht der Richtige für dich.“

Ich halte mich an ihm fest, schluchze gegen seine Brust. „Vielleicht gibt es den für mich nicht?“

„Klar gibt es den“, flüstert Will und streicht mir sanft übers Haar. „Er wird dich finden. Das verspreche ich dir.“

Ich kann nicht sagen, wie lange er mich festhält, aber irgendwann atme ich wieder ruhig. Alles ist still. Ich höre nur seinen Herzschlag. „Brauchst du irgendwas? Ein Taschentuch vielleicht?“

Ich muss lachen und weiche einen Schritt zurück. „Ja, ein Taschentuch wäre gut.“

Will wischt mit den Daumen über meine Wangen, dann holt er eine Packung Taschentücher aus dem Vorratsschrank und reicht sie mir. Er murmelt etwas, das so klingt wie *Ich muss es Nate sagen*, aber ich bin mir nicht ganz sicher, weil ich mir in demselben Moment die Nase putze. Ich tupfe über meine Augen, dann fällt mein Blick auf seine Notizen.

Station 6, Zimmer 408

Socken

Kaugummi

Deo

Zahnbürste

Ladekabel

Pflaster

Pullover

„Ich bin dann mal bei Nate", sagt Will und wendet sich der Tür zu.

„Will?"

Er dreht sich noch einmal um. „Hm?"

„In welchem Krankenhaus liegt sie?"

Er schüttelt nur den Kopf. „Ich glaube nicht, dass das eine gute Idee ist", sagt er, während er langsam auf mich zugeht.

„Ich will ihm keine Szene machen", entgegne ich mit zitternder Stimme. „Ich möchte mich nur verabschieden."

Jane

„Ja, ich weiß, meine Süße, aber ich kann hier nicht weg."

„Geht es Tante Amy immer noch nicht besser?"

„Leider nicht", antworte ich und unterdrücke die Tränen. „Sie ist noch nicht aufgewacht."

„Und wann können wir nach Hause?"

„Ich hoffe bald, mein Schatz", sage ich und gehe langsam auf und ab, „aber bis dahin bleibst du bei Izzy, okay?"

„Okay."

„Und jetzt musst du versuchen zu schlafen, kleine Prinzessin ... es ist schon sehr spät."

„Okay, Mommy."

Ich lächle. „Schlaf gut, meine Süße. Ich besuche dich im Traum."

„Fest versprochen?"

„Fest versprochen", flüstere ich. „Gibst du mir jetzt noch mal Izzy?"

„Jane?"

„Hi."

„Es tut mir leid, dass ich dich stören musste, aber sie hat einfach nicht aufgehört, zu weinen."

„Das ist kein Problem", sage ich seufzend. „Ohne Mitch und dich wäre ich aufgeschmissen."

„Gibt es schon was Neues?"

„Bisher noch nicht", entgegne ich. „Dr. Bryson untersucht sie gerade."

„Amy wird aufwachen", sagt Izzy beschwörend. „Daran musst du glauben, Jane."

Ich schließe einen Moment die Augen. „Du hast sie nicht gesehen, Izzy."

„So schlimm?"

„Ja", flüstere ich und wische mir die Tränen aus dem Gesicht.

„Hör zu, Jane." Sie macht eine Pause. „Hörst du zu?"

„Ich höre zu."

„Sie wird aufwachen und sie wird wieder gesund. Ich weiß es. Okay?"

Ich presse einen Moment die Lippen aufeinander und halte all die Worte zurück, die ich eigentlich sagen will. Dinge wie: *Und was, wenn nicht, hm?!*, oder *Du hast doch keine Ahnung!*, oder *Untersteh dich, mir Hoffnung zu machen!* Ich atme ganz tief ein. *Izzy meint es gut. Sie meint es nur gut,* erinnere ich mich selbst. Deswegen schlucke ich und sage: „Okay."

„Mitch ist auf dem Weg zu dir. Er holt dich ab und fährt dich nach Hause. Wenn ich den Schlüssel hier hätte, hätte ich es auch gemacht, aber ich weiß nicht, was Lou braucht und auch nicht, wo ich ihre Sachen in den ganzen Kartons finde."

„Danke, Izzy, ehrlich ... Tausend Dank."

„Süße, das ist doch selbstverständlich."

„Nein, das ist es nicht."

Ich höre, dass sie lächelt. „Mitch ruft dich dann an, wenn er unten ist, okay?"

„Okay", antworte ich. „Danke nochmal. Und gib Lou einen Kuss von mir."

Ich entdecke Andrew am Ende des Flurs. Er sitzt nur da und starrt Löcher in den Boden. Er sieht genauso aus, wie ich mich fühle.

„Andrew?“

Er schaut hoch. „Hi...“

„Und? Gibt es schon was Neues?“, frage ich, als ich mich neben ihn setze.

„Sie sind noch drin.“ Andrew richtet sich auf und seine Wirbel knacken. „Wie war das Telefonat? Alles okay?“

„Lou hat nur schlecht geträumt“, sage ich seufzend. „Das passiert öfter ... aber Izzy wusste nicht, was sie tun soll ... sie konnte sie nicht beruhigen.“

„Verständlich.“

„Mitch holt mich jetzt gleich ab.“ Ich schaue auf die Uhr. „Er fährt mich kurz nach Hause, damit ich Lous Sachen zusammenpacken kann.“

„Wer ist Mitch?“

„Izzys Mann.“

„Okay“, antwortet Andrew. „Ich bleibe hier.“

„Das dürfte nicht lange dauern.“ In Gedanken gehe ich durch, was ich alles mitnehmen muss. „Wenn ich mich beeile, bin ich in einer halben Stunde wieder da.“

„Hey...“ Er legt seine Hand auf meine. „Setz dich bloß nicht unter Druck“, sagt er im Flüsterton. „Es dauert einfach so lange, wie es dauert.“

Ich atme tief ein. „Okay.“

Ein paar Sekunden schweigen wir, dann fragt er: „Jane?“

Ich schaue zu ihm hinüber. „Was ist?“

„Ich weiß, dass das ein wirklich beschissener Zeitpunkt ist, aber ich *muss* mit dir reden.“ Er macht eine kurze Pause. „Und wenn man es genau nimmt, gibt es für dieses Thema keinen guten Zeitpunkt.“

„Wovon redest du, Andrew? Wofür gibt es keinen guten Zeitpunkt?"

Er schluckt. „Warum hast du es mir nie gesagt?"

„Was habe ich dir nicht gesagt?"

„Na, das mit Lou."

„Was meinst du?"

„Komm schon, Jane", sagt er seufzend. „Amy hat mir alles erzählt. Ich *weiß* es."

„*Was* weißt du?", entgegne ich kopfschüttelnd.

„Dass ich Lous Vater bin!"

Ich starre ihn an. „Was?"

„*Deswegen* sind Amy und ich nicht zusammen und *deswegen* haben wir uns auch gestritten!", flüstert er aufgebracht. „*Deswegen* ist das alles passiert!"

Ich schließe kurz die Augen und atme ganz tief ein, dann sehe ich ihn direkt an. „Andrew, ich ..."

„Weißt du, was sie zu mir gesagt hat?", fällt er mir ins Wort und steht auf. „Dass ich dein Leben ruiniert habe!"

Ich stehe ebenfalls auf. „Andrew ..."

„Nein, warte, das war noch nicht alles!" Seine Augen schimmern. „Amy hat gesagt, dass ich außer dem Geld von meinem Dad nichts zu bieten habe" – eine Träne läuft über seine Wange und er wischt sie hastig weg – „und dass ..." – seine Stimme bricht – „dass ich ein Versager bin ..." Seine strahlendblauen Augen schimmern glasig. „Wahrscheinlich hat sie recht damit."

„Andrew, bitte hör mir zu ..."

„Mein Dad ist so ein Arschloch", sagt er leise. „Ich wollte es einmal besser machen als er." Es ist nur ein Flüstern, aber die Art, wie er es sagt, bricht mir fast das Herz.

„Und ich bin mir sicher, das wirst du“, antworte ich und wische mir die Tränen weg, *„wenn es so weit ist.“*

„Was?“, fragt er verständnislos.

„Du bist nicht Lous Vater, Andrew.“

Andrew

Ich kann nicht sprechen. Ich kann nicht mal denken. Alles ist durcheinander. Ich sinke auf einen der Stühle und versuche zu begreifen, was Jane da gerade gesagt hat.

„Ich bin nicht ihr Vater?“, frage ich schließlich.

„Nein, Andrew, das bist du nicht.“

Sie setzt sich neben mich.

„Und warum denkt Amy dann, dass ich es bin? Wie kommt sie darauf?“

Jane seufzt, dann antwortet sie: „Weil ich sie in dem Glauben gelassen habe.“

„Du hast *was?*“, frage ich und schaue sie wütend an. „Warum?“

„Weil niemand erfahren durfte, wer wirklich Lous Dad ist.“

„Ach“, sage ich kopfschüttelnd. „Und da bin ich dir dann eingefallen, oder wie?“

„Nein, so war es nicht.“

„Wie war es dann?“ Meine Stimme zittert. „Huh, Jane? Wie war es dann?“

„Ich kann verstehen, dass du sauer bist ...“

„Sauer?“, falle ich ihr ins Wort. „Du denkst, ich bin sauer?!“ Ich springe auf und zeige auf die Tür zu Amys Zimmer. „Weißt du, warum sie da drin liegt?“, flüstere ich schroff. „Weil sie so ein verdammt schlechtes Gewissen hatte!“ Jane greift nach meiner Hand, aber ich reiße mich los. „Und ich dachte, es wäre meine Schuld! Ich dachte, ich hätte dein Leben kaputtgemacht! Erst deins und jetzt Amys!“ Ich wische mir mit dem Handrücken über meine Wangen. „Aber wenn man es genau nimmt, dann war es eigentlich anders herum.“

„Bitte Andrew, lass es mich erklären.“

Ich schaue sie wütend an. „Da bin ich ja gespannt“, sage ich und setze mich wieder hin. „Ich höre.“

Ich starre Jane fassungslos an. „Moment. Du hattest eine Affäre mit *Professor Altmann*?“

„Es war nicht nur eine Affäre.“

„Das war nicht die Frage.“

„Na gut“, sagt sie schließlich. „Ja, wir hatten eine Affäre.“ Sie schließt kurz die Augen. „Aber für mich war es viel mehr als das.“

„Du hast ihn geliebt?“

„Wir haben uns geliebt.“

„Wow“, sage ich mehr zu mir selbst als zu ihr.

„Zu der Zeit kam einiges zusammen.“ Jane spielt nervös mit ihren Fingern. Sie sind lang und sehen kalt aus. „Es gab die ersten Gerüchte über einen Lehrer und eine der Schülerinnen ... Paul war deswegen ziemlich angespannt.“ Jane sieht mich an. „Er hatte sehr viel zu verlieren.“

„Deswegen bist du mit mir ausgegangen.“

„Deswegen bin ich mit dir ausgegangen.“ Sie zupft an ihrem T-Shirt herum. „Ich weiß, dass das schäbig war. Und das tut mir leid.“

Auf einmal ergibt alles Sinn. „Deshalb wolltest du anfangs auch nicht mit mir schlafen.“

Sie nickt, weicht aber meinem Blick aus. „Paul und ich haben uns weiterhin heimlich getroffen.“

„Das heißt, als du dann letztlich *doch* mit mir geschlafen hast ...“

„... hatte Paul bereits mit mir Schluss gemacht“, beendet sie meinen Satz.

„Und er hat Schluss gemacht, weil du schwanger warst?“ Sie nickt. „Was für ein Arschloch.“

„Ja, das war er ... Zumindest auch.“

„Du hättest ihn auffliegen lassen können“, sage ich und sehe sie von der Seite an.

„Stimmt, das hätte ich.“

„Warum hast du es nicht getan?“

„Weil ich ihn geliebt habe.“

„Obwohl er bei seiner Frau und seinen Kindern geblieben ist?“

Sie nickt. „Ja, obwohl er bei seiner Frau und seinen Kindern geblieben ist.“

Ich sehe sie eine Weile an, dann frage ich: „Wie lange ging das zwischen euch?“

„Fast zwei Jahre.“

„Was? So lang?“

„Ich sage doch, dass es nicht nur eine Affäre war.“

„Mein Gott, Jane, du warst erst fünfzehn!“

„Fast sechzehn“, korrigiert sie mich und ihre Augen schimmern unter Tränen. „Wir haben uns geliebt.“

„Deswegen hast du Lou auch behalten.“

Sie nickt und wischt sich mit dem Handrücken über die Wangen. „Weißt du, Andrew“, sie wendet sich mir zu, „ich hatte keine Ahnung, dass Amy etwas für dich empfindet und ich konnte nicht wissen, dass ihr jemals etwas miteinander zu tun haben würdet.“ Sie schüttelt den Kopf. „Amy hat dich und mich damals zusammen gesehen und deswegen ist sie davon ausgegangen, dass das Baby von dir sein muss ...“ Jane zuckt mit den Schultern. „Ich wollte ihr die Wahrheit sagen, aber das konnte ich nicht.“

„Also hast du sie in dem Glauben gelassen.“

„Ja.“

Ich nehme ihre Hand. „Ich verstehe, warum du es getan hast.“

„Wirklich?“

Ich ziehe sie an mich und sie legt ihren Kopf auf meine Schulter. „Ja“, flüstere ich und gebe ihr einen sanften Kuss auf die Stirn, „das tue ich.“

Ein paar Sekunden lang schweigen wir, dann sagt sie: „Ich habe noch nie jemandem davon erzählt.“

„Wirklich niemandem?“

Sie schüttelt den Kopf. „Keiner Menschenseele.“

„Ich werde es für mich behalten“, flüstere ich.

„Und ich werde es Amy sagen“, flüstert sie zurück. Und dann schweigen wir wieder, weil es nichts mehr zu sagen gibt.

Michelle

Ich erkenne Andrew bereits von weitem. Er sitzt am Ende eines ellenlangen Flurs. Mutterseelenallein. Wie ein gebrochener Mann. Bei diesem Anblick zieht sich mein Herz zusammen. Ich gehe langsam auf ihn zu, komme immer näher. Er hat den Kopf in die Hände gestützt. Ich glaube, so sieht jemand aus, der gerade dabei ist, die Hoffnung zu verlieren. Als ich neben ihm stehe, schaut er hoch.

„Michelle?" Er will gerade aufstehen, da schüttle ich den Kopf.

„Bitte, bleib sitzen."

Er sinkt wieder auf den Stuhl. Ich setze mich neben ihn und stelle meine Handtasche und die Tüte auf den Boden.

„Michelle, ich..." Das dunkle Blau seiner Augen schwimmt in Tränen und ich sehe ihm an, dass er es mir erklären will, aber es gibt nichts zu erklären. Man kann jemandem nicht *schön* das Herz brechen. Dafür gibt es nicht die richtigen Worte. Ich weiß, dass Andrew mich mag. Und ich weiß, dass ich ihm nicht egal bin. Aber ich wusste auch, dass es von seiner Seite nie mehr war.

„Es ist okay", flüstere ich in die Stille.

„Nein, das ist es nicht."

Ich greife nach seiner Hand. „Doch, Andrew, das ist es."

„Ich habe mich verhalten wie ein Arschloch."

„Es stimmt, das hast du“, sage ich. „Aber ich verstehe warum.“

„Ich wollte dir nie wehtun.“

„Ich weiß.“

„Aber das habe ich. Ich habe dir wehgetan.“

„Andrew, ich wusste, dass du mich nicht liebst. Ich habe es immer gewusst.“ Ich atme tief ein. „Aber ich wollte es nicht sehen. Ich wollte so sehr, dass du mich liebst ...“ Sein Lächeln ist traurig und meine Tränen schwer. „Ich weiß, wie du eine Frau ansiehst, wenn du in sie verliebt bist ... Du hast dann diesen Blick...“

„Ich habe einen Blick?“, fragt er leise.

„Du hast viele, aber der ist besonders“, antworte ich und wische ihm über die Wangen. „So hast du Katie angeschaut ... Und Amy...“ Meine Stimme bricht. „Aber niemals mich.“ Er schließt kurz die Augen und drückt meine Hand. Sein Gesicht verschwimmt. „Du wolltest mich lieben“, sage ich schließlich. „Und ich wollte, dass du mich liebst ... aber so funktioniert Liebe nicht.“

Ein paar Sekunden lang blicken wir einander nur in die Augen. „Es tut mir so leid“, flüstert Andrew.

„Es ist okay.“ Eine Weile sitzen wir einfach nur Hand in Hand nebeneinander und sagen kein Wort. Dann sehe ich ihn von der Seite an. „Gibt es schon etwas Neues?“

Andrew schüttelt den Kopf. „Nein, nichts.“

„Aber die OP lief gut?“

„Ja“, sagt er seufzend. „Aber diese Scheiß-Warterei macht mich fertig.“

„Andrew ...“ Ich drücke seine Hand. „Amy hatte einen sehr schweren Unfall, aber sie ist noch da.“ Er schaut mich an. „Sie wird es schaffen.“

„Und was, wenn nicht?“

Der Ausdruck in seinem Gesicht schnürt mir die Luft ab. Seine Augen sind glasig, sein Kinn zittert. Auf einmal sieht er aus wie ein kleiner Junge.

„Du musst daran glauben, dass sie aufwacht.“

„Ich hätte ihr sagen sollen, dass ich sie liebe“, sagt er, doch seine Stimme bricht und Tränen laufen über seine Wangen. „Tut mir leid“, flüstert er. „Das war taktlos.“

„Es war ehrlich“, entgegne ich und streichle über seinen Handrücken. „Sag es ihr jetzt.“ Andrew runzelt die Stirn. „Sag es, bevor du keine Zeit mehr dafür hast. Sag ihr, was du für sie empfindest.“ Er schluckt. „Sag ihr alles.“

Andrew

Ich liege auf Michelles Schoß und weine. Ich weine, wie ich noch nie geweint habe. Wenn ich ehrlich bin, wusste ich nicht, dass ich überhaupt so weinen kann. Vielleicht, weil ich es vor niemandem sonst könnte. Mein Körper bebt. Alles, was ich nicht denken oder vergessen wollte, alles, was ich so erfolgreich verdrängt habe, alles, was noch immer wehtut, bricht in diesem Augenblick aus mir heraus.

Ich klammere mich an Michelle fest und halte sie in den Armen, während sie mir mit einer Hand sanft über den Rücken streicht. Mit den Fingern der anderen gleitet sie mir durchs Haar.

Sie hat recht. Ich muss es Amy sagen. Manchmal gibt es keine zweite Chance. Es gibt kein nächstes Mal. Manchmal gibt es nur den Moment. Man kann die Zeit nicht anhalten. Aber man kann sie nutzen.

Michelle

Ich halte ihn ganz fest. Sein Körper bebt. Ich spüre, wie alles aus ihm herausbricht – alles, aber vor allem seine Angst.

Meine Jeans saugt seine Tränen auf. Ich bin einfach da. Streichle ihm sanft über den Kopf, zeige ihm, dass er nicht allein ist. Ich glaube, wir waren uns nie so nah wie in diesem Moment.

Minuten vergehen und irgendwann wird sein Atem ruhiger. Es ist an der Zeit, Andrew loszulassen. Es ist an der Zeit, weiterzugehen. Sein Griff um meine Taille lockert sich und er sieht mich aus roten Augen an.

„Danke." Seine Stimme ist belegt.

Ich lächle und reiche ihm die Plastiktüte. „Hier."

„Was ist das?"

„Ich habe dir deine Sachen mitgebracht."

Wir blicken einander ein paar Sekunden lang in die Augen, dann flüstert er: „Du hast mich vor kurzem gefragt, warum ich immer wieder zu dir zurückkomme ... weißt du noch?"

Ich denke an neulich Nacht, als er vor meiner Tür stand. „Ich erinnere mich."

„Willst du es noch wissen?"

„Ja."

„Ich bin immer wieder zurückgekommen, weil ich vor niemandem so sehr ich selbst sein konnte, wie vor dir. Vor dir war ich einfach ich und das hat gereicht."

Ich lächle gegen die Tränen. „Ich sollte jetzt besser gehen." Ich greife nach meiner Handtasche, dann stehe ich auf.

„Du wirst mir fehlen."

Ich atme einmal ganz tief ein, dann sage ich: „Pass auf dich auf, Andrew."

„Du auf dich auch."

Ich gehe durch das nächtliche Boston, vorbei an den vielen Bars und Kneipen und all den glücklichen Menschen, die ausgelassen feiern und ihren Alltag vergessen. Ich möchte Andrew vergessen. Erst ihn und dann mein jämmerliches kleines Dasein. Kurz spiele ich mit dem Gedanken, Katie anzurufen. Sie würde bestimmt versuchen, mich aufzubauen. Aber wie soll das gehen? Sie hat er geliebt. Mit mir hat er nur geschlafen.

Ich gehe zum Hafen hinunter und setze mich auf eine der Bänke. Die Lichter der Hochhäuser glitzern auf den Wellen. Vor zweieinhalb Jahren war ich noch in North Carolina, jetzt bin ich in Boston. Wer weiß, wo ich in zweieinhalb Jahren sein werde. Die Skyline verschwimmt vor meinen Augen und heiße Tränen laufen über mein Gesicht. Manchmal frage ich mich, wofür das alles gut sein soll. Wofür bitte wagt man sich immer wieder nach draußen? Alles, was da wartet, ist gefährlich. Wie hat es Katharine Hepburn einmal so treffend formuliert: *Das Leben ist hart – letzten Endes bringt es dich um.* Ich glaube ja, ich scheitere schon im Leben. An der Liebe. Alle tun immer so, als wäre sie so zart, aber in Wirklichkeit ist sie grausam und manche bleiben auf dem Schlachtfeld zurück.

Ein lauer Wind streift sanft mein Gesicht und ich spüre die Linien, die die Tränen hinterlassen haben. Ich glaube, ich möchte lieber nicht wissen, wie oft ich schon wegen Andrew MacDougall geheult habe. *Zu oft.*

„Hier", sagt jemand und ich zucke zusammen. „Ich wollte dich nicht erschrecken." Ich folge dem warmen Klang einer Männerstimme und sehe in noch wärmere Augen. „Es ist sauber", sagt er und erst dann bemerke ich das Papiertaschentuch in seiner Hand.

Ich räuspere mich und nehme es. „Danke."

„Keine Ursache." Er deutet neben mich. „Darf ich?" Ich nicke und wende mich kurz ab, um mir die Nase zu putzen. Als ich ihn wieder ansehe, lächelt er. „Ich bin übrigens Harry."

„Michelle, hi", sage ich mit belegter Stimme.

Seine schwarzen Augen funkeln in der Dunkelheit. Für so dichte Wimpern würden manche Frauen eiskalt morden. „Kommst du aus Boston?"

„Ursprünglich komme ich aus North Carolina."

„Dann gehst du hier aufs College?" Ich nicke. „Lass mich raten..." Er mustert mich. „Kensington."

„Äh, ja", antworte ich erstaunt. „Woher wusstest du das?"

„Das war nicht weiter schwierig", sagt er und grinst. „Ich habe gehört, ans Kensington gehen nur Mädchen mit Klasse." Ich blicke verlegen in meinen Schoß. Als ich aber aus dem Augenwinkel sehe, wie er aufsteht, schaue ich schnell wieder hoch. „Ich will dich gar nicht länger stören." Er lächelt. „Ich dachte nur, du könntest ein Taschentuch gebrauchen."

„Du störst mich nicht."

„Ach nein?"

„Nein."

„Dann willst du nicht lieber weiterweinen?"

Ich muss lachen. „Nein, das will ich nicht."

„Sondern?“

„Ich möchte nach Hause.“ Ich stehe auf und er hält mir seinen Ellenbogen entgegen.

„Darf ich dich begleiten?“

Harry und ich schlendern in Richtung Campus. Wir reden und wir lachen. Vielleicht ergibt ja doch alles irgendwie einen Sinn. Vielleicht verstehen wir es nur nicht, weil das Leben eine andere Sprache spricht. Vielleicht ist Harry nur ein netter Spaziergang. Vielleicht ist er jemand, der mir über Andrew hinweghelfen wird. Oder aber er ist der Anfang von etwas völlig Neuem. Und möglicherweise werde ich erst durch ihn verstehen, dass Andrew eben doch nicht meine große Liebe war.

Ich weiß nicht, was kommt. Aber wäre nicht alles andere ganz genau so gekommen, wie es gekommen ist, wäre ich gerade nicht hier. Und das wäre wirklich schade.

Andrew

Als sich die Tür neben mir öffnet, springe ich auf.

„Ah, Andrew“, sagt Dr. Bryson und lächelt mich an. Sie sieht müde aus. „Sie sind noch da.“

„Gibt es etwas Neues?“

„Wir müssen erst noch die Ergebnisse abwarten.“

Ich schaue durch das kleine Fenster in der Tür, dorthin, wo Amy reglos liegt. „Was ist, wenn sie nicht aufwacht?“

„Amy hat die OP überstanden und ihre Werte sind ermutigend.“

„Das heißt nicht, dass sie wieder aufwacht.“

„Sie hat ein wirklich schweres Hirntrauma erlitten.“ Dr. Bryson legt die Hand auf meine Schulter. „Geben Sie ihr ein bisschen Zeit.“

Amy liegt da und atmet. Ihr Herz schlägt. Aber sie ist unendlich blass. Ich stelle den Stuhl zu ihr ans Bett und setze mich neben sie. Ich greife nach ihrer Hand, aber sie liegt leblos in meiner und ist viel zu kalt.

„Amy“, flüstere ich und schaue mir über die Schulter, um sicherzugehen, dass mich niemand beobachtet. „Ich weiß nicht, ob du mich hören kannst, und ich habe keine Ahnung, wie viel Sinn es macht, dir das zu sagen, aber ich muss es dir sagen, weil ich weiß, dass ich es sonst bereuen würde.“ Ich streiche ihr sanft über den Handrücken. „Ich liebe dich.“ Ich schlucke. „Ich liebe dich, Amy.“ Ihr Herz schlägt gleichmäßig und ruhig. Meines rast. „Ich liebe es, wie du mich anschaust und wie ich mich fühle, wenn du in meiner Nähe bist.“

Meine Stimme bricht. „Jedes Mal, wenn ich im Bad bin, rieche ich heimlich an deinem Duschgel, und wenn ich die Augen zumache, sehe ich dein Gesicht ... Ich liebe dieses leichte Kratzen in deiner Stimme und wie deine Lippen sich anfühlen." Ich sehe sie vor mir, sehe dieses Brennen in ihrem Blick und spüre das Knistern in der Luft. „Ich liebe es, dass du so schlagfertig bist und dass du immer das letzte Wort haben musst, ich liebe es, dass du weißt, wer du bist und dass du keine Angst davor hast, du selbst zu sein. Und ich liebe es, dich zu küssen und wie deine Haut sich anfühlt." Ich atme tief ein. „Ich denke andauernd an dich und ich vermisse dich sogar dann, wenn du nur im Nebenzimmer bist." Tränen laufen über mein Gesicht. „Und genau deswegen musst du aufwachen. Weil es nicht zu spät sein darf. Weil du nicht sterben darfst, ohne zu wissen, dass wir nichts falsch gemacht haben." Ihr Herzschlag ändert sich nicht, alles bleibt gleich. Das monotone Piepen zerschneidet die Stille. „Amy, du und ich, das darf noch nicht zu Ende sein. Wir haben doch noch nicht einmal richtig angefangen ..."

dreiundzwanzig Stunden später…

Jane

Ich bin so unbeschreiblich müde, dass ich kaum noch aufrecht sitzen kann, aber die Erinnerung an Dr. Brysons Stimme hält mich wach. Ich will vergessen, was sie gesagt hat. Alles. Aber ich höre es. Immer und immer wieder. Als hätte das eine Mal nicht gereicht.

Wenn Amy in den kommenden 48 Stunden nicht aufwacht, müssen wir uns zusammensetzen und über die verschiedenen Optionen sprechen. *Optionen.* Wie das schon klingt. Keine dieser Optionen wird für mich in Frage kommen.

Diese letzten Tage fühlen sich an wie Wochen. Lou war gestern hier, aber Amys lebloser Anblick hat sie so verstört, dass Izzy sie sofort wieder mit nach Hause nehmen musste. Bei dem Ausdruck in Lous Blick habe ich gewusst, dass es ernst ist. Es war die ungefilterte Wahrheit. Kinderaugen sind schonungslos ehrlich. Seit diesem Blick frage ich mich, wie viel Sinn es noch macht, zu hoffen.

Ich schaue zu Andrew hinüber. Sein Kopf liegt auf der Matratze und er hält Amys Hand so fest, als hätte er Angst, dass man sie ihm wegnehmen könnte. Ich kenne das Gefühl.

Morgen kommt endlich Mom. Ich kann es kaum erwarten, sie zu sehen. Sie wollte früher da sein, aber ihr Pass war nicht mehr gültig, und deswegen musste sie erst einen vorläufigen beantragen, was natürlich eine Weile gedauert hat. Das ist so typisch Mom. Dad konnte ich nicht erreichen. Er ist gerade geschäftlich in Tokyo unterwegs. Und auch das ist typisch. Während Amy hier ums Überleben kämpft, macht er irgendwo aus verdammt viel Geld noch ein bisschen mehr.

Ich schaue wieder in Amys Gesicht. Es ist leer und fremd und es fühlt sich so an, als wäre sie längst weg. Als hätte sie ihre Hülle zurückgelassen, weil sie sie da, wo sie hingeht, nicht mehr braucht. *Aber ich brauche dich noch, Amy.* Ich drücke ihre Hand. *Ich kann dich nicht gehen lassen, hörst du? Hier wartet zu viel auf dich. Andrew wartet. Und ich. Und Lou. Und ein Leben.* Meine Augen füllen sich mit Tränen. *Ich weiß nicht, was ich tun würde, wenn du gehst. Ich weiß nur, dass ein Teil von mir mit dir sterben würde. Und dass ich mich für immer fragen müsste, ob es meine Schuld war. Amy, du musst aufwachen, damit du wütend auf mich sein kannst. Damit du mir sagen kannst, wie sehr ich dich enttäuscht habe. Ich weiß, dass ich das habe. Und es tut mir leid.*

Der Monitor zeigt, dass sie lebt, aber ich sehe es nicht. Sie sieht nicht nur aus, als würde sie schlafen. Für mich sieht sie aus, als wäre sie bereits tot.

siebzehn Stunden später...

Amy

Erst höre ich nur meinen Atem. Dann ein gleichmäßiges Piepen und das sanfte Surren eines Ventilators. Ich spüre einen seltsam pochenden Schmerz ganz tief in meinem Kopf.

Meine Finger zucken. Ich schlucke, aber mein Hals ist so trocken, dass es weh tut. Ich erinnere mich an den blauen Himmel über mir. Meine Beine haben gebrannt. Der Park war fast leer. Andrew. Ich befeuchte meine Lippen. Winzige Hautfetzen stehen ab. Da ist der Lieferwagen. Er rast auf mich zu, dann trifft er mich. Ich spüre den Wind und höre weit entfernt eine Frau kreischen. Ich sehe Andrew und mich auf dem Dach, spüre die Wärme seiner Hände und wie er mich küsst. Ich sehe Jane und Lou und mich auf dem gerahmten Foto und die Kondomhülle, die an meinem Knie klebt. Ich schaue Andrew tief in die Augen. Er hat wieder diesen Blick. Den, den ich überall spüre. Dann lächelt er und die Gänsehaut breitet sich auf meinem Körper aus. Ich höre Andrews Stimme. Höre, wie er meinen Namen schreit. Immer und immer wieder. Und dann, wie er sagt, dass er mich liebt. Mein Herz schlägt schneller. Ich spüre, wie sich meine Augen unter den Lidern schnell hin und her bewegen und höre mich angestrengt schlucken. Ich blinzle, aber das grelle Licht blendet mich. Meine Lider flattern. Das Piepen wird lauter. Ich höre Gemurmel, dann, wie etwas über den Boden geschoben wird. Ich spüre, wie jemand meine Hand drückt, rieche einen vertrauten Duft. Dann öffne ich die Augen. *Andrew.*

drei Wochen später...

Andrew

„Wollen wir einen Film schauen?“, frage ich und setze mich aufs Bett.

„Einen *Film*?“, fragt sie ungläubig.

„Warum nicht? Hast du keine Lust?“

„Lust schon“, antwortet sie, „aber eben nicht auf einen Film.“

„Amy ...“ Ich schließe die Augen. „Du weißt, was Dr. Bryson gesagt hat.“

„Ja, das weiß ich.“

Ich schaue sie an. „Und warum machst du es mir dann so schwer?“

Vor zwei Tagen wurde Amy aus dem Krankenhaus entlassen. Und seitdem macht sie mir das Leben zur Hölle. Sie läuft vorzugsweise in Spitzenwäsche oder - noch lieber – völlig nackt durchs Zimmer, lässt sich von mir den Rücken eincremen und geht natürlich immer genau dann duschen, wenn ich gerade im Bad bin. Die Ärztin hat gesagt, wir sollen es langsam angehen lassen, sie meinte, Amy soll sich auf keinen Fall überanstrengen, ihrem Körper genug Zeit geben, sich wirklich zu erholen. Aber Amy denkt gar nicht daran, sich zu erholen. Seit geschlagenen zwei Tagen renne ich jetzt mit einem Dauerständer durch die Gegend. Ich stehe unter Strom und Amy erhöht mit jeder Sekunde die Spannung.

„Ich mache es dir doch gar nicht schwer“, bricht Amys kratzige Stimme in meine Gedanken. „Wenn man es genau nimmt, mache ich es dir sogar verdammt leicht.“

„Amy“, seufze ich.

Sie krabbelt in Unterwäsche übers Bett. „Was ist?“, flüstert sie lasziv und setzt sich auf meinen Schoß.

„Fuck, Amy ... hör auf.“

„Ich will aber nicht aufhören“, antwortet sie und fängt an, ihr Becken zu bewegen.

Ich packe sie mit beiden Händen an der Hüfte und halte sie fest. „Verdammt, ich will dich, okay? Ich will dich *andauernd*.“

„Dann schlaf mit mir.“ Sie zieht sich die Träger ihres BHs über die Schultern und beim Anblick ihrer harten Brustwarzen spüre ich, wie sich mein Schwanz gegen ihren Bauch presst.

„Du machst mich fertig“, sage ich leise, während sie sich weiter bewegt. Ich will sie davon abhalten, aber meine Hände haben sich auf ihre Seite geschlagen und dirigieren sie.

„Andrew, bitte ...“, seufzt sie und küsst mich in die Halsbeuge.

Amy kämpft mit harten Bandagen. Sie schreckt vor nichts zurück. Vorgestern zum Beispiel, hat sie doch allen Erstes Dehnübungen gemacht. Vor mir. *Splitterfasernackt.* Doch das war nichts im Vergleich zu gestern, als ich mich gerade rasiert habe und sie sich währenddessen unter der Dusche selbst befriedigt hat. Erst dachte ich, ich bilde es mir ein, aber dann hat sie den Duschvorhang aufgezogen. Dieser Anblick hat mir endgültig den Rest gegeben – und einen kleinen Schnitt als Erinnerung an meinem Kinn hinterlassen.

„Komm schon, Andrew“, stöhnt sie gegen meine Lippen, „bitte ...“

Ich atme schwer, bin kurz vor dem Punkt, an dem es kein Zurück mehr gibt und ich nicht mehr denken kann. „Nicht heute“, flüstere ich heiser und schiebe sie von mir weg.

„Okay.“ Sie schaut mich wütend an. „Du willst also einen Film anschauen?“

Ich räuspere mich. „Ja, das will ich.“

„Na ja, warum eigentlich nicht?“ Sie klappt ihren Laptop auf. „Darf ich wenigstens einen aussuchen?“

„Sicher“, antworte ich, während ich versuche, an etwas anderes zu denken, als an Amy auf mir. Oder noch schlimmer: mich in ihr.

„Und egal, welchen ich sehen will, wir schauen ihn an?“

Ich weiß, dass sie mich quälen wird. Vermutlich mit irgendeiner schrecklichen Schnulze, die sie normalerweise unter keinen Umständen anschauen würde. Ich seufze. „Ja.“

„Und wir schauen ihn auch bestimmt zu Ende?“

„Ja“, sage ich gereizt, obwohl ich eigentlich ins Bad gehen und mir einen runterholen will.

„Na gut“, murmelt sie und gibt irgendetwas in die Adresszeile des Browsers ein, dann, wenige Sekunden später, dreht sie den Laptop so hin, dass ich den Bildschirm sehen kann. „Hier“, sagt sie grinsend, „*den* will ich anschauen.“

Ich fasse es nicht. „Das ist kein Film.“

„Doch, natürlich – ein Pornofilm.“ Sie drückt Play.

„Amy, bitte nicht.“

„Aber du hast es versprochen“, erinnert sie mich lächelnd und lehnt sich an meine Schulter.

„Warum quälst du mich so?“, flüstere ich resigniert, während eine Frau mit falschen Titten dem Typen im Film einen bläst. Ich finde die Frau abstoßend, aber sie wird in meinem Kopf zu Amy und der Kerl hat auf einmal eine verblüffende Ähnlichkeit mit mir.

„Viele Männer hätten bestimmt gern eine Freundin, die Pornos mit ihnen schaut", sagt sie und gleitet mit den Fingern über meinen Bauch und weiter in meinen Schritt. Ich befeuchte meine Lippen und ziehe die Luft scharf ein, als sie meinen Schwanz berührt. „Weißt du, was ich glaube?" Ihr Atem brennt auf meiner Haut.

„Nein, was?", keuche ich.

„Ich glaube, es ist viel anstrengender für mich, *nicht* mit dir zu schlafen." Ich lache auf. „Ich kann an nichts anderes denken", sagt sie leise, während ihre Hand in meinen Boxershorts verschwindet. Ich schaffe es nicht, sie davon abzuhalten. Ich kann mich nicht bewegen. Es fühlt sich einfach zu gut an. Ihr Griff ist genau richtig, die Geschwindigkeit perfekt und ich bin so geil, dass ich mich nicht mehr wehren kann. Nur noch ein paar Sekunden. *O Fuck!* Ich schließe die Augen, höre mich stöhnen. Meine Bauchmuskeln spannen sich an und mein Herz rast. Gleich komme ich. Jeden Moment. Doch dann hört sie plötzlich auf. *Nein!* Ich reiße die Augen auf, bin orientierungslos. Ich spüre, wie sich alles in mir zusammenzieht.

„Amy", sage ich atemlos.

„Jetzt weißt du endlich, wie das ist", entgegnet sie zufrieden.

Und dann vergesse ich alles. Die warnenden Worte und die Gründe dagegen. Ich packe Amy und ziehe sie fest an mich. Ich spüre ihre Lippen und wie ihre Brüste gegen meinen Oberkörper reiben. Ihr Atem vermischt sich mit meinem. Alles, woran ich denken kann, ist, wie sehr ich sie will. Und dass ich nicht mehr warten kann. Nicht eine Sekunde. Dieses Vorspiel dauert jetzt schon zwei Tage. Ich gebe auf.

Amy

Wir ziehen uns gegenseitig aus. Es ist hektisch und umständlich, aber ich kann einfach nicht aufhören ihn zu küssen. Ich spüre seine Haut, den dünnen Schweißfilm, der darauf glänzt, rieche seinen Duft. Er atmet schwer, hält mich fest und ich weiß nicht mehr, wo ich aufhöre und er anfängt. Ich höre mich stöhnen, brenne unter seinen Händen. Jede seiner Berührungen ist wie ein kleiner Stromstoß, der sich tief in meinem Bauch entlädt. Ich will ihn spüren. Endlich spüren, wie er in mich eindringt. Doch wenn ich jetzt etwas sage, hört er vielleicht auf. Er darf nicht aufhören. Er muss mit mir schlafen. Ich lege meine Hand um seinen Schwanz und hole ihm einen runter. Sein Körper spannt sich an, er raunt mir in den Mund, küsst mich. Er hat mich noch nicht einmal wirklich angefasst, aber ich glaube, ich werde jeden Augenblick kommen – doch das will ich erst, wenn ich ihn in mir spüre.

„Andrew...", seufze ich verzweifelt, „bitte schlaf mit mir." Sein Blick lässt mich hart schlucken. Ich bewege meine Hand weiter auf und ab. Andrew stöhnt auf und schließt kurz die Augen. „Ich will dich endlich in mir spüren ..." Er schaut mich an, während ich ihm weiter einen runterhole, dann streckt er den Arm aus und öffnet die Schublade meines Nachttisches.

Ich kann kaum atmen, als ich ihm dabei zusehe, wie er die Kondomhülle aufreißt, das Kondom herausholt und es dann ganz langsam auf seinem Schwanz abrollt. Ich weiß nicht, was mich mehr anmacht, sein nackter Körper, seine Erektion oder dieser Blick, mit dem er mich ansieht. Ich halte es kaum noch aus, jeden Moment wird es passieren.

Ich spüre sein Gewicht auf mir, seinen Herzschlag an meinen Brüsten, die harte Spitze zwischen meinen Beinen. Andrew sieht mir in die Augen. So tief, dass es überall kribbelt. Gänsehaut überzieht meinen Körper. Dann endlich dringt er ganz langsam in mich ein. Ich halte den Atem an, halte mich an ihm fest, spüre seine Härte. Spüre, wie sie mich ausdehnt. Sein Schwanz pulsiert in mir und die Anspannung in seinem Blick lässt mich flach atmen. Ich dränge mich ihm entgegen und ziehe mich an ihm hoch. Als er anfängt, sich in mir zu bewegen, stöhne ich auf.

Andrew

Fuck, sie ist feucht. Und ihr Gesichtsausdruck macht mich völlig fertig. Dieser Blick reicht fast schon, dass ich komme. Ihr Stöhnen ist hemmungslos. Es vibriert durch meinen Körper, sie klammert sich an mir fest. Amy windet sich, ihre Brustwarzen reiben an meiner Haut. Sie atmet flach, wirft den Kopf in den Nacken. Lange werde ich das nicht aushalten. Sie zieht mich noch näher an sich heran, drängt sich mir entgegen. Mein Körper steht unter Hochspannung.

„Andrew“, stöhnt sie und sieht mir in die Augen, „ich ... ich komme ...“ Und dieses harte Flüstern gibt mir den Rest. Amy schließt die Augen. Ihr Gesicht ist angespannt, ihr Mund zu einem stummen Schrei geformt. Ich habe noch nie etwas gesehen, das mich so geil gemacht hat. Und in der Sekunde, als ich das denke, erstarrt Amy unter mir und ihr Körper massiert meinen Schwanz.

„O fuck!“, presse ich hervor, dann dringe ich ein letztes Mal ganz tief in sie ein und explodiere.

Ein paar Sekunden bleiben wir regungslos liegen. Wir atmen schwer und unsere Herzen schlagen im selben Takt. Dann beißt mich Amy sanft in die Halsbeuge und flüstert: „Noch mal ...“ Und ich kann nicht anders, als laut loszulachen. Vielleicht, weil ich eben denselben Gedanken hatte.

Amy

Es ist fast vier Uhr morgens. Alle schlafen. Zumindest versuchen sie es. Ich sitze auf Andrew, spüre ihn so tief in mir, dass ich es kaum aushalte. Dieses Mal ist es bewusster. So, als hätten wir uns die ersten vier Male nur abreagiert. Ich bewege mich ganz langsam, reibe mich an ihm, spüre die Anspannung in seinem Körper. Er ist ein Teil von mir. Eigentlich war das schon immer so, aber in diesem Augenblick füllt er mich komplett aus. Meinen Kopf, mein Herz und meinen Körper – mit dem er spielt, als wäre er ein Instrument, das er blind beherrscht. Wir sind schweißgebadet, bekommen aber einfach nicht genug. Mit Andrew zu schlafen, ist eine Droge und ich bin im Rausch. Mein Seufzen klingt verzweifelt und meine Arme zittern vor Anspannung. Ich halte mich an ihm fest, er beißt mich in die Halsbeuge. Alles in mir prickelt. Die Funken sprühen. Ich höre mich laut stöhnen, spüre Andrews große Hände an meinem Po, spüre, wie er mich bewegt, weil ich es nicht mehr kann. Und in dem Moment, als ich denke, dass mich dieses Gefühl jeden Augenblick *umbringen* wird, entlädt sich alles im Bruchteil einer Sekunde. Ich ziehe die Luft scharf ein, dann überrollt es mich. Abertausende winziger Explosionen jagen gleichzeitig durch meinen Körper und löschen jeden einzelnen Gedanken aus.

Jeden, bis auf den einen: wie sehr ich Andrew liebe.

Andrew

Der Mond ist noch zu sehen, doch es dämmert bereits, als ich die letzten Sprossen der Leiter aufs Dach hinaufsteige. Ich schaue zu Amy und bei diesem Anblick muss ich lächeln. Sie liegt noch immer ausgestreckt auf der großen Decke und starrt in den Himmel.

„Hier“, flüstere ich und halte ihr die Wasserflasche entgegen.

Ihr Blick findet meinen. „Danke“, antwortet sie noch immer schwer atmend, dann setzt sie sich auf und nimmt mir die Flasche aus der Hand. Und bevor meine Beine nachgeben können, lasse ich mich neben ihr auf die Decke fallen. *Gott, bin ich fertig.* Ich bin völlig am Ende. Jeder *einzelne* Muskel in meinem Körper tut weh. Doch der Grund für den Schmerz lässt mich grinsen. Ich betrachte Amys Gesicht im Halbdunkel, die kleinen Schweißperlen, die ihre nackte Haut hinunterlaufen. Eigentlich wollten wir nur ein bisschen frische Luft schnappen. Uns *abkühlen.* Aber das hat irgendwie nicht so ganz hingehauen. Wenn Amy in meiner Nähe ist, ist nichts kühl. Haarsträhnen kleben an ihrem Rücken, ihr Brustkorb dehnt sich und zieht sich wieder zusammen. Bis auf den schwarzen Slip trägt sie nichts. Sie trinkt das Wasser so hastig, dass ihr ein paar vereinzelte Tropfen übers Kinn laufen und dann weiter über ihren Hals. Ich schüttle den Kopf, was sie aus dem Augenwinkel zu sehen scheint, denn sie lässt die Flasche sinken, wendet sich mir zu und fragt lächelnd: „Was ist?“

Ich seufze schwer. „Du machst mich echt fertig.“ Ihr Blick fällt auf die Wölbung in meinen Boxershorts.

Sie grinst. „Mir tut alles weh“, flüstere ich heiser. Aber mein Körper will mehr. Mehr von ihr. Mehr von uns. Als wäre ich abhängig. Von diesem unverkennbaren Duft. Und ihrer Nähe. Davon, sie zu spüren. Ihre Haut und ihren Atem.

Amy steht langsam auf und ich sehe, dass ihre Knie zittern. Ihr Blick haftet an meinem, während sie mich sanft nach hinten drückt.

„Du willst mich echt umbringen“, stelle ich lachend fest.

Sie lächelt mich lasziv an, dann zieht sie den Saum der Boxershorts ein Stück nach unten. Ja, Amy bringt mich an meine Grenzen – und das in jeder Hinsicht. Na ja, eigentlich weit darüber hinaus. Aber das, was dahinter auf mich wartet, ist größer und schöner als alles, was ich kannte. Sie öffnet Türen in meinem Kopf und erfüllt Träume, von denen ich nicht wusste, dass ich sie habe. Ich spüre, wie sich ihre Hand um meinen Schwanz legt. Und dann ihre Lippen. *O Fuck*. Ich höre mich flach atmen, stehe wieder unter Strom.

Manche Menschen passen einfach zusammen. Sie sind wie ein Puzzle, das erst im Ganzen Sinn ergibt. Wie Schlüssel und Schloss. Es gibt so viele, aber nur einer passt. Und Amy ist meiner.

Wir sind ganz am Anfang. Und wenn wir Glück haben, ist das Ende noch unendlich weit weg.

Amy

Andrew und ich liegen schwer atmend nebeneinander und ich sehe flirrende Kristalle, die im Takt meines Herzschlags im Himmel tanzen. Ich bin berauscht und betäubt. Alles kribbelt und jeder Gedankenfetzen in meinem Kopf dreht sich um uns. Um Andrew und mich. Um das Hier und Jetzt.

Ich wollte immer ihn. Nur ihn und keinen anderen. Und irgendwie dachte ich, ich wüsste, wie es wäre, wenn ich ihn *endlich* hätte. Wie es sich anfühlen würde, wieder vollständig zu sein.

Aber ich hatte keine Ahnung. Denn für dieses Gefühl reichen Träume nicht aus. Die Realität stellt sie in den Schatten, lässt sie klein und unbedeutend wirken.

Ich liege auf Andrews Schulter und höre sein Herz schlagen. Es rast genauso wie meines. Wie ein Duett der Liebe. Wie Stimmen, die außer uns niemand hören kann. Das Leben ist kurz. Und dabei ist es ganz egal, wie viel Zeit wir bekommen. Für manche Dinge gibt es keine zweite Chance. Man muss sich entscheiden. Man kann *nach*geben, *auf*geben oder *alles* geben. Ich bin für Variante drei. Ich schaue in den klaren Himmel. Mit Andrew will ich alles. Und ich will es für immer. Ich habe mein halbes Leben lang nur von ihm geträumt. Die andere Hälfte will ich mit ihm wach sein. Ich wähle die reale Welt, weil sie so viel schöner ist, als es Träume je sein könnten. Und ich weiß, wovon ich spreche, denn ich hatte sie alle: Tagträume, Albträume, feuchte Träume. Die Hauptrolle hatte jedes Mal er.

Gut möglich, dass es andere Fische gibt, aber die interessieren mich nicht. Weil Andrew mein Meer ist.

Ich drehe mich auf die Seite, stütze mich auf dem Ellenbogen ab und sehe ihn an. „Andrew?“

„Hm?“, brummt er und streicht mir eine lose Haarsträhne aus dem Gesicht.

„Das Tattoo zwischen meinen Schulterblättern ...“

„Was ist damit?“

„Es geht dabei um dich.“

„Was?“, sagt er und setzt sich auf. „Aber hast du nicht gesagt ...“

„Da habe ich gelogen“, unterbreche ich ihn.

Er sieht mich ein paar Sekunden lang einfach nur an. „*Ich* bin dein Meer?“

„Ja – du bist mein Meer.“

Andrew zieht mich an sich. Ich spüre seine Haut auf meiner, seinen Atem und die Wärme seiner Lippen. „Ich liebe dich, Amy“, flüstert er und nimmt mein Gesicht zwischen seine Hände. „Ich liebe dich.“ Andrew küsst mich auf die Wangen und auf die Nasenspitze, er küsst meine Augenlider und meine Schläfen. Meine Stirn, die Nasenflügel und mein Kinn – und schließlich meine Lippen. Wir sehen einander an und sein Blick durchdringt mich, seine Augen schimmern. „Geh mit mir nach New York.“

„Was?“, frage ich und lache auf, doch der Ausdruck in seinem Gesicht bleibt unverändert. „Moment ... du ... du meinst das ernst ...“

„Ja, das tue ich.“

Ich schüttle skeptisch den Kopf. „*New York?*“

„New York.“

„Aber warum?“

Er zuckt mit den Schultern. „Weil ich immer dort hin wollte.“ Seine Augen springen zwischen meinen hin und her. „Ich wollte immer nach New York.“

„Warum bist du nicht gegangen?“

Andrew zeichnet mit der Fingerkuppe die Kontur meiner Ohrmuschel nach. „Weil ich Angst hatte.“

„Wovor?“

„Davor, dass diese Stadt mich verschluckt.“

Seine Berührungen kitzeln auf meiner Haut, mein Herz rast, meine Hände zittern.

„Und die hast du jetzt nicht mehr?“

Er lächelt mich an. Und dieses Lächeln läuft mir als heißer Schauer über den Rücken. „Nicht, wenn du bei mir bist.“

zwölf Wochen später…

Andrew

„Fahrt vorsichtig!“, ermahnt uns Jane und nimmt Amy kurz in den Arm. „Und ruft an, wenn ihr ankommt!“

„Wir fahren nach New York, nicht in die Arktis.“

„Sei nicht so zynisch, Amy“, antwortet ihre Mutter streng, „wir machen uns eben Sorgen.“

Amy sagt irgendetwas, aber ich bekomme es nicht mehr mit, weil Nate und ich einen Umzugskarton ins Auto hieven.

„Was ist da drin?“, fragt Nate prustend.

„Keine Ahnung. Der gehört Amy.“

„So lange da nicht Derek drin liegt und ich euch dabei helfe, seine Leiche verschwinden zu lassen ...“

Ich haue den Kofferraumdeckel zu und grinse ihn an. „Es ist nicht Derek.“ Will kommt die Stufen herunter und stellt sich zu mir und Nate. Er reicht mir ein Tütchen. „Was ist das?“

„Nur ein kleines Abschiedsgeschenk.“

„Das ist kein Abschied“, sage ich ernst.

„Okay, das nicht“, gibt er zu, „aber du bist eben auch nicht mehr nebenan.“

„Soll ich es jetzt aufmachen?“

„Lieber nicht“, sagt er leise und fügt dann flüsternd hinzu: „Es sind zwei Joints.“

„Zwei Joints?“, frage ich lachend.

„Ja. Und ein Foto.“

Ich öffne die Tüte und ziehe ein Bild heraus. Es zeigt Amy, Will und mich zusammen auf dem Dach, wie wir kichern wie Schulmädchen. Bei diesem Anblick wandern meine Mundwinkel nach oben. „Fuck, sehen wir da *fertig* aus! Alter, wann hast du das gemacht?" Ich lache auf. „Und wieso kann ich mich daran nicht erinnern?"

„Du warst ... na ja ... abgelenkt", sagt Will und zeigt auf Amy. Er hat recht. Sogar auf dem Foto schaue ich nicht in die Kamera, sondern zu ihr. „Und falls es dich tröstet" – Will zuckt mit den Schultern – „ich hatte es auch vergessen." Ich muss grinsen. „Ich habe es vor ein paar Tagen zufällig auf meinem Handy entdeckt und es dann drucken lassen, weil ich dachte, ihr wollt es vielleicht haben."

„Danke", sage ich und nicke. „An dem Abend hat es erst so richtig angefangen."

Will und Nate grinsen.

„Ich verabschiede mich mal von Ams", sagt Nate. „Wir sehen uns sicher bald in New York."

„Wann immer du willst."

Nate legt mir kurz die Hand auf die Schulter, dann geht er an uns vorbei. „Das war's dann wohl." Es ist seltsam, sich von Will zu verabschieden. Die letzten Jahre habe ich ihn fast täglich gesehen.

Will macht einen Schritt auf mich zu, breitet die Arme aus und grinst mich an. Vielleicht ist es ja nicht besonders männlich, aber ich spüre einen Kloß im Hals, als ich ihn umarme.

„Du wirst hier echt fehlen", sagt er leise.

„Du wirst *mir* echt fehlen", antworte ich im Flüsterton. Ich klopfe ihm auf den Rücken, dann lasse ich ihn los. „Wir sehen uns, Will."

„Ja", antwortet er, „das werden wir."

Amy

„Ich hab dich lieb, hörst du?“, flüstert Jane und drückt mich ganz fest an sich.

„Ich dich auch“, flüstere ich zurück.

„Tschüss, Tante Amy!“

Ich lasse Jane los und hebe Lou hoch. „Bis ganz bald, meine Süße.“ Sie strahlt mich an und küsst mich auf die Wange.

„Kommst du uns wirklich bald besuchen?“

„Ja, das mache ich.“

„Dann lernst du endlich George kennen.“

Ich schaue kurz zu Jane hinüber und ihr verliebtes Lächeln lässt mein Herz schneller schlagen. „So, wie es aussieht, magst du George, hm?“

Sie nickt, dann kommt sie ein Stück näher und flüstert mir ins Ohr. „Er macht Mommy glücklich.“

„Dann mag ich ihn auch.“ Lou schmiegt sich noch einmal fest an mich. „Jetzt muss ich dich absetzen, du wirst mir langsam echt zu schwer, junge Dame.“

Ich schaue in das Gesicht meiner Mutter und muss lächeln. In ihren Augen schimmern Tränen. „Mom“, sage ich und schlucke.

Sie legt die Arme um mich. „Pass gut auf dich auf, Amy.“

„Das mache ich.“

„Wann starten deine Kurse noch mal?“

Bei dem Gedanken daran, dass ich in knapp einer Woche anfangen werde, an der Columbia zu studieren, legt sich ein breites Lächeln auf meine Lippen.

„In acht Tagen."

„Und mit der Wohnung hat alles geklappt?"

„Ja", sage ich und nicke. „Jake hat sich um alles gekümmert. Es ist zwar eine echte Bruchbude, aber das ist schon okay." Ich denke kurz an die Fotos, die Jake geschickt hat und daran, wie Andrew und ich bereits überlegt haben, wie wir unser winziges Apartment einrichten wollen. „Den Schlüssel hat er uns letzte Woche schon geschickt."

„Ich glaube, das ist der richtige Weg für dich, mein Schatz."

„Ich auch."

Mom nickt in Andrews Richtung. „Er ist einer von den Guten", flüstert sie. „Mach ihm das Leben nicht allzu oft zur Hölle."

Ich muss lachen. „Ich werde mir Mühe geben."

Sie streicht mir über den Kopf. „Ich habe dich sehr lieb, mein Schatz. Und ich bin wirklich stolz auf dich."

Ich schlucke und presse einen Moment die Lippen aufeinander. Die blaugrauen Augen meiner Mutter verschwimmen zu zwei dunklen Flecken. „Danke, Mom", flüstere ich. „Für alles." Ohne sie könnte ich das alles nicht machen. Zumindest nicht studieren.

„Meld dich bitte, wenn ihr da seid."

Es war so klar, dass sie dazu nichts sagt. Engländer reden nicht über Geld. „Das mache ich." Als sie mich gerade loslassen will, halte ich sie am Arm fest und schaue ihr fest in die Augen. „Ich habe dich auch lieb."

Andrew

Der Wind bläst zu uns ins Auto und Amys Haare wirbeln wild umher. Der Himmel ist dunkelblau. Es ist die Art von Blau, die man nicht beschreiben kann. Noch ist Sommer, aber schon bald ist er vorbei. Ich sehe zu Amy hinüber. Sie hat die Augen geschlossen, mit den Füßen trommelt sie gegen das Handschuhfach. Sie wippen im Takt der Musik. Wäre das gerade ein Film, würde jeden Moment der Abspann einsetzen. Es wäre das perfekte Ende und wir hätten die Hauptrollen gespielt.

Kann sein, dass ich noch immer nicht weiß, was ich will, dafür weiß ich aber ganz genau *wen*. Mein Weg ist gepflastert mit Möglichkeiten und mit Amy an meiner Seite ist es mir egal, wo es hingeht. Vielleicht ist sie ja das Zuhause, das ich immer gesucht habe. Eigentlich hatte ich alles. Ich bin in einem riesigen Anwesen aufgewachsen, mit Pool und Angestellten, ich hatte immer verdammt viel Geld, habe Elite-Unis besucht und bin von ihnen geflogen. Aber all das war nichts wert. Ich drücke Amys Hand und sie lächelt mich an. Und dieses Lächeln ist unbezahlbar.

Seit drei Monaten ist Amy das erste, was ich sehe, wenn ich morgens aufwache und das letzte, bevor ich einschlafe. Und wenn ich es mir aussuchen kann, will ich nie wieder etwas anderes.

Amy

Es gibt unendlich viele Augenblicke im Leben, die man einfach vergisst, weil sie nicht wichtig genug sind. Und dann gibt es die, an die wir uns für immer erinnern, weil es Meilensteine unseres kleinen Lebens werden. Mir ist klar, dass es der Welt vollkommen egal ist, dass ich vor knapp vier Monaten um ein Haar gestorben wäre. Und es interessiert sie auch nicht, dass ich in dieser Sekunde neben der Liebe meines Lebens sitze. Ganz einfach weil die Welt voller Geschichten ist. Einige davon sind tragisch, andere frei erfunden und wieder andere so unbeschreiblich schön, dass sie einen zu Tränen rühren. Doch sogar wenn ich mir aus *all diesen* Geschichten eine aussuchen dürfte, es wäre trotzdem diese hier.

Irgendwann werde ich auf diesen Moment zurückblicken und lächeln. Ich werde mich daran erinnern, wie ich mich genau jetzt fühle. An das Herzklopfen und das Kribbeln. An den Fahrtwind und diesen schier endlosen Himmel über uns. Die Nacht hat den Tag schon fast verschluckt und die ersten Sterne sind zu sehen.

Andrew und ich beginnen gerade ein neues Kapitel. Was noch kommen wird? Ich muss lächeln. *Alles.* Die volle Bandbreite. Wir werden uns lieben. Und miteinander schlafen. Wir werden zusammen Tränen lachen und wild diskutieren, uns anschreien und anschweigen. Wir werden uns gegenseitig den Rücken stärken und uns mit Blicken verschlingen. Es werden Funken sprühen und Augen leuchten. Wir werden streiten und an manchen

Tagen werden wir uns vielleicht sogar hassen. Aber wir werden uns auch wieder versöhnen. Mal werde ich oben sein, mal er. Bei diesem Gedanken muss ich grinsen. Ich beuge mich zu Andrew hinüber und meine Brust streift seinen Arm.

„Hast du gesehen?“, flüstere ich, „da vorn kommt ein Feldweg.“ Ich gleite mit der Zunge über seinen Hals und mit der Hand in seine Boxershorts. Andrew zieht die Luft scharf ein und setzt den Blinker, während ich schon mal die Knöpfe seiner Jeans öffne.

Ja, das hier ist erst der Anfang. Und ich kann den Rest unserer Geschichte kaum erwarten.

Andrew

Das Leben ist schon irgendwie seltsam. Vor ein paar Monaten saß ich noch in genau diesem Auto und habe mein Leben gehasst. Jetzt sitzt Amy auf meinem Schoß und der Ausdruck in ihrem Gesicht macht mich fertig.

Ich bin immer noch ein verwöhnter Wichser, aber nicht, weil ich in einem Haus mit Bediensteten aufgewachsen bin und ein paar Elite-Unis geschmissen habe – das hat es bestimmt nicht besser gemacht, aber das meine ich nicht – ich bin es wegen Amy.

Ich spüre mich ganz tief in ihr und wie ihr Körper an meinem saugt. Ich spüre, wie sie zittert und streiche ihr eine Haarsträhne aus dem Gesicht. Dann lächle ich sie an. Ja, ich liebe Amy. Ich liebe die Tatsache, dass sie sich nicht verstellt. Wenn sie wütend ist, ist sie wütend, wenn sie glücklich ist, lacht sie, und wenn sie mit mir schlafen will, zeigt sie es mir – ganz genauso wie ihre Tränen, wenn es ihr mal schlecht geht. Ich liebe, wie spontan sie ist, dass sie sich traut, den ersten Schritt zu machen, dass sie mir zeigt, was sie fühlt und sagt, was sie denkt. Ich streiche sanft mit dem Finger über ihr Schlüsselbein und das kleine Segelboot-Tattoo. Ich liebe, dass Amy weiß, wer sie ist und was sie will. Mal hat sie die Zügel, mal habe ich sie. Mal reden wir ohne Punkt und Komma, mal schauen wir einander einfach nur an. Ich glaube, ich liebe alles an ihr. Sogar ihre Macken. Sie ist rechthaberisch und stur, arrogant und launisch. Aber keine ist wie sie. Keine löst in mir aus, was sie in mir auslöst. Ich liebe es, wie sie aussieht, wenn sie schläft, ich liebe ihr kehliges Lachen und jedes noch so kleine Muttermal auf ihrem Körper. Und ich liebe die Art, wie sie mich in *dieser Sekunde* ansieht. Dieses Brennen in ihrem Blick. Ich liebe, dass sie immer noch mal kommen will, wenn wir miteinander schlafen und dass ich jedes Mal hart werde, wenn ich ihr dabei zusehe. So wie jetzt gerade.

Ich ziehe mir umständlich die Boxershorts und die Jeans hoch, während Amy im schummrigen Mondlicht das benutzte Kondom in ein Papiertaschentuch wickelt und in eine Plastiktüte steckt. Die Luft hat etwas abgekühlt und das Dunkelblau des Himmels grenzt inzwischen fast an Schwarz. Amy grinst. Und ich grinse. Dann starte ich den Wagen und wir rollen langsam in Richtung Highway. Als *Way Back When* von Kodaline einsetzt, drehe ich die Musik auf und gebe Vollgas. Wenn ich an den Weg denke, der vor uns liegt, kann ich nicht anders als zu lächeln.

Könnte das Leben besser sein? Oder ich glücklicher? Ich sehe zu Amy hinüber und greife nach ihrer Hand. Sie strahlt mich an und formt einen Kussmund, ihr Haar wirbelt wild im Wind. *Nein.* Ich habe Amy. Und für den Rest bin ich offen.

Happy End

Danksagung.

Andrew musste lange auf seine Geschichte warten. Und ihr mit ihm. Ich habe so viele Nachrichten von euch bekommen, so oft die Frage, wann denn nun endlich Andrew seinen Roman bekommt. Deswegen danke ich erst einmal all denen von euch, die mich immer wieder daran erinnert haben, dass Andrew sein Happy End verdient hat. Er war der rote Faden der Oceanside Love Stories und etwas sagt mir, dass er auch in Zukunft noch einmal hier und da durchs Bild laufen wird. Und das verdankt er euch. Und auch ein bisschen mir.

Als zweites möchte ich **Andrew** danken. Er hat es mir teilweise wirklich nicht leicht gemacht, aber es sind ja genau die Ecken und Kanten, die ich so sehr an ihm liebe. Er hat mich zwei Jahre lang begleitet und ich freue mich, wenn wir uns wiedersehen.

Ich danke meiner **Familie** für ihre Unterstützung. Fürs Zuhören und Helfen. Und ich danke jedem einzelnen **Leser** da draußen. Ihr macht aus meinem Traum die Realität.

Ich danke meinen **Freunden**, nicht nur, weil sie toll sind, sondern auch, weil sie sich immer und immer wieder anhören, wie sehr mich meine Protagonisten mal wieder nerven. **Adriana** kann ein Lied davon singen. Und auch **Eleni, Susanne** und **Konni**.

Vielen lieben Dank auch an meine **Testleser** und an die zwei Paar Adleraugen: **Konni** und **Susanne.** Für eure Zeit, eure Ideen und die tollen Anmerkungen bin ich euch echt dankbar.

Liebste **Inga,** liebste **Kora**: Kora, du warst die letzte

Testleserin, Inga, du die erste. Eure Rückmeldungen haben einen beträchtlichen Teil der Nervosität von mir genommen. Eure Begeisterung und eure lieben Worte sind wie ein undurchdringliches Schutzschild, das mich vor böser Kritik beschützt.
Andrews Geschichte wird deine wunderbaren Zitate wie ein Abzeichen tragen, liebste **Kora**.

Zu guter Letzt danke ich wie immer dir, **Michael.** Du bist wunderbar.

Über Ally Taylor

Da steckt doch die Freytag dahinter...
Stimmt.
Ally Taylor ist die amerikanische Freytag. Die, die sich mit ihrer besten Freundin Carrie Price (aka Adriana Popescu) malerische Städtchen an der amerikanischen Ostküste erfindet, im Klischee badet, tief ins Drama eintaucht und prickelnde Erotik ihr Handwerk nennt. Anne Freytag ist die Ur-Freytag. Die fürs Reale. Die, deren Geschichten in München spielen und in der Nachbarwohnung stattfinden könnten.

Romane:

Ally Taylor:
„Make it count – Gefühlsgewitter" (März 2014)
(Oceanside Love Stories)
„Make it count – Dreisam" (August 2014)
(Oceanside Love Stories)
„Make it count – Liebesfunken" (September 2015)
(Oceanside Love Stories)

Anne Freytag:
„434 Tage" (Juli 2013)
„Irgendwo dazwischen" (Juli 2013)
„Renate Hoffmann" (Juli 2013)
Jugendbuch HEYNE fliegt – März 2016

Anne Sonntag:
„Eigentlich Liebe" im PIPER Verlag (Oktober 2014)

12508044R00200

Printed in Poland
by Amazon Fulfillment
Poland Sp. z o.o., Wrocław